寻觅王者

왕을 찾아서

[韩] 成硕济 著

金莲兰 译

上海译文出版社

谨把此书献给我的朋友,特别是 C. P. J

一

马沙奥。

现在，我要去见他。

我心中的始生代——支配最古老的领土的永恒的王。如同岁月流逝，回忆仍存，马沙奥统治的土地至今留存在我的心中。那块土地上的一切，仿佛地老天荒、淹没在岁月风尘中的陈年旧书里的黑色的活字，坚硬扁平地镶嵌在那里。其实，真正重要的并不是那个，而是马沙奥死了！终于、终究、终归，到了时候，安息终于降临到他的肉身。

我现在正去找马沙奥，因为他死了。

曾几何时，他堪称是地上最强大的汉子。曾几何时，他是这块土地上备受穷苦和不义、不平等折磨的人们希望的存在。一段岁月里，他曾经是孩子们的偶像，君临在成年人头上的大王。那段岁月里，他被荣耀的光环簇拥着，几乎让人怀疑是否是人生下来的。

马沙奥——

而今，我却为了见他，前往布置在生与死境界线上的灵堂。

真的听到他的死讯的时候，我并没有惊慌。这就是说听到通报他的噩耗的电话时，我并没有像漫画主人公般大惊失色、尖叫哀鸣。埋怨空调太次，无谓地把窗户开关多次，这可能是我唯一不同于往常的地方了吧。其实，这台空调才买没几天，要怪只能怪如火的酷热，可话又说回来了，大夏天的要是不热那才叫怪呢。不管怎样，要说不同只有这个了。仅此而已。却原来，我心中的他已然死去多年。

我想，朴载天不会是单单为了通报马沙奥之死才跟我联络的。我不信，载天生怕我听不到马沙奥的死讯，无法出席葬礼而亲切地、特意地通知了我。即令我身处天涯海角，离马沙奥的死讯最远最远，有朝一日总会有人把这消息传给我的吧。

载天不会不知道这个。可是，竟然就是他，在阔别多年之后，像重回诺亚方舟的鸽子，衔着马沙奥的死讯，款款飞向我。我没有问他，我的电话号码，你是怎么知道的？要说躲藏、逃跑是我的特长，搜索追捕则是载天的专长嘛。不管怎样，载天就像昨天刚刚通过电话，随意地跟我打了招呼，然后故意卖关子，慢吞吞地说"老大哥走了"。在我曾经生活过的"地界"，载天称呼老大哥的，世上仅有一人，所以我也没问他指的是什么人。

"你得过来呀？"

载天的嗓音非常夸张，酷肖人们目送着曾经挥舞无所不为的权力、在密室中了心腹部下的枪倒下的某个独裁者的葬礼行列发出的哭声。其实人们心里更纳闷的应该另有一样，就是独裁者的最后瞬间，陪伴在他身边的女郎们是谁吧。

其实，我跟马沙奥非亲非故，说亲密关系更谈不上。可是，他在我们地区就像是太阳、就像是月亮，但凡地区的居民没有一个离得开他。在他生前，他不在的场合大部分当地人都装得像他的亲戚、兄弟、朋友、同事或后辈似的，以这样的身份行动和说话。我当然也未能免俗。

身为一个时代平凡的一员，想要尽力跟支配那个时代的人物沾上点关系，这种冲动该是难以抑制的吧。同样，要是跟那个人有缘分，哪怕是一点点，把它埋在心底不张扬也是极难极难的吧。难道，相隔这么多年让我偿还当年这种幼稚行为的旧债吗？

那么，马沙奥和我的缘分又是什么呢？曾经做过一段时间邻居吗？要是一一应付这么点缘分，我一年不知道该回那里多少次。可是，在过去的五年间，我居然一次都没回过老家。于是，我就用无所谓、不当回事的态度反问道："去是要去的吧。哪天发丧？"

"明天，来吧。"

载天用其特有的断定式的语法说完自己想说的，就撂下了电话。那嘟嘟的信号音当中，仿佛夹杂着咻咻的风声。我一时陷入错觉当中，感到那声音仿佛来自遥远的过去。

去是要去的，去是要去的。觉得自己无意中说出去的话，接连击打自己的后脑勺。是啊，是该送他上路啊，不管是在心中早已死去还是刚刚死去，该送走的人还是要送送的吧。

可是，一旦打定主意要去，心口却莫名地狂跳起来。心口跳动的节拍，开始是四分之四拍进行曲风格，旋即变成了四分之三拍舞曲状，然后就不管什么节不节拍地调理人般肆意地狂跳起来。唉，我要是不去，我先得因我的心口而死吧。

于是，我就朝着马沙奥走去。穿着跟夏天这度假季节不相称的黑色的西装，乘着被雨水打湿的衣裳般邋遢的大巴。

我搭乘的大巴，是一半路程行驶在高速公路、一半行驶在国道的折中型巴士，驾驶席上却贴着"高速直达"的标牌。大巴在高速公路风风光光行驶了一阵，就拐进了国道，坑坑洼洼的公路颠簸不已。从城市到我老家的路段，多有山和溪谷。度假的人们乘坐的车辆太多了，公路开始塞车，大巴只得缓慢爬行。可是，我却感到比行驶在高速公路上舒心得多，被高速弄皱的心头的皱纹也在一点点熨开。俄顷，大巴哐啷停下来了。又堵住了。在被快速驯化了的人们心中，慢速简直不是速度。

速度这个词具有双重意思。快的程度，还有在一定时间内运动中的物体移动的距离。而快速则有着迷醉和上瘾性。可是，我们的语言中却没有丈量慢的程度的"慢度"，也没有"争慢"这个词。只是有着"懒猴"这种指称动作极其缓慢的动物的称谓。因为没有争慢，也就没有它所包含的一切，包括死亡和忘却等。

可是，世界上却是应有尽有的。我们尽可以遵照世上的原理创造"慢度"。度假季节自己不去度假，却因度假的车辆使自己

4

乘坐的大巴塞在那里，人人都可简单地在头脑中造出"慢度"这个词。人类不仅有速度还有慢度，要是"争慢"带给人某种礼物，其中之一应该是回忆了吧。

让我们暂且对"慢度"的世界再琢磨一番。那里是乱七八糟当中乱七被掰开、八糟再次跟游离在别处的乱七相会的地方。在"慢度"的世界，大巴一颠簸，"bo"的"o"就要脱落，滚落到别的地方，再次颠簸，就会触摸到孤零零的"b"的孤独。姹紫嫣红的嫣红脱落，满世界地找另一个姹紫。凹凸不平的凹也这样，凸何尝不是这样呢。忐忐忑忑，花花绿绿，风风火火……那飘游的韵母一会儿飘到记忆的大鼎的一侧，一会儿碰撞锅沿砰啪脆响，跟像自由电子般快速运动的声母分分合合，粘粘离离。

现在，我将沿着慢度的轨迹，回忆马沙奥。实际上，也是因为呆望着见不到头的堵塞车辆的行列疲惫不堪，除此之外实在想不起别的事可做的缘故。

二

　　马沙奥大名朴正夫。他父亲在光复①前几个月生下大儿子，按惯例起名叫正夫（日文读音叫马沙奥）。要知道，在日本统治时期，遵照创氏改名②的政策，对新生儿通常要起马沙一吉（汉字'正一'）、哈鲁高（汉字'春子'）之类的名字，待到光复之后懒得重新起名，就照汉字读音喊作正一、春子的居多。可不知怎么搞的，"马沙奥（正夫）"却没有喊作"正夫"，还是照样喊作马沙奥了。

　　倒也难怪，正夫韩字音跟称谓风流男子的"情夫"同音，这么叫来叫去也难为情的吧。而且，冷丁一听还会跟光复后回来的临时政府的"政府"俩字相混。既然这样就该改掉那个汉字，可是好像马沙奥身边并没有关注这些的人。因此，马沙奥照旧是马沙奥。因为他不姓马，也就没有被称作"沙奥"，也没有连名带姓被叫做朴马沙奥，当然更不是这马沙奥那马沙奥，只是马沙奥而已。当地人，不管男女老少喊得非常顺嘴的这个有些怪异的名字，倒也跟他本人非常般配。

我没有见过马沙奥的父亲。据未经核实的消息，马沙奥的父亲在日本统治时期好像当过宪兵助手或警察走狗之类。由于曾经风光过一阵，解放后曾被村上的人群殴，差点丢了小命呢。也可能是因为这样饱受打击的缘故，没有心思为几个月大的婴儿改什么名字吧。据说，马沙奥的父亲就像一条蚯蚓，在乡亲们的唾沫沾湿的地上爬来爬去来着。就这么叩头求饶，才保住了一条命。那些揍过他的人，过后并没有公开提起这件事。只是有些老糊涂的老年人，喝得微醺才会拿它说事儿。

可是，不知怎么回事，新建立的大韩民国政府却让过去日本统治年代当过宪兵助手、警察走狗或面③书记、军人、官吏等的人，统统官复原职。不，甚至在日本人走后空出来的位置上，提上几级起用这些人。那个留下"合则生，散则死"这句名言的，在首届政府自称国父④的人士，自是不会知道自己送回光复前的位置的人当中有一个马沙奥的父亲吧。那位国父和马父在同为政府（正夫）之父，还有同为亡者这两点上有着共同点，不知在黄泉是否互通过姓名。

可惜，马沙奥的父亲并没有得到比光复前更高的位置。因为，那些位置早被那些比他更毒辣地折磨过同胞，并借此致富，

---

① 指 1945 年 8 月 15 日日本投降。
② 朝鲜日治时期朝鲜总督府于昭和十四年（公元 1939 年）颁布的一项将朝鲜名字改为日本名字的法令。
③ 韩国行政单位，隶属于郡下面，由几个"里"组成，大约相当于我国的乡。
④ 指大韩民国政府首任总统李承晚。

再用那笔钱飞快地投靠新政权的人们所占据。马沙奥的父亲只好满足于官复原职，回到威势远没有过去那么显赫的末端警官的位置上，好像他本人倒挺心安理得的。从此，他开始离家漂游在外面。

他家里的人则留守在跟村庄稍微相隔的孤房，几乎跟村上的人断了来往。村上的人也一样，没人跟他家走动。不管怎样，村上的人曾在解放前受到过马沙奥父亲的凌辱，而解放后为此复了仇，现在呢，则为害怕受到报复而担惊受怕。

六·二五战争爆发的时候，村上的人们曾经目睹过马沙奥的父亲跟随一个班的骑警，雄赳赳地开过村庄前面，此时此刻可谓是乡亲们对马沙奥父亲的恐惧达到顶峰的时候。说是吓得浑身僵住了，能够动的只有两个眼珠子。可是，马沙奥的父亲连马都没下，不过是冷冷地瞥了一眼俯伏噤声的村庄。仅此而已，并没有鸣枪警告我在这里，或朝着村庄唾唾沫、吹胡子瞪眼，哪怕威武地挥挥手，只是静静地走过。这是乡亲们见到的马沙奥父亲最后的模样。

这意味着养大马沙奥的并不是他父亲。儿时爆发的战争，将村庄和街市变成了一片废墟，在那片废墟上马沙奥和马沙奥的朋友们长大成人。大街给了孩子们吃的穿的，给了他们朋友，给了他们疾病、医药和游戏。

马沙奥的母亲天生弱质，一月倒有十天躺在病床上。她是个出生在日本的朝鲜人。至于她怎么流落到这么遥远的地方，嫁给一个警察走狗，不是我可以知道的问题，可是她用鼻音囔囔的笨拙的韩国话，将马沙奥的姐姐光子喊做"密斯高，密斯高（光子的日文音）"的颤颤的细细的声音犹在耳畔。

养大马沙奥的是大街，但对马沙奥的人生带来决定性转机的却是将"密斯高"改为"光子"的姐姐。光子为隔三岔五回家的弟弟摆饭桌，还天天为弟弟和自己的母亲，又是世上最孱弱的女子摆饭，倒尿壶。可是，仅靠这些还不能说为马沙奥的人生提供了决定一生命运的大转机。

光子这个人，还是曾让地区纷纭一时的大案的正主儿呢。发生那起案件的时候，我还在母亲腹中，没能亲眼见到，但来龙去脉还是清楚的。

光子在十七岁那年怀了身孕。据说，让光子怀上的是邻居三十岁的光棍。那个光棍被得知姐姐怀孕的少年马沙奥挥舞的镰刀刺中了左眼，成了独眼龙。为了这事，全村闹得沸沸扬扬。从村庄的历史看，这堪称是六二五战乱之后首次发生的同族相残。一时村里众说纷纭，赞赏少年勇气者有之，非难其残忍者亦有之。

毋庸怀疑的结果是，在全村一百多居民二百多只眼睛当中一下子少了四只。马沙奥瞪着两眼，进了收容少年的矫导所①。那个光棍汉，则在这个村子丢失了一只眼，只带着独眼搬到了外地。

———————

① 韩国对监狱的称谓。

这是当地人记忆中的少年犯进监狱的首例。可是，对于那个少年到底进了什么地方什么名称的矫导所，在那缺吃少穿的岁月里到底有没有专门针对少年犯的监狱，要是有的话马沙奥从什么时候起到什么时候为止在那里服刑的，是不是半夜逃走的，要是半夜逃走的话又逃到了什么地方，在那个地方又干了点什么等等，却没有人说得清。要是说，将这些理顺得清清楚楚叫做历史的话，马沙奥去矫导所的时候可说是史前的神话时代了吧。重要的是马沙奥为姐姐挥舞了镰刀，在地区里第一个进了少年监狱，这是定论。仅此足矣，更复何求？对神话时代的人们来说，历史是并不重要的。

光子没有跟那个光棍走。马沙奥服刑期间光棍回来过一趟，带走了小婴儿。这时，光子也没有跟他走。她等待着弟弟从监狱回来，一如既往地养活着病弱的妈妈。就当时的惯习来说，这些都是令人费解的事情。

光子长得奇丑，十七也好四十七也罢，别说是邻居的男人觊觎，就是站到眼皮底下也会绕着走。既然怀上了孩子，她原本可以半推半就地嫁给邻居那个男人的。可是，当那个跟唯一一个弟弟做了仇家的孩子他爸爸过来时，她竟然将还不会走路的孩子交给来人，眼睛都不眨一眨，转身就拎着锄头去铲辣椒地了。

既然说到这里，顺便再说一件事：当我吃着鸡屎，在院子里满地爬的时候，我们庄子里新生出一句俚语，叫做"如同光子锄地"，专门用来抨击那些懒蛋。这句俗语的意思是光子这个人干活儿好像闹着玩似的，但实际上干得比什么人都快、都仔细。光子的手掌又厚又粗，而且力气奇大。她用那双手下地干活儿，能干别人的两倍，还会使唤黄牛，还能上山打柴，还能像别的姑娘那样挖野菜。光子又有劲又能干，无论乡亲们请她干什么事，都能干到通常的一对男女干的那么多。因为这样，光子母女俩虽然穷，还不至于饿死。

就这样，光子给马沙奥创造了一个难得的学习机会，使他得以左右自己往后的一生。因此，马沙奥才能挥舞镰刀抠下别人一只眼球，自己则去了什么地方。也许是少年监狱，也许当了监狱少年，也许就那么离家出走，反正他离开了村庄。咳，少年矫导所就矫导所呗，怎么尽扯别的什么地方？你管不着，我愿意，这就是诞生在神话时代的我的兴趣嘛。

我有时候甚至想象，马沙奥不是去了少年矫导所，而是去了有着长须飘飘的道士的某座深山老林里……那山上长满奇花异草，高高的碴子下藏着蕴含着神秘武功的秘籍，峭壁上缀着长了十万年的山参，等着人开采……马沙奥替姐姐报仇，逃命的当儿，饿昏在路上，被过路的道士发现，带到白云缭绕的山上……那道士原本没有名字，因为人称道士，名字也算是道士吧……因此，要是包括职务的话，名字就该叫做道士道士……道士道士命马沙奥种下一棵白杨……然后让他每天早晚跳过这棵树……小白杨天天蹿高，就像一棵豆芽……小树很快长得高过马沙奥的个头，长成两丈高、三丈高、五丈、十丈，可我们的马沙奥总能轻

11

轻松松越过去……因为他日复一日跳过它，一点点适应的缘故……就这样马沙奥成了世界上最好的跳高运动员……全球著名的跳高明星就是这么诞生的……哦，真的，马沙奥不是跳高明星，而是打架明星来着……不管怎样，经过这样的途径伟大的明星诞生了，伟大的道士的弟子也会打造出来……

离家五六年之后，深造一番的马沙奥回来了。在离家深造的几年间马沙奥出落成有着白杨树干那样硬实的肌肉和树叶般苍翠的意志的年轻人。在少年矫导所（要是按我的想象，在白云缭绕的高山上），他肯定遇见过好几个师傅的吧。就算是师傅，倘若是一起在矫导所的话肯定也是少年，连二十岁都不到，可是对马沙奥来说应是世上难寻的好老师吧。他们分科传授，培养出世上最出色的打架好手。

有的师傅教用身子打打砸砸的技术。而有的师傅则为他注入了在险恶的江湖不可或缺的品德——狠毒。一个师傅教他盗窃、抢劫的伎俩，另一个师傅教他软硬兼施、坑蒙拐骗的本领，有些师傅则教他扒窃、绺窃、诈骗、赌博等凡是有人群的地方都能无法无天地生活下去的手法。另有一个师傅教他武术基础。马沙奥以天赋的体格、素质以及热情，算是在最佳环境中吸收和磨练了那种情况下所能学到的最高的技术，雄赳赳回到了老家，并且顺理成章地成为了街上的王子。马沙奥是光复以来当地大街培育出的最初的混混、拳头、地痞和最大的神话。

马沙奥学成归来的时候正值当地从神话时代进入历史时代的

转折点。同时，又是我开始认字的时候。历史跟神话一样，同样需要主人公。不过神话的主人公是神，历史的主人公是人类英雄而已。而在巨变的时代转变期，达到人类所能达到的最高境界的英雄就是马沙奥。

由于风雨无阻、一天不落地坚持锻炼和实战，马沙奥的身子锻造得如铁锤一般，指尖磨得像旧勺一般平秃，鼻梁上的疤痕没有愈合的时候。但凡打架，总会有胜败，总会有流血。如今就不用说了，即便是马沙奥横行大街的时候，也没有"只要有劲拳头硬，随便打人也不要紧"的法度。当时，也存在警察这个职业。可是，马沙奥怎么打架也没有被抓进去一次。

马沙奥从来没有输过。对孩子们而言，马沙奥就是活着的不败传说。马沙奥可挣脱卢·戴茨①的腋下紧挟，拥有比力道山的唐手拳更厉害的铁拳头。他能打败平局的天才安东尼奥·猪木，在国内则能打赢永不言败的金一。马沙奥是有着拳王阿里的轻灵和乔·弗雷泽的蛮勇、索尼·里斯顿的重拳以及洛奇·马西阿诺的多彩经历的打架王。试问，谁敢与之争锋啊。

说是这么说，据我所知，马沙奥对外国的打架大王、拳击手或摔跤手之类，一概不感兴趣。因此，他决计不会想到自己在做可在拳击史、摔跤史和打架史上留下足迹的事情。这样一个并不是书本上看到的，因此用不着背诵的，可是能领略到其力量，而

---

① 卢·戴茨和下面的力道山等几个人都是风靡当年的各国摔跤运动员或拳击手。

13

且近在咫尺、时刻能感受到其威力和名声的人物，对幼年的我们该是多么富有魅力呀。哦，那时的他，又是多么伟大哟！

大巴司机开始悄悄地打盹。尽管如此，地球仍然在转，大巴正在攀上第十二道岭。

这是过去曾叫做九十九道弯的山岭。到底有多少道弯，谁也说不清楚。岭上大弯套小弯，有稍小的弯、更小的弯、半大不小的弯、不大不小的弯。还有，古人当成是弯而如今修车道削去的弯，当然也有新增的弯，也会有谁也看不出的微微弯曲的地方的吧。司机顺着这无数的弯道，把方向盘左旋右旋，随着他开始打盹，回忆暂告中断，不由得关注起现实问题来。想到了除了乘坐这辆大巴，是不是真的没有选择的余地这个问题。

要说战胜恐惧嘛，也不是全然没有办法。司机由于跑过多次，轻车熟路到可以打着盹开车，猫在司机身后跟着打盹就是了。这条路的尽头，有我的老家，假如有幸不死，一天内总可以抵达的吧。退一步说，就算死了，也有司机做伴，黄泉路上不会孤单的吧。

于是我竭尽全力，大汗淋漓地渴盼睡觉。接连不断、无须代价地浮现的回忆——在我尚未被发大水时漂下溪水的西瓜般的回忆冲走的当儿，我想到了可对我之后访问这个地界的人们有用的一个忠告：就是夏天乘坐开往我们那个地方的大巴时，千万千万预先确认一下空调是不是管用。

马沙奥的传说在当兵的年代盛开了最为华丽而硕大的花朵。

倒不是说他入伍之后，成了战场上的英雄。

马沙奥被分配在国军体育部队，跟后来成为世界冠军的真正的拳击运动员较量，仅一拳就把他打趴下……随后，不胜毁了一个好苗子的远大前程的内疚，逃离军营回到家乡……当时，为了抓他一个人我们地区破天荒地出动了一个排的宪兵……马沙奥赤手空拳让一个排的宪兵投降，可是在最后瞬间听从了姐姐的劝告自首归案……马沙奥就在前来抓捕自己的宪兵们的护卫下，堂堂正正自己走了回去……大韩民国最强有力的军队，在军队里最强有力的组织宪兵，连这样无敌的一个排宪兵也奈何不得马沙奥一个人……马沙奥真真天下无敌……

这个美丽的神话背后，隐藏着我所知晓的真实的影子。马沙奥生活在溪边的房子里，那里离我小时候的家约十分钟的步行距离。就在他家的木廊台上，光子娓娓地跟我讲了真实的情况。光子这个人说不来假话。而对姐姐，马沙奥总会说真话的吧。

马沙奥一入伍，就因其天赋的体格和体力，很快被分配到体育部队。准确地说，是被分配到有那种部队的师里。马沙奥并不是一开始就是正式选手的。要想进体育部队，是需要非常苛刻的条件的："须为国家代表队或等于国家代表队的运动员出身，在履行神圣的国防义务的同时，需要保持与发展宣扬国威的体育人的实力，而且……"马沙奥自然不可能是这类人的吧。即令他是这类人，马沙奥可是连什么叫国威、什么叫宣扬都不懂的打架大王。根本没有资格。当然，资格也不是绝对的。倘若当时的现役师长当中有个非常酷爱拳击的人，恰好他掌管国军体育部队，碰着阅兵或乘着吉普驶过，瞧得哪个入眼，跟副官说声"把那个小子带过来，哦，还有那小子"，那么谁都会有进入体育部队的机会的。待到副官把被称作那小子的小子带过来，师长就会实施旨在进入光荣的国军体育部队的简约现场审查：突然拿指挥棒击击肩膀或捅捅肚皮之类。这种审查是全年无休，随时随意地进行的。

有一天，马沙奥得了严重的腹泻，大家都去训练了，他一个人守着空无一人的内务班。当时，他隶属于护卫国军体育部队的警备部队。听光子讲这个故事的时候，我还不是很懂事，没到听得懂这种故事的年纪。因此，曾经反问过光子，所以能肯定马沙奥当初并不属于体育部队，这是千真万确的事实。不过是守卫国军和体育的警备员，而且不过是一杠的小兵豆，这样的马沙奥患上了严重的腹泻。不仅腹泻还发烧，甚至还说胡话来着。

可是，却有着比发高烧、说胡话等问题还严重的问题，那就是怎样解决无时无刻不在发生的腹泻。咳，去卫生间不就行了？但是，要是那个卫生间坐落在横穿整个练兵场还要走上一百米的地方呢？而且，天上飘着不期然的冬雨呢？要是像警备部队的其他战士那样没有伞呢？马沙奥不想打湿军装，想要穿着内衣去卫生间，又寻思内衣湿了也不太好，就想穿着背心去，最后觉得背心也没有不淋湿的保障，索性脱掉衣服，光着膀子只穿裤衩勇猛地跑向练兵场。

练兵场空荡荡地不见个人影。马沙奥就全速跑向厕所。拽开厕所门的瞬间，马沙奥突然冒出一种想法：反正要方便，干脆用用一次都未曾用过的将校卫生间怎么样？士兵使用的厕所冬天非常冷，而将校卫生间则是有暖气设施的抽水马桶。马沙奥好想体验一下抽水马桶。非常思念一次都未曾见识过的抽水马桶，就像思念留在家乡的姐姐。于是，发挥腹泻加高烧浑浑噩噩的士兵的勇气，重新跑向了练兵场。练兵场依旧空荡荡的。将校专用卫生间坐落在将校宿舍跟前，也是空荡荡没有人影。

师长恰好此刻乘坐吉普车驶进营区，撞见了那个在练兵场跑来跑去的光着膀子的汉子。

"喂，副官！那是什么？"

师长不由得尖叫起来。副官寻思可能是野猪跑进营区了吧，可还是慎重地回答说："可能是食堂用剩饭喂养的猪跑出来了吧。"

"浑球，猪有站着跑的吗？快去给我抓来！"

接着，师长把副官撂在飘雨的练兵场上，驶向热腾腾的火炉等着的办公室。副官暴风似的跑向将校卫生间。马沙奥浑然不知帽子和肩章贴着拳头大的星星的师长下了关于自己的什么指示，正光着身子在将校卫生间一个角落憋着劲儿呢。站在那令他感动的马桶上面，两脚蹬着，大嘴张着。

"小子，好棒的身板！"

师长前后左右捅着马沙奥的身子，仔细察看之后发表了评

17

论。仅凭好身板，马沙奥被赦免了好几桩罪状：以一个小兵的身份，赤身裸体利用将校卫生间的弥天大罪，光天化日下光着身子在练兵场跑来跑去的不算大的罪。这样宽宏大量的师长，日后跟几个朋友勾结，悍然发动军事政变，掌握了大权，这是后话。不管怎样，马沙奥顺利通过了师长的简约审查，被分配到国军体育部队。

拳击嘛，那恰恰就是马沙奥的特长。从小将枣树缠上草绳子，白天黑夜地擂啊打的猛烈而自发的训练，加上丰富的实战经验，配上天赋的体力，真可谓天下无敌了。

于是马沙奥卖力地训练起来。那可是生平第一遭接触到的并非打架的，但非常接近打架的正规的体育训练啊，马沙奥吃苦耐劳地进行着训练。经过正规的残酷的训练，不过三四个月马沙奥的肌肉就锻炼得坚硬如铁，身手变得更加敏捷。当时真是自信满满，似乎任何人都打得过。可惜，拳击终归不是打架，没处去试验打架的实力。当他徒有一身绝技无处施展的时候，也许是天可怜见，中量级东洋冠军白斗万竟然入伍分配到这里。

"哇，这小子真个好身板啊。"

马沙奥上上下下仔细地打量一番白斗万，不得不发出赞叹。后来夺得世界冠军金腰带的白斗万，可不管身旁有没有人，不管谁嘟嘟什么，不管他是老兵还是小兵（哦，白斗万刚刚入伍，比他更小的小兵是不会有的吧），只顾呼呼喘着粗气，不停地伸缩胳膊。据马沙奥的回顾，那可是活着的打架机器。

"喂，朴正夫，你干什么你？"

白斗万的负责教练跑过来，就像看着站在昂贵的瓷器旁边的孩子，不无担心地问道。这是生活在一起的这几个月，这个教练跟马沙奥说过的最长的一句话。

正在训练新兵呢。马沙奥回答说。听了这话教练哼了一声，该死的东西，自己是个小兵豆子，训练新兵你也配。看您说的，这小子是二兵①，我是一兵，我不训练他谁训练他呀。听了马沙奥的辩解，教练说，去你妈的一兵二兵，赶紧去准备干净毛巾，好让他冲完澡擦干净。听了这话，好像新买的灯泡插在灯头上，马沙奥的脑袋豁然开朗。好哇，让您看看大韩民国二兵和一兵哪个强，您就让我跟他来一把吧！马沙奥请求道。他这个东洋冠军算老几，还不是社会上的冠军，在兵营还得看谁吃的干粮多，是不是啊，姐？马沙奥回顾道。没想到听了这话教练乐了。还正缺少个陪练呢，你这块头正好。看样子你小子禁得起揍。

于是，马沙奥戴着拳击手套走进拳击场。在周边运动的兵长、上兵和同伴一兵们簇拥过来。冠军全然不知马沙奥的伟大。于是，在比赛中竟然像赛前和赛后那样嘻嘻直乐。无论在比赛前还是在比赛中，马沙奥很为他这个态度恼火。因此，铃一响就飞虎般扑过去，闪电般攻击对方的脸部。冠军轻轻一闪躲开了。这

---

① 韩国士兵军阶从低到高依次为二等兵（二兵）、一等兵（一兵）、上等兵（上兵）、兵长。

次，马沙奥像猎豹般扑过去，袋鼠般抽击，可惜冠军又躲开了。接着，马沙奥再次蝴蝶般飞过去，马蜂般叮着，可冠军只是点点头，用单纯的动作躲开了拳头。马沙奥换了战术，马蜂叮着蝴蝶般扑过去，瞬间眼前直冒星星。等马沙奥醒过来一看，四仰八叉躺在地上的是他自己。

据我所知，这应该是马沙奥生平第一次吃的败仗。马沙奥一下将世界冠军打趴下的传闻或神话，不过是传闻和神话而已。人们总是按照自己的意愿造就英雄。马沙奥之所以拥有不败神话，恰恰是因为人们本身愿意拥有不败神话的缘故。

光子边从晾晒在廊台上准备做大酱用的黄豆中挑出虫蛀的，边跟我讲剩下的故事。我知道了真实的情况，却没对孩子们说，至今没有跟任何人说出一句。为什么会这么做呢？因为，我本身也想拥有神话，我也像别人一样，想拥有英雄。

自打那次之后，马沙奥一有空就被当作陪练站到拳击场上。因为整个体育部队找不出第二个经得住冠军铁拳的陪练。马沙奥作为冠军的陪练时总是吃到 KO 败。马沙奥总算明白了世上存在着为拳击而生、为拳击进化身体的人。

马沙奥开始讨厌拳击，更讨厌当什么拳击陪练。被冠军的特长——赛过锥子的左直拳、铁锤般的右勾拳、镐头般的上勾拳丰富多彩地修理，真是比死还难受。可是，由于没有人当白斗万的陪练，马沙奥只得硬着头皮上台，直到被打死为止。啊，要是运气好，能熬到活着退伍的那天吧。可惜，他服役的日子还长着呢。

于是，马沙奥打定主意要逃跑，因为那才是不被打死、保住一条命的途径。说起来，逃出军营并不难。因为，马沙奥进入体育部队之前隶属于警备部队，对周边的环境太熟悉了。可是，在逃跑之前他打算先试验试验自己真正的实力。拳击是不行了，可人总不会白天黑夜地戴着拳套的吧。最起码，睡觉啦吃饭啦的时候要脱下那玩意儿的吧。要是摘下拳套，赤手空拳相对的话，我还能输得那么没劲，也不想想我是谁？再说了，输又怎么样？打了一百零一场，输了一百零一次，再输一次凑个一百零二次又有何妨？

于是，马沙奥在做好了逃离军营的万般准备之后，故意跟白斗万说，总是戴着拳套有些腻味，赤手空拳较量一把怎么样？

白斗万不知就里竟然答应了。因为，他不过是打架的机器，上哪儿知道我们有头脑的英雄马沙奥的伟大啊！马沙奥在出征约好的月下之战前预先吞下了一种药——既是牲口交配时候的发情药又是将马沙奥这样的斗士赶到战场上时用的军营秘传的兴奋剂育亨宾。

月夜，在阒无一人的沙滩上冠军和陪练来个死命相搏。观众只有面色冷峻的月亮。没想到发情的马沙奥挨的揍比当陪练的时候多得多。马沙奥挨这种饱揍可说是空前绝后的，之前没有，之后也不会有。马沙奥倒下十次，挣扎着爬起来十一次。因为没有裁判，也就没法套用KO败的规则。白斗万好像才觉察到马沙奥

21

的伟大，提议不要再比了，可是马沙奥说自己还没有挨够，没完没了地扑上来。

那天夜里，在月亮的注视下冠军仅仅倒下了一次。马沙奥挥舞拳头数百下，仅仅击中了一下，冠军就是被这一击打倒的。

冠军挨了马沙奥花岗岩般的拳头，脑袋被砸坏了。冠军鲜血淋漓地躺在那里，马沙奥沐浴着月光大步流星地逃出了军营。冠军在因流血过多丧生的前一刻，有幸被教练救了起来。冠军告状说，马沙奥第十次倒地时捡起石头，在第十一次的较量中砸了自己的后脑勺。马沙奥走进浸透着回忆的将校卫生间，照着镜子用手掌将脱出一半的右眼珠按了回去，就扎紧了军鞋的带子。这是他第一次逃离军营。

马沙奥跑了六次，被抓回去七次，然后就退伍了。说来奇怪，他从部队跑出来，压根不想远走高飞，只是回到老家称王称霸，仿佛没事人似的。这么说，马沙奥整个二十到三十岁的年龄段，行伍生活、街头霸王生活和被部队监狱囚禁的生活分别占去三成，剩下的一成该是来回跑花费在旅途上的时间了吧。在这段岁月里，白斗万服满兵役退伍，成了世界冠军，好像是在第二次守擂战的时候被赶下了擂台，后来经历过几次挑战和失败之后退役了。

马沙奥第一次逃离军营被抓回去的时候，是宪兵们曾经分乘吉普车和大卡车出动来着。宪兵出现在我们村庄，可说是六二五之后头一遭。马沙奥竟敢跟宪兵对峙，可惜只支撑了半天就被抓住，被五花大绑起来。马沙奥口吐掺血的白沫，像粽子般被扔进车厢里，然后被拽起来悬吊般绑在拱形的钢架上。

在我充满惊恐的目光里，高高被吊起来的马沙奥活像圣画中的耶稣。要是说跟耶稣有什么不同，那就是马沙奥一刻也不得安宁，像嘶鸣般嚎叫着乱摇脑袋。而且，马沙奥到了那个份上也没有喊爹叫娘，也没求救上帝，当然也没有在三天后回到我们身边。赤裸着上身、被五花大绑、浑身鲜血淋漓的马沙奥的模样，久久地镌刻在我们心底。

传闻并非没有一丝一毫的真实性。人们传说宪兵们像众星拱月般护卫着马沙奥穿过了当地。虽然闹不清是不是真的，但我还记得宪兵们好像有些惊恐不安的样子。孩子们跟着卡车跑，拼命地喊着马沙奥的名字。大人们也久久地站在那里，目送着马沙奥驶过绕着当地邑内的小溪上的桥，留下黄牛悲鸣般的哭声消失掉。就这样，在邑内也有数不清的人将马沙奥镂刻在心底。

马沙奥的这种形象足以孕育出往后的各种神话。事实就像加入酵母的白面，高高地膨胀开来，加以适当的舔削和装饰之后变成了烤好的面包般的神话。而且，当那个神话在人们的心目中加以重复和巩固，演变为不可磨灭的传说的时候，马沙奥彻底地回来了。他坐到整个地区的神话和记忆为他预先打造好的王座上，该说是理所当然的。

空调不怎么样的大巴，依然在吃力地爬着漫坡。大巴司机好像在存心表现自己闭着眼睛都能跑这条道，真的闭着眼睛开，不慎过了中线，闹得迎面开过来的车吓了一跳，不是鸣笛就是闪灯警告，于是司机就打方向盘回到原来的轨道，频频反复着这动作。每逢这时，炎热就会被吓跑，也许不再需要另外的冷气了吧。听见了鸣笛声醒过来还有情可原，司机闭着眼睛又是怎样察觉到大灯的闪亮的呢，真是天知道。

还以为就我一个察觉到司机在打盹，原来也不尽然。稀稀落落坐着的乘客，好像大都明白这事儿。表情也是五花八门的。坐过多次的人会放松身心，随着大巴的振颤自然地移动重心。那些闭着眼睛的人们，大都是体验过这辆大巴不下数十次的老练的人。他们明白眼不见心不烦的道理。而越是第一次上路或缺少经验的乘客，动作越是僵硬，直勾勾盯着司机扁平的后脑勺，紧张万分死命捏着把手。车上还有悠闲地观察那些人的人，还有像我这样观察观察的人的乘客。

不管怎样，花上区区几万元就能做一次如此惊心动魄、紧张万分的旅行！假如这家大巴公司想要给乘客更大的紧张和更多的惊险，满足他们更大的冒险心理，那应该采取如下措施：先把车费提高五倍，然后更残酷地使唤那些司机，最好是让他们抓住方向盘之前，三天三夜合不上眼。我的不满越来越膨胀了。这些笨蛋，为什么不这么做呢？为什么？到底为什么？到底为什么不这么做？世上竟有这么不替乘客着想还不倒闭的公司！

能够把我叫到老家的，能够让我乘坐这么要命的大巴，颠颠簸簸过来的人，除了马沙奥没有第二个。我从小就是他的信徒。

可说是狂热的信徒。我简直无法想象没有他的老家，还有我。

可是，马沙奥他已经死了。小时候，假如说马沙奥是夏夜十五的月亮，我堪比小溪边的萤火虫。伟大而悠久的十五的月亮不会记得萤火虫，而萤火虫哪怕一辈子只跟圆月碰上过一次，也会永远珍藏在心底的。我就开始了有关大圆月马沙奥和我这个小萤火虫，还有我的伙伴狗屎虫①载天的回忆。一直到大巴攀上坡顶为止。假如这辆大巴能平安无事地爬上坡的话。

_____

① 乡下对萤火虫的别称。

三

　　马沙奥称王称霸三十来年的地方，是一处四方环绕着山的盆地。海拔接近一千米的山，山中有着细细的羊肠小道，黑魆魆的峭壁俯瞰着小路，仿佛随时要把它吞掉似的。自称会看地势的人说，这里是个大瓮形状，有朝一日说不定要招大盗的。怀抱着老家的小镇的平野，奉献着丰厚的物产。产的大米是邻近最多的，还有大麦、小麦、黄豆、谷子、高粱、红豆、核桃、大枣、栗子、柿子、土豆、茄子、面瓜、地瓜、白菜、萝卜、生菜、茼蒿、锦葵、辣椒、水芹、玉米、山羊肉、鸡肉、猪肉、牛肉和鸡蛋等，丰盛地供人享用。

　　跟所有闭塞的地方一样，这里的人们特立独行，还非常骄傲。靠自己的力量，能够种田养活自己，这成为他们骄傲的资本。别的地区也不乏值得骄傲和炫耀的地方，有的是学问或艺术的成就，有的是曾经孕育出来的两班①文人，还有就是车站、机

———————

① 韩国封建时代的贵族，从文武两班演变而来。

26

场或明星运动员等，而这里的人们认为别的地方的人追逐这些空洞的观念或理想，正是因为生活太困窘的缘故。不知是因为这种实用主义，抑或是山不够高、水不足深，要么干脆就是没理由，无论是我儿时还是现在，我那个老家培育的人物当中鲜有赢得男女老少崇敬的伟人。

那些伟人是孤身一人生为伟人，活为伟人，死为伟人的吗？不是的。世上没有一个人生来就是伟人的。伟人是我们大家造出来的。我尊敬那个人，那个人就会成为值得尊敬的人物。我热爱一个人，那个人就会变成拥有人见人爱的魅力的人物。我要是思念他，他就会成为值得思念的人物。同时，我要是讨厌他，他仿佛心有灵犀立马变成万人嫌的人物，我要是憎恨他，他就会变成人人憎恨、恨不得除之而后快的人物。

在同一个宇宙、同一个银河系、同一个太阳系、同一个国家、同一个地区，隔着一条小溪，有着同年同月同日同一时刻生下的两个人。那就是载天和我。而我们并不是双胞胎、不是一家子，也不是两家亲密走动的邻居。

不用说了，我俩的生辰八字、星象等毫无二致。要是按这个逻辑，我们两个人当中一个人今日运气好，另一个也应该差不到哪儿去，一个人要是出息成伟大的人物，另一个也要成为跟他比肩的人才是。可是，我们俩的运数、八字或处境等，小时候就不大一样，现在更是大不一样呢。当然了，左右一个人人生的不仅仅是八字或星象。连那些手纹、脚纹、相貌、骨相、体相、心相、书、电影、音乐、朋友、父母、兄弟、姐妹、祖宗、邻居、姻亲的姻亲、水味儿、大酱味儿等，无不影响到一个人的人生。

由于我们两个人的家，哪家也没有搬到外地去，所以我们只好生长在完全相同的自然环境当中，毕业于同一所小学和高中。到此为止尚可说是宇宙的、历史的层次的战后出生高峰期偶然缔造的一致和某种缘分。可是，我们俩人之间最富有人性味、最强烈的缘分还是就某种人物有过相同的体验。这个体验，缔造出我们第三、第四、第五次缘分。最终，我们俩人之间就像排成一溜的电线杆子般衍生出一排排、一串串的缘分，成为这种缘分起因的决定性的人物就是马沙奥。

这个世界之所以有活头，我们的人生之所以波澜壮阔，不就是因为人与人观点的差异吗。反正，我们第一次产生不一致就是对一个人物的看法。我尊敬的人物，载天并不尊敬。他没法承认我认为出类拔萃的人物的伟大。当然，他成为这个样子也是有契机的，而我知道这个契机。

载天和我还小的时候，我们老家有一个伟大的人物叫做马沙奥，还有在著名这一点上堪称跟马沙奥形成双璧的一个叫柳新潮的人。

柳新潮此人之所以成为著名人士，得益于他能用尿画世界地图。他时常当着孩子们的面掏出使人联想起泡涨的手指头的阳物，一边撒尿一边在地上画世界地图。根据尿液的量，有时画亚细亚，有时是非洲，有时是美洲外加夏威夷。遇上尿特别多的日子，他会一口气画上欧亚大陆，画得兴起会用树枝补画其余的地方，他画出来的真的跟我们在地理教科书看见的世界地图一模一样。他每次画地图，总是落不下一个地方，那就是朝鲜半岛。哪怕是画跟朝鲜半岛扯不上关系的美洲大陆、非洲大陆或大洋洲的时候，他也会省下一点点尿液，最后一定要画上朝鲜半岛。而且，他在画过尿液地图或吃饱了心情好或小把戏们跟在后面的时候，总愿意大喊一声："世界总统柳新潮！"

他在当时算得上是世上唯一的世界总统。朝鲜半岛是他的政府坐落的首都，而我们的老家就是他的总统官邸。一道小溪绕过老家东头，大总统的寝室就坐落在架在小溪上的桥下。他非常谦虚地在桥下搭建窝棚生活着，像佛子靠着托钵行乞维持生命。

邑内的孩子没有一个不认识他。说他曾经是世界上智商最高的天才的传闻从大人嘴里出来，经过孩子们的耳朵和嘴，重新回到大人的耳朵也就没有什么可奇怪的了。柳新潮既是乞丐又是总统，而且是世上独一无二的世界大总统。

载天家和我家中间有着一条宽度大约有一百米的小河，小河两旁是沙滩，一大片沙滩外面是一条直通邑内的大堤。平行伸展着的两条大堤上，被拴在木桩上的山羊悠闲地吃草，大堤下面的石缝里栖息着泥峰。生活在大堤附近的并非只有它们。这里也有着无法跟人们生活在一起的阴性麻风病人或精神病人，还有他们饲养的鸡、山羊和狗，有着间或在夜晚现身的他们漂亮的女儿。

我和载天亲眼确认柳新潮的天才性，是在有一年刚刚度过淫雨期后在柳新潮寝室下游的河边发现一本小本子的时候开始的。谁最先发现的已经不清楚了，可是那本小本子的主人是柳新潮无疑。本子封面用铅笔几乎完美无缺地画着等于柳新潮专利的世界地图，里面还有用豪放的笔体写成的几封信。

第一封是写给当时的大韩民国总统的劝告信，那里写着别搞什么终身制或三选改宪①，让好多人不舒服，还是到这里的小河钓一钓鲇鱼吧。写给联合国秘书长的信言辞偏激，说日本首相正大放厥词，说曾经是殖民地后来独立的国家应该知道殖民统治对他们今日的发展作出了多大贡献，联合国为什么不把他叫来，命其剖腹自杀呢？还有，写给当地自治团体团长的信中好像有埋怨"缺乏对改善地区居民的居住环境，特别是对饱受洪水威胁的桥底居民的关怀"的内容。此外还有写给法院院长和长官、警察署长、派出所长和消防署长等的信，可谓数不胜数。

至于柳新潮为什么要写这种信，而且不寄出去放在那里让洪水冲走，我和载天都无从知道。因为，那本本子上只有信的内容而没有信封和邮票，那些信要想抵达收信人的手中得有人无偿传递才行。难道他觉得小溪流向大河，会有河边的艄公捡起来，替他交给总统吗？大河则会流向大海，远洋船长会拾起来送给联合国秘书长吗？要不以为我们这样的孩子会捡起来，交给邑长吗？不管怎样，那本小本子给了我们莫大的冲击。

---

① 指 1969 年朴正熙政权为了继续掌权，修改宪法，使总统能够连任三届。

"柳新潮是间谍。"

载天主张说。要不是间谍，上哪儿知道这么多机密啊。据说那当儿发生过跟柳新潮同名的武装间谍袭击总统宅邸的事件。名字一样，职业也有可能一样，这就是载天的主张。职业？

"武装组织和间谍不是一回事儿。组织是一时的，间谍是要长干的。"

听我这一说，载天小子用不可理喻的表情备觉可怜地望着我。这时刻，朝鲜半岛八月的阳光真正是璀璨耀眼呢。

"你，不知道我爸爸是警察吗？爸爸说了间谍和武装组织统统都是敌人。柳新潮那个样子是装出来的。不是还有伪装间谍李秀根吗？"

"李秀根不是伪装间谍，人家叫双重间谍！"

我们就间谍这个命题争论不休，懂得了间谍有着一般间谍、大牌间谍、南派间谍、固定间谍、归顺间谍、女间谍、武装间谍和自首间谍之分。载天说要是告发了间谍，能领到够买一栋房子的奖金呢。咳，不是奖金，奖金是你比别人干得好，奖励你的钱。告发了间谍，能领到补偿金，算是奖金的亲戚吧。当时，我们为这个争论不休，可现在想起来我俩都错了。那应该是酬金，对付出的劳动的酬劳。劳动？当然了，告发间谍就是劳动嘛。

——警察叔叔，那边桥底下有间谍呢。这里有着搜集乱码表和反动传单的本子呢。

——是吗，好好，干得好！你们拿来背架了吧？这是酬金，你们好好拿着。

背着那笔款回来，不就是劳动吗？

我们那次是为了捞取洪水冲下来的东西，贴补贴补家用，才
到溪边的。要是能贴补一栋房子，爸爸妈妈该多高兴啊。

记得那年的夏天，天气的变化实在怪异得很。开始是大旱，
闹得马沙奥家旁边的棉白杨都快干死了。随后，袭来强烈的台
风，差点把白杨连根拔掉。再后来，就是连绵的暴雨，几乎达到
要认真考虑是不是该砍下杨树造木筏的地步，后来，就发了大
水。我生平第一遭看见了屋顶、人，还有西瓜、香瓜和猪等漂流
下来。

多亏祖先在高处搭了地基，我们村没有遭受洪水戕害，乡亲
们简直乐坏了。人们给杨树绑上大网和绳子，捞上人，还捞上西
瓜和香瓜等吃了，还帮助了那些猪。要是将猪比作小船，猪蹄就
等于是小得可怜的橹，而这条船往往承载着有着丰富的脂肪的胖
乎乎的货物。人们声嘶力竭地叫喊，鼓励小猪用那小小的蹄子游
泳，等它漂近就用绳子或镐头拽上岸，把它捞上来之后就宰杀
吃掉。

等洪水过去，太阳出来，再过去一天就轮到了我们小孩子。
孩子们从漂流下来的东西中挑出能用的，也不问问上面村庄的孩
子们的意思，就攫为己有。我们，当然也是为了这个目的来到溪
边的，没想到有了意想不到的收获。

可是，柳新潮要是像这个本子被洪水卷走了呢？被洪水卷

走，像烂掉的西瓜那样死了呢？真是那样可就是太荒诞太无聊了，是不是啊？我们边唠嗑边朝着上游走，朝着间谍柳新潮的窝点——大桥底下走去。就是打算先侦察清楚了再说。

像是天上没完没了地泼下不要钱的热汤的八月的大白天，浓绿的原野像巨人的双腿伸展着的堤坝上，只有我们两个孩子在走着。大堤的两旁有着有人说闹鬼也有人说没有什么鬼的丧舆房①，以及有人说是癞子也有人说现在已经不是的麻风病人住的孤零零的小屋。走过这些房子，就是柳新潮当屋顶的小桥了。

我们屏着气息走过麻风病人的房子，既因为怕癞子，又因为看见了他家养的狗躺在柴扉前面睡午觉的缘故。

接着，我们再次屏息走过丧舆房。听说大人们晚上走过这个房子，也要死命地踏着自行车脚蹬子。而我们是小孩子，因为小孩子觉得说不定会有白天出没的鬼，于是就要多加小心。因为，不管白天黑夜，不管大人小孩，撞上鬼总不见得是好事。

因此，为了侦察一人或一名间谍走到桥下的那条路，堪称是一条以预想不到的冒险铺就的岌岌可危的道路。啊，还有一桩最后的冒险，这可是能使迄今为止的冒险黯然失色的令人心惊肉颤的天大的冒险。就是我们不仅要确认柳新潮的窝点，还要亲眼确认住在这个窝点的间谍，不愧为世界性的大牌间谍的身份，经历过这场大洪水之后是否安然无恙。

----

① 停放出殡车的地方。

想到这里，那晃晃悠悠悬挂在桥底下的草袋子（那个草袋子等于柳新潮窝点的墙体），那草袋子遮盖住的里面更显得黑魆魆的。柳新潮肯定在那里面维修着毒针和机枪、迫击炮和潜入用的汽艇、出故障的直升飞机，还有饭盒大的原子弹吧。假如他真的是伪装成世界总统的间谍的话。

我们站在桥上俯瞰着柳新潮住的草袋子里面的世界。不，应该说在周围游荡了十来分钟，试图窥探窥探里面。可是，窝棚里面一点也看不清楚，而且什么动静都没有。剩下的办法只有一个，就是走到窝点跟前，大喊"是死是活你给我出来"，将柳新潮引出来，或干脆撩开草袋子亲眼看一看。真是，没想到赚钱这么不容易！领取一栋房子这么危险万分！好容易抛弃掉干脆放弃的想法，头发却根根竖了起来了。感到好害怕。害怕柳新潮、怕柳新潮的本子，还有这静谧的夏日的白天，没有一丝风的原野。唯一不觉得可怕的只有酬金。

"你拉大便了吧？"

载天小子跟我咬耳朵。瞬间，我吓得差点大叫起来。因为，四周实在太静了。

"才没有呢，干吗？"

"那怎么有臭味儿？"

我下意识地摸了摸屁股，可我明白别说大便了连尿都没撒一滴。可是说来奇怪，听他这么一说还真闻到了大粪的臭味儿呢。

"你拉的吧？"

"不是，小子，犯人是这本本子！"

载天摇动着本子。发大水冲走了不少小溪边的简易厕所，到处流淌着粪尿，肯定是其中比较新鲜的大粪沾到了本子上。我们像觅到藏宝图，瞪眼看本子时一点也没有闻到的臭味儿，这会儿从那本本子，从摸过本子的手，本子附近的小路，扔着本子的小溪边，还有从跟本子毫不搭界的四方，铺天盖地地朝我们袭来。

"小崽子们！"

蓦地，草袋窝棚颤了颤，柳新潮黑红的脸膛像小丑的舌头突然蹦了出来。蓬头散发的脑袋用草绳子捆着，从脑袋旁边伸出拳头，仿佛要玩剪子石头布似的。我当时怎么会不晕倒，现在想来也是奇怪之至。

"啊呃呃呃呃呃！"

"呜噎咦咦咦咦！"

载天小子把本子扔到桥下，撒腿就跑。扔本子这个单纯的动作上，该蕴含着攻击和防御、处理垃圾、轻装逃跑等丰富的内涵，尽管用这个动作耗费了时间，载天小子比我快得多。在我迈上十四五步的时候，载天小子已经跑在二十米开外。我也在竭尽全力用抬高膝盖、双手紧贴腰部的良好姿势跑着，可就像在梦中怎么也跑不快。而且，还担心跑过丧舆房的时候，在那里睡午觉的鬼跑出来，就像刚才的柳新潮，这脚步越发挪不快。不管怎样，我好歹跑到丧舆房那里。

"呜哇哇哇哇哇！"

蓦地发现载天小子倒头朝我跑过来，发出刺耳的怪叫。那小子脚程就是快，眨眼间就跑到丧舆房前面，走近我身旁。他身后，麻风病人家的小狗用更加洪亮的声音吠叫着，死命地追来。我紧紧地把身子贴在丧舆房墙上。妈的，与其叫疯狗咬死，用毒针扎死，还不如叫鬼杀死呢。可是，害怕的鬼并没有来，来的只是掠过我身旁的载天。

　　"呜喔喔喔喔喔！"

　　只见柳新潮正走上小桥。他一瘸一拐慢腾腾地走上大堤，矗在那里盯着载天，像一个稻草人。看见我们大白天扯着脖子怪叫着上蹿下跳，他肯定觉得很奇怪吧。我蹒跚地爬下大堤，下到小溪边，突然想到丢失那本可当做告发间谍的决定性证据的本子，未免太可惜了。

　　载天小子跟我不一样，并没有逃到溪边。他着急忙慌跑过大堤下面的大坑，想要跑到田埂，一不小心陷进了大坑。可是，那不是一般的大坑，是集聚大粪的粪坑。为了全村人使用挖的五米见方的大粪坑，深可到大人腰际，平常被炎热的阳光暴晒，表面结了一层厚厚的硬壳。虽然没有孩子甘冒那个风险，可我想孩子们几乎能走过去吧。可这几天连下暴雨，硬壳整个漂走了，闹得平常挺好识别的大粪坑，洪水过后活像一个小水坑。载天陷进一只脚的时候，肯定会怀疑是不是那个。及至，慌忙抽出一只脚，闹得另一只脚也跟着陷进去，才明确地认定是粪坑吧。当沉淀的大粪没住膝盖的时候，肯定是恨不得哭出来吧。

孩子们当中流传着一个传说。要是掉进那个粪坑，会染上粪毒而死。孩子们想象道，长年累月沉淀在坑底的大粪会柔软如泥土、黏稠如浆糊。一如岁月长久的物事和树木，大粪放长了也要沾上鬼，具体说来就是形成了粪毒。染上粪毒，会浑身长疮，疮上流脓，生成一个个小洞。这些小洞竭尽全力要跟身子那头的小洞连起来，待到这些洞连起来，就会生出穿心洞，就像被子弹打穿似的。这时人就会发疯，像疯狗似的挣扎，最后会死去。传说的内容大体上是这样的。

当我鼓足勇气把脑袋伸出大堤窥探时，发现眼皮底下的马路上一只狗和一个人默默地凝望着落进粪坑的载天。载天用狗刨式游出了粪坑，浑身散发着粪臭味儿，连带着掉下鸡粪般的泪水，垂头丧气地回到了家。从此，载天算是跟柳新潮这么个伟大的人物结下了大大的梁子。

和柳新潮一模一样家住堤坝上游，同样承蒙邑内人的资助过活儿，和他一般有名，却消受着孩子们的无比景仰，远远胜过柳新潮的人物就是马沙奥。四方大脸、短短的头发、一生气就会像刀尖横亘额头的浓眉、浓眉下细长的眼睛、长长的鼻子和厚厚的嘴唇、棱角分明的下巴和又粗又长的四肢、铁板似的胸口、细细的蛮腰，活像从漫画中蹦出来的斗士，实际上他也是个地地道道的打架大王。他打架从来就没有什么理由。肚子饿了要打架，肚子饱了也要打架，不饥不饱更要打架，家里着火了仍要打架，家里不着火当然要打架，碰上有事把事情放在一边要打架。这么没完没了地打架，他居然从来没输过。

我到堤坝放羊，时不时地要隔着围墙偷看马沙奥家。仅凭着这点收获，我无论什么时候都可以在学校成为话题的中心人物。

——昨天，我看见马沙奥练拳击来着，他用拳头这么一打，枣树砰的一声折了。

——马沙奥捏住发疯的黄牛角，送回了牛棚呢，知道吗，就捏住了角。

每逢休息时候，总要拿守卫宇宙和平的战士和地球上最有劲的角斗士争个不休的孩子们，只要听着以"昨天马沙奥"开头的故事，就要竖起耳朵霎时簇拥在提起话头的人周围。世界第一拳毕竟离得远，而我们的英雄马沙奥却近在咫尺。

载天的爸爸是个警察。假如载天的爸爸常年在家，肯定要跟相隔不过两公里的马沙奥经常碰面，说不定会发生黑道和警察之间宿命般的对决。可是，当时载天爸爸在外地上班，一个月只能回几趟家。据我看又矮又胖的载天爸爸还不够马沙奥捅一个手指头的，可我没有说出来。因为，自打柳新潮事件之后载天简直把我们当地的伟大人物当成大仇敌一般。因此，要是他知道世上还存在着胜过自己爸爸的别人的爸爸的话，不把他当成敌人才怪呢。虽然，我不是马沙奥的儿子，但是当我说出马沙奥比载天爸爸有劲儿的瞬间，载天肯定会把我当成马沙奥的儿子的。

载天小子却以需要预先侦察一下马沙奥的名目，不时地到我家里来。因为说不定哪天马沙奥就跟他父亲来一个命运的大决战。载天一到我家，我们就拿山羊当挡箭牌来到堤坝。载天总让我带着口琴，说是侦察马沙奥被发觉的话，可以推托说一边放羊一边用口琴吹奏牧歌。

不管怎样，我们那年的整个暑假全耗费在为载天爸爸侦察马沙奥一举手一投足的"任务"上。马沙奥家枣树树干大约有我们个头高的地方缠着一圈圈草绳子。马沙奥一有空就朝着那个草绳子挥舞拳头，全然不知我们像特工猫在那里侦察他。

除了练拳，他间或还会来到溪边宽阔的沙滩上，像个犁地的黄牛拖着汽车轮胎走来走去。他赤裸的上身满布油亮的汗珠，隆起的肌肉显得那样恐怖。特别是当我们想象到载天爸爸和马沙奥较量的场景，心中的恐惧和仇恨愈加膨胀。为了战胜这种心理，在侦察过程中载天编出几则故事讲给我听。

假设，马沙奥和载天爸爸在大街上碰了面：

朴警长（载天爸爸）：马沙奥，不许你再做坏事！为了当地和世界的正义，我们再也无法容忍下去了。

马沙奥：哼，你以为你是个警察我就会放你一马？让你尝尝我的铁拳头！

朴警长：（摘下保安，不，警察的胸徽）你这样的土混混，我一个人就足以对付，不管何时何地！我们就以男人对男人，正正当当较量较量吧！

马沙奥：呜哈哈哈，让人笑掉大牙！来呀，你来！

朴警长：妈的！再也容忍不了了！你接下我这正义的火箭拳！

（可是，马沙奥卑怯的拳头率先命中了朴警长的腹部。朴警长趔趄了一下，但马上恢复了姿势，用导弹般的右勾拳击打马沙奥的下巴。马沙奥晃了晃，从地上捡起了石头。）

朴警长：你这……太卑鄙了！

（马沙奥用石头砸朴警长的脑袋。朴警长一闪身避开，抬起右脚狠狠地踹马沙奥的胸口。马沙奥扔石头。朴警长再次闪过，用二段横踢狠狠地踹马沙奥的脸部，把他踹倒。朴警长挺身屹立，拍拍手，遥望天空。）

马沙奥：（举起双手，紧着像苍蝇似的搓着）求求你，饶了我吧。

朴警长：好，那你先发誓，再也不做坏事了！

马沙奥：我，我，我发誓！求求你，饶命吧！

朴警长：我不杀悔过之人。以后要重新做人！

（朴警长重新戴好警察胸徽，跨上马，穿过荒野消失在远方。）

"哪来的马？"

"我们乡下老家养着呢。"

"你们乡下老家在哪儿？"

"老远的地方。"

"多远？"

“远得没法说。比我爸待的地方还远。等马长大了，我带给你看。”

后来我知道载天乡下老家在哪儿了，可我至今没有见到那匹马。假如那匹马现在还活着，那肯定已是老态龙钟了吧。

可是，我那时怎么也无法相信载天的故事。朴警长这人身子肥，连拳头都是胖乎乎的。间或回家的时候，总是喝得酩酊大醉，揣着个酒瓶子，扯着嗓子唱歌，他要是真在路上碰见马沙奥，言语不合打起架来，真不知会怎么样。你看，庄子里的那些大人走过马沙奥家，不是都要噤声吗？马沙奥这人可怕，并不仅仅是因为拳头硬，更因为他恨起什么人永不饶恕的倔劲儿，还有盯上一次就穷追到底，不打趴下不罢手的狠劲儿。

后来我们放弃了对马沙奥的侦察，还有我不再在学校讲有关马沙奥的故事，是我们走进马沙奥家里面之后的事儿。竟能走进他家，既不是因为我们经历过“柳新潮间谍案”之后，有那么一年胆肥了，天不怕地不怕了，也不是因为朴警长和马沙奥的对决临近，需要更仔细地侦察敌情，而是因为伟大的马沙奥亲自叫我们去的缘故。

那是暑假快要结束的时候。我们坐在溪边杨树下，马沙奥喊我们一声。是喊的韩国式的“喂”，还是美国式的“嘿”，已经记不清楚了，反正马沙奥边喊边朝我们招手。载天脸色变得煞白，我也大吃一惊，拿起手中的口琴胡乱吹起了曲子。只见马沙奥光着上身，朝我们走来。

"跑吧！"

"嗯。"

我好容易挤出了回答，可膝盖瘫软得怎么也迈不动步。载天也好不到哪儿去，虽然说出要跑，却浑身抖如筛糠没法动窝。面对柳新潮，我们尚能拔腿就跑，这次的恐怖跟那时简直不可同日而语。

我那时疯狂地吹过的曲子是什么来着？

片片云彩挂在杨树梢上……

我们活像穿着短裤悬挂在杨树梢上的傻狍子。

马沙奥越走越近。他眯缝着双眼，打量着正在吹口琴的我，似乎蛮神奇的样子。那可是令人颤栗的目光。我觉得就像大蟒吞吃青蛙之前，打量着猎物长相似的。载天青蛙不仅丧失掉就近侦察爸爸宿敌的绝佳机会，而且失去了逃跑的能力。

"我们错了，大叔。"

接着是呜呜呜的哭泣声。之前我偷眼看到载天小子眼疾手快地往眼睛上抹唾沫呢。可我因为吹口琴，腾不出手抹唾沫。我感到自己真是太倒霉了。

"喂，你们两个臭小子！你们，在这儿干吗呢？"

只见载天跪在那里，脑袋垂到胸口，高举起双手连连搓着，活像一只小苍蝇。我们到底做错了什么？我一边吹着口琴，一边绞尽脑汁想着。为了抵御眼前的恐怖，想些可笑而离奇的东西，我这种习惯似乎是从那时开始的。

牛尚且喜欢听口琴，马沙奥说不定也会喜欢吧。我曾经有过用口琴引诱不听话的黄牛，让它乖乖地呆在牛棚里，直到大人们出现的经历。当时，那头黄牛一边反刍，一边安详地欣赏我的吹奏来着。可是，眼前这个马沙奥能像黄牛一样理解音乐么？

"喂喂，你这个小耗子！快别吹那玩意儿了，刺耳得要疯了。"

我赶紧从嘴边挪开了口琴。嘴唇里侧又麻又咸，好像是口琴来来往往碰坏了口腔。

"你，住在哪儿？"

好像是得罪自己的人太多，马沙奥似乎对载天的讨饶漠不关心。我立即回道："那下面的庄子，井口边不是有围着枳子树篱笆的家吗。我家是那旁边房子后面一栋的旁边……"

沉浸在恐怖的当儿，我还想到马沙奥要是知道了我家，过后来个报复什么的怎么办。报复什么呢？我也不知道。只是这么想而已。可是，马沙奥对我的回答同样没有关心。

"你呢？"

"我住在上面那庄子大道那头碾坊的旁边。"

载天小子也赶紧扯了谎。

"小子们，你们知道下面那家小铺吧？"

"是！"

马沙奥掏出一张活像绿生生的白菜叶的，不，动人的褐色的十元纸币，递给兀自在那儿搓着手的载天。

"去小铺买点汽水和蛋糕来。要是不想死，得五分钟之内跑回来。"

"是！"

没被马沙奥打死，令我们大喜过望，没有顾及从这儿到小铺，就是全速跑步也需要十分钟以上。我们从河边跑过滑溜的草地，爬上大堤，在堤上跑了一阵，跑过山羊群，跑过麻风病人家的笨狗住的狗窝，经过喜欢吃孩子的鬼栖息的丧舆房。跑过柳新潮在底下住的小桥，好容易领悟到这种事实，我们在往返小铺的路上只顾跑啊跑，都没有工夫说一句话。要是我们按这个样子坚持跑上十年，我俩当中起码有一人会当上马拉松运动员，代表国家出战吧。可是，当我们气喘吁吁、脸色发紫地跑到马沙奥等着的小河边白杨树下时，马沙奥却不在那里。可怜我们小小年纪竟然体会到"绝望"这个词的含义。

"怎么办？"

"跑吧？"

"这个怎么办？"

"要不放这儿？"

"以后要是被逮住了，非叫他打死不可。"

"回家躲起来呢？"

"那我们今晚之前就会被他找到打死的。连同我们的爸爸、妈妈、姐姐、哥哥、弟弟、奶奶一起。然后他就会吃着蛋糕回家吧。"

"真想哭啊。"

载天小子真的变成泪汪汪的。看着这小子的眼泪，同样的生辰八字，连倒霉的日子都一模一样的我，也觉得鼻子一酸。我们就那样面对面流着泪。绝望是眼泪的种子，我们算是连这句话也懂了。

"喂，臭小子们，还不快过来?"

不知从哪里传来马沙奥的声音。那声音既像天上的福音，也像疯狗的嚎叫。我们扭扭捏捏地朝着声音的方向走去。原来是高高的白杨围拢着的马沙奥的家。天蓝色的铁大门，一扇竖在那里，另一扇锈迹斑斑地倒在地上。我们看见了枣树上厚厚地缠着的草绳子。传来房门打开的动静。

"这帮小玩意儿总也不来，还以为拿钱跑了，没想到挺乖的呢。"

只见马沙奥赤裸着上身，倚坐在门框上，喷着烟呢。我们就像前来朝贡的使臣，用双手恭恭敬敬地捧上纸袋子。

"是你弟弟吗?"

突然，从房间里面的暗处传来木琴声似的女声。

"算什么弟弟，耗子大的小子嘛。"

马沙奥伸过胳膊接过袋子，我们看见了他的胳肢窝，那里长着蓬松的毛，透过毛见到的黑暗中仿佛透出一股气味，那似乎是我们生平第一次闻到的甜美而痒痒又可疑的气味。

"挺可爱的嘛。"

随着话声，一条雪白的胳膊从马沙奥的胳肢窝下面伸了出来。那胳膊长着葫芦花般白白的手，那白白的手拈起一块纸袋里面白白的蛋糕，却掉在了地上。蛋糕优美地落下，仿佛一片梧桐树叶。那绵软的声音再次响了起来。

　　"那个，你们吃吧。"

　　马沙奥抬起撕裂成横条的眼睛，瞪着我们。我们嗫嗫嚅嚅倒退着。

　　"拿去吃吧，真乖。"

　　那白白的胳膊再次伸出来，上下轻轻地摇着。我们没敢捡起蛋糕，仓皇地逃离了白白的胳膊和马沙奥。说不定我害怕的不是马沙奥，而是那条白白的胳膊。无论是那时还是以后，我一次都未曾提过那白白的胳膊，至于那天夜晚做的梦，我也没跟载天说过。

　　我在小时候的梦里，不知吃过多少次那条白白的胳膊。那味道，就像是过年吃的条糕热乎乎的，像蘸着香油般香甜，让人痒痒。每逢从梦中醒来，就会萌生出莫名的羞愧，因而觉得更害怕。

四

不知怎么开的，大巴居然爬上了岭。这里正是从乡下到中央，那些长轮子的东西进进出出的唯一的关门。在这个像原始生物，兼有嘴巴和排泄器官功能的地方，早早有精明的生意人——说不定是国营的呢——建起了一家休息站。并不是爬上这道岭的所有人，都跟我们地区有关。许多人在这个休息站满足嘴巴和排泄器官（间或也会起到生殖器官的作用吧）的需求之后，就会朝着过来的地方掉头而去。因此，这个休息站与其说是过往行人歇脚的地方，不如说是提供某种"休憩"的独立场所，越来越膨胀起来。

大巴在岭上停了下来，人们鱼贯下车。司机没来由地板着脸，扭搭着大屁股到卫生间去。睡了个好觉刚刚醒来，心情自会不大好吧。我也有过类似的体验。有时候，好容易睡足了午觉醒来，觉得自己仿佛一个人孤零零地被丢弃在世上。好像自己蹉跎了岁月，浪费了人生，得付出相应的代价，要过更繁忙、更疲惫的日子一般。就是这样一种感觉。

休息站的两头安上了铁栏杆，防备昏头涨脑拍照的人们摔落到悬崖下面。一头的角落里还安有三四台望远镜。当然，不是免费的。谁想使用得投币才能调整望远镜的高度。我闹着玩似的投放了硬币。可能，除了我还有好多闹着玩的人，投币口附近掉了漆，露出白白的铁。可是，这个游戏却不好玩，因为望远镜只是吞了币，却没有正常动作。我伸出拳头敲了敲，可惜只是敲疼了拳头。望远镜竟然用坚硬的铁块组装，让捶打的人白白地疼了拳头。安装这架望远镜的人，到底是谁呢？

利用这么个混账设备骗钱的人到底是谁呢？人们损失的硬币，到底要朝谁要呢？是休息站的老板吗？要不是职工？要不干脆是个第三者，租赁了休息站的一个角落，安装望远镜，然后躲在一旁看着望远镜吞币，偷着乐的家伙呢？可是，再怎么张望，也看不见值得怀疑的人。满眼都是匆忙地吃饭、转悠、来去匆匆、解囊买些据说补肝的什么液、什么汁的人，给汽车加油，捶打着出故障的望远镜的人。

要不要穷追猛打，查清这个神秘的人物是谁呢？要不要扭住脖颈晃一晃？你这个家伙是不是间谍？这些平民百姓大热天里坐着没有冷气的汽车，辛辛苦苦爬到岭上，用这玩意儿抢钱让人生气发火，这些生气的人再惹别人发火，那个人又惹别人生气，打算最终达到分裂国家的目的吧，是不是？你说！

自打我得知马沙奥之死，我下意识里似乎要找茬，发火，正等着什么人、什么事惹我吧。是大巴司机也好，速度也好，望远镜也无妨，休息站的老板也罢，要不干脆对自己……我醒悟到我恨不得狠狠咬一口什么东西撒气。其实，这么做又有什么用呢。

其实，原本就不需要什么望远镜。风景嘛，原本就用不着通过什么镜头，还是肉眼看着更真切更生动。脚底下伸展着的公路，就是我乘着大巴驶过来的路。那曲曲弯弯的盘山路上，许多汽车在爬，下面铺展着以溪谷的上游为顶点的倒三角形的原野。望得见村庄、古树、水田和树林。仿佛正等着我欣赏，美丽的金沙色彩的阳光和煦地照下来。农耕族憧憬的福地，就是那个样子吧。顺着大树根的洞口走进去，或随着溪谷上飘下来的桃花溯流而上，穿过山洞，鸡鸣时分望见的桃园……脚下就是那样一幅光景。

我背对着活像过去理发店的风景画般的景色，朝着对面的瞭望台走去。这头压根就没有什么望远镜。栏杆也比对面高一些，铁柱也显得更坚实。灰白色的阴沉的雨云袅袅升腾在栏杆之间。抓住滑溜的栏杆，岌岌可危地伸长脖子，可惜什么也望不见。眼前只有乌云翻滚的遥不可及的悬崖。也许，正因如此，这里才没安装望远镜吧。

那陡峭的悬崖脚下，仿佛熏得乌黑的山川，似乎一点也不精练，远远望去显得有些执拗乖戾，那个地方就是生我养我而我最终弃之而去的地方，我的故乡。间或有风吹过，雨雾稍霁的瞬间，似乎朦朦胧胧看得见小溪和矗立在溪边的杨树。可惜，旋即有滚滚的浓雾怒涛般袭来，乌云就像剧院的帷幕遮住我的视野。

仿佛不想让我免费观赏风景，哪怕它毫不出彩，没人待见。

无奈，我只好翻出储藏在我心中随时可以免费观赏的风景，不嫌琐细地挑拣出与马沙奥第二次见面时候的场景来回味一番。由于琐细，那场景也就没什么痛苦地转变成回忆吧。

上小学的时候，载天虽然有着比别人颀长的四肢，力气却并不是那么大。学习成绩也不怎么样。无论是足球、手球还是障碍跑，都谈不上是一流选手。可是，他却有着一样出奇的天分。

他的全身，尤其是面部肌肉和嘴唇非常柔软。不知从什么时候起，他待人接物总是面带微笑，带着微笑说话，带着微笑骂人，带着微笑胡作非为，带着微笑吃饭。而且，他拥有比所有的人都丰富得多的词汇和富有个性的表达能力。

特别是在谩骂领域，他有着无与伦比的天赋。仅用谩骂就能够充分地表达自己的意思，面对谩骂方面逊于自己的听众，至少能用骂词发表一小时以上的演说，而且一点也不冗长。甚至，他还有着创造骂词的能力。假如这个是考题该有多好啊。

载天在应用方面尤其展现出了其卓尔不凡的才气。对一个从城市转学过来的女孩子，他作出"长得好像屁里掺杂的屎沫儿"的评价，并广为传播，闹得那女孩子哭了。因为这事儿，他被班主任老师用胶皮拖鞋扇了个大耳光，更绝的是他用"拉稀拉出来的豆芽"说明了自己的处境。接着，他把那个老师和世道诅咒为："淹到粪坑里灌一肚子屎尿，吐屎吐尿叫豆芽噎死!"当然了，就这么气急败坏地诅咒的时候，微笑也不会离开他的嘴角。

载天那时节最喜欢的还是电影。他讨厌书，因为讨厌书自然要讨厌读书。可是，他却跟其他的孩子一样，非常喜欢故事，而不看书却能享受故事的途径只有看电影。问题是要在邑内只一家的影剧院看电影得有钱，要是没有钱起码要有跳墙的本领。

那一阵子，跟载天同年同月同日同一个时辰降生的我，跟那小子的不同点实在太多了，以至于一样的只有那该死的生辰八字。不同点之一就是我间或有着可以看电影的钱，而那小子总是没有。因为爸爸或姑妈、叔叔会隔三岔五地给钱，让我买书看，享受享受故事。因此，只要我不是过于浪费，尽可以出钱买票看电影。可是，我对电影却没有什么兴趣，通常是一年只一次，就是圣诞节那天去看场电影而已。而且，很多情况下是哥哥拽我一起去看的，所以几乎没有我掏腰包的时候。

从小学一年级到六年级，我总共看了十部电影。那些影片的题目依次是"虎！虎！虎！"、"血染雪山堡"、"黑鹰"、"独臂拳王"、"黑暗街的皇帝"、"遥远的黄金国"、"圣雄李舜臣"、"十诫"、"Quo Vadis"和"宾虚"。

《虎！虎！虎！》是描绘第二次世界大战时期日本袭击珍珠港的故事的，是我看的第一部电影。比起电影的内容，让我经久不忘的是雪花和雨点轮番飘落的怪异的天气。

《血染雪山堡》也是描绘二战时期渗透到敌人后方的军人的故事的。记得看完电影出来，在剧场前面第一次品尝到有着"泡在魔芋串汤的杂菜"这样一个活像电影题目名字的食物来着。

三年级时候看的《黑鹰》是韩中合拍的武侠片。这部影片的主人公倒提着大刀，打架的样子简直帅呆了，让人印象深刻。后来，跟村子里的孩子们玩大刀，我就开始学那个样，我的鼻子总是新伤摞旧伤，直到我不再玩刀为止。

《独臂拳王》是香港武侠片，看见那个独臂还所向无敌的主人公真是神了，可没有忘记一年前的经验，这次倒没有学着做。

《黑暗街的皇帝》是下雨的圣诞节看的。内容几乎记不住了，只记住了一个场景：刚刚出狱的男主人公把女主人公推倒在地，疯狂地吻着。因为，不能理解为什么只是吻吻，而且觉得反正要拍电影，不如把亲吻、扒衣服，还有……过程都展示出来，不是更有意思吗？难道拍电影的都是傻瓜不成？因为有过这些疑问，才留存在记忆当中。

当时耗费了巨资的（好像是拍完电影摄制公司就倒闭了），而且制片人兼导演还担当主演的《圣雄李舜臣》是四年级的时候学校集体组织观看的。还记得看到李舜臣战死的场景，不愧是容易受到感动的农村孩子，所有人异口同声地像水池里的青蛙放声大哭。

《十诫》也是集体观看的电影，在五年级夏天的时候第一次观看之后，到了初中看了两次，高中时又一次，又多看了三次。要论集体观看电影，比起"很多人一起看"的措辞，还是"集体观看"这个既庄重又给小学生威严感的词组更恰当一些。不管怎样，上五年级的时候竟然得到了三次进剧场的机会。

《Quo Vadis》是小学六年级时候的圣诞节，也就是在小学的最后一个寒假看的。据说 Quo Vadis 在拉丁语中是"你往何处去"的意思。当时有人这么问我，我肯定会马上回答他：上初中啊。

西部片《遥远的黄金国》是小学五年级的时候，不是我哥哥，也不是学校，而是我们的大王马沙奥让我们看的。马沙奥并不像哥哥在圣诞节让我们看电影。马沙奥也没让我们"集体观看"。只是让生辰八字一模一样的我跟载天两个，在同年同月同日同一个地方一起看。

我们邑内只一家的那个剧场里，当时以"名片教室"的名头，在星期天上午九点，以小学生和众学生为对象开办了电影教室来着。那个教室里没有桌子，只有椅子。而上课费用比通常看电影的时候的半价票还便宜，大约是两个鸡蛋的钱吧。

痴迷于电影的孩子们，每当星期天早晨都要一手攥着一只鸡蛋，跑到名片教室去。剧场前面聚集着几个收购鸡蛋的商贩，从孩子们手中拿过鸡蛋，不是付给等同于名片教室当天上课费用的钱，就是干脆给张电影票。在孩子们进去上课的当儿，这些商贩就煮上那些鸡蛋中的一部分，再次卖给连早饭都没吃就跑十五里路来的孩子们。

虽然，载天为电影发狂，但他家除了载天还有两个迷醉于电影的孩子，而养的鸡总是不到十只。因此，载天在运气特别特别好的时候，才有可能跻身攥着鸡蛋跑到名片教室的队伍当中去。就算有幸挤进去，要是半道上叫他妈看见了好运就算画上了终止符。每逢这样的日子，他就会被夺走鸡蛋，还会叫妈妈用炉钩子捶上后背，然后淋着雨雪，顶着冷风踯躅在名片教室外面，拉住看完电影出来的孩子们，央求他们给讲讲电影梗概。要是说名片教室对他是蜂蜜的话，看完电影出来的孩子们讲的梗概顶多是个糖水。名片教室上映的影片通常都是适宜未成年人观看的健康的内容，但间或也会放些《独臂拳王》或《吸血鬼》之类的片子，以鼓动孩子们的学习热情。

因为我对电影漠不关心，是个一年难得看一两部的未开化的孩子，每当下课回家或监视马沙奥，只有我们俩在一起的恬静的时间，载天为了启蒙都要讲述无数的电影故事给我听。他的故事非常兴味津津，还充满魅力。因此，虽然我在整个小学时代总共才看了十部电影，但跟看了几百部影片没什么两样。他讲给我听的不仅仅是电影梗概，还要附上看电影那天的天气、收票的混混的表情、观众鼓掌的次数、进出大笑的瞬间，甚至厕所的尿骚味儿等花絮，使得我不去剧场便可得到身临其境的感受。

他还指手划脚，亲自示范扑地、踢腿、扭脖子、挫腕、咬噬等丰富的动作，为电影增添了生动感。讲战争片故事的时候，他的身子动得比练武术的人还忙活。嘴里学着"突突突突"的机枪和"咻咻"的流弹声音，还有"哗哗哗"的螺旋桨和"嗡嗡"的轰炸机、"嗒嗒嗒嗒"的敌军的枪声、声嘶力竭地喊"冲啊"

的炮灰小队长、"呜哇"倒地的小兵、"轰轰"作响的手榴弹、"唰唰"飞过去的炮弹的动静，一刻也不得闲。学着学着，他自己迷醉了，甚至误认为我是敌军，猛踢膝盖让我倒下之后，紧紧地勒我脖子，弄得我浑身青紫呢。

"你看过《遥远的黄金国》吗？"

乍一听"黄金国"这个词儿，我还以为是这年春天转学到遥远的城市的同学"黄镇国"，就答道他给全班写来一封信，可没有见过面。载天小子默默地盯着我，让我充分感到难为情，然后才告诉我"遥远的黄金国"是电影。

时值六月，每当下午天已很热了。当时，我们为了捉给载天父亲吃的田鸡，提着水桶漫山遍野地转悠着呢。载天说，一定要抓很多很多田鸡。因为，不这样做爸爸就会宰了家里的鸡小姐吃，而鸡小姐可是今年夏天要把自己送进名片教室的摇钱树啊。要是自己捉田鸡，烤了给爸爸吃，那鸡小姐就会下下蛋悠哉游哉地度过今年夏天。母鸡悠哉游哉的话，载天也会悠哉游哉地拿着鸡蛋去名片教室吧。

可惜，田鸡并没有多少。就是有也没有可供大人吃的大的，只有小指头那么大的小蛙、连吃都不能吃的铃蟾、青蛙之类。而且，载天的水桶是那样大，让我恨得牙根疼。

我原来是为了采采野草莓，提了只一升装的小壶出来的。可是，长着野草莓的溪谷或山路上没有田鸡，而好像有田鸡的田埂或溪边也没有野草莓，即使有也都叫别人捷足先登，原先缀着黑红的大大的野草莓的地方，只剩下黄黄的蒂子。

没办法，我也只好找了根和载天的差不多的棍子，一起去找田鸡。转悠了大约一个小时，抓了二十来只青椒那么大的田鸡后，我们坐到了朴树树荫下。载天正是这时提起《遥远的黄金国》的故事的。

"哇噻！西部片的顶峰！请大家期待吧，马上开映！长着仙人掌的辽阔的沙漠，笃笃笃笃出现马车。突然，从四方冒出骑着马的印第安人，砰砰打枪扑过来。我们的主人公霍地跳下马车……"

他给我讲的梗概是这样的：

这些乘坐马车的人，是为了寻找幸运，去找遥远的黄金国的人。那里有着传说中的海盗藏着的宝藏。影片的主人公长得帅气，有着一手好枪法，还非常勇敢。马车上还坐着一个女郎，脸庞白皙、一袭白衣，蹬着白鞋。一句话，浑身雪白、美得耀眼。马车没付过路钱，穿过印第安人栖居的沙漠，遭到他们的袭击。靠着主人公大显身手，一个部族的印第安人全部被消灭，马车继续前行。后来，他们又遭到墨西哥山贼的奇袭，被他们抓进他们的城堡。

"山贼的头目要跟女主人公举行婚礼，让主人公做祝贺演出。主人公说我不能为你们这样的坏蛋唱歌，于是被山贼打得头破血流。其实，那些山贼不知道，主人公的吉他里装着手枪呢。那吉他的弦就是扳机啊。主人公开始叮咚弹响吉他，那些山贼一个接一个被打倒。山贼们不知道子弹从什么地方飞来，开始窝里斗，打得死去活来。有意思吧？"

"一点也没意思。"

"那个穿着白衣，蹬着白白的高跟鞋的女主人公在餐桌上跳舞，那些黑乎乎的山贼们偷看人家的裙子里面，一个个晕头转向的。趁着这时候，主人公爬上房顶，把他们一个个全都打死了。最后，只剩下主人公和山贼头子，两个人做最后的决斗。这样也没意思吗？"

"没意思。"

主人公噼噼啪啪干掉了山贼头子，男女主人公就开始过河。当然了，海盗们会在河里等着他们的。载天解释说，海盗通常都在海里，但有时也会到江河捞点外快儿。他们好不容易打退了喜欢捞外快儿的一个舰队的海盗，又遇到了一群鳄鱼。打退了鳄鱼，这次是铺天盖地的蝗虫等着，好容易挣脱蝗虫，又有成群的蚂蚁等着，打退了蚂蚁又有毒蜘蛛扑过来，冲破毒蜘蛛最后是守卫黄金国的巨大的蟒蛇（据后来确认，其名字叫阿纳昆达）吐着长长的蛇信子，欢迎着他们。那条大蟒蛇身边有着好多沾亲带故的小喽啰，有白蛇、青蛇、红蛇、响尾蛇等亲家，也有着水蛇、蝰蛇等岳父家的亲戚。就这样在水上、河上、密林里、大沙漠，历经千辛万苦，终于抵达了黄金国。可是，原以为有着黄金和钻石宫殿的黄金国，居然变成了一片废墟，让大家大失所望。

可是，主人公却没有放弃，他翻看着宝藏图（没问既然有这种东西，干吗不早点看），终于找到了藏满宝物的山洞。山洞的第一个房间，从地面到棚顶塞着满满的黄金和银币。第二个房间里，钻石和红宝石、蓝宝石发出璀璨的光亮。第三个房间里天仙般美丽的美女们欢迎大家。第四个房间摆满高档衣料、衣柜，还有缝纫机和衣架，样样具备。第五个房间是一个马厩，有着帅气的白马，那里甚至备有能够装上所有的金币、美女、衣料和宝石的马车、大箱子，还有结实的绳子。第六个房间……

"没有装着吃的东西的房间啊？"

"那是第十二个房间，这第六个房间里……"

"等不到那房间都该饿死了！"

听着他的故事，我感到索然无味。是不是因为天热的关系呢，抑或是因为没有了草莓？

"你到底捉不捉田鸡了？"

"真他妈是没味儿的屁！要捉得到哇。"

"你不捉，你地要是把鸡吃光了可怎么办？"

"你地"是"你爹地"的缩略语，是我俩用的一种隐语。可这话并不用在我爸爸身上，只是用来指唤朴警长。

"俺地要是炖田鸡吃了，用那个劲儿打我又该多疼啊，真他妈狗屎！"

"俺地"是载天用来指自己老爹的隐语。

"不是有你咪吗。要是不捉走田鸡，说不定会让你饿死呢。"

"你咪"就是"你妈咪"，是我们各自称呼对方妈妈的隐语。

突然，载天举起了我们捉田鸡的棍子，他用威胁般的口气低声跟我说："不要动！"

　　"别闹了，人家快饿死了，地球可劲儿转呢。"

　　"蛇，蛇在你后面，就在你后面！"

　　我差点晕过去了。可是，尚未丢掉载天小子可能跟我闹着玩的一丝希望，也就保持着那么一丝精神反问道：

　　"大吗？"

　　"跟，跟那个柿子树一般大！"

　　载天把眼珠固定在我身后，战战兢兢地说。越是感到他不是闹着玩，我心里想要否定的冲动越大。

　　"什么呀？"

　　"黄色大蟒！"

　　哦哦哦哦，不是赤练蛇，也不是花蛇，竟然是我最讨厌的蛇！天底下那么多的蛇，为什么偏偏是我最讨厌的大粪颜色的黄蟒呢。我顿时泄气了，活像面对蛇的小青蛙。载天小子却举着棍子蹑手蹑脚地凑了过来。我吓得不敢喘气，可也不甘心叫蛇吃掉。

　　"载天，你就让它走吧。"

　　"我要是抓那玩意儿，俺咪（我妈妈的缩略语）会夸我，赏我打糕吃的。"

　　"那我给你打糕吃，让它走吧。"

　　"小点声！别让它跑了。"

其实，最想逃跑的是我。只是不知道那条蛇盘踞在我身后的什么地方，才不敢跑而已。载天挥舞棍子打了下来，发出呼呼风声。我霍地站起来，却脚底打滑，狠狠摔了个屁股蹲。此刻，屁股下面有着松软地压上什么的感觉，假如那就是蛇，它肯定会被这突然的攻击弄晕过去吧。可我哪有工夫确认这些啊，只是不顾三七二十一扭头就跑，没命地往小溪下面跑去。后头，传来载天小子的喊声："哎，别跑，我是闹着玩的!"

闹着玩好哇，你自己闹着玩吧。我捏着双拳跑，心里头喊道。我径直跑回家，还在喘着粗气，载天小子领着一帮邻里孩子追到我家来。载天的棍子里挂着一看就知道沉甸甸的一条大蟒。他大汗淋漓地用草绳子捆住大蟒的脑袋，用棍子挑了起来。迄今为止，庄子里的孩子们谁也未曾捉过这么大的蛇。孩子们很快取得了共识，觉得这分明是一条"守护蛇"。譬如，守护我们庄子的守护神，或山神爷豢养的，顶不济也是个守卫我们去捉田鸡的那条溪谷的龙的儿子。

"捉住它要下雨的。"

"不是，要闹大旱的。"

"先发大水，然后是大旱。"

"要是先发大水，用水库蓄水不是大旱了也没事儿吗? 所以，先大旱后发大水才叫遭了天谴呢!"

一个小小的孩子口齿清楚地说出了结论。当年那么伶俐的小不点，如今在城市里当着税务公务员，正过着好日子呢，可当时载天听了这话却嗤之以鼻。因为，他住的庄子不是我们这个村。载天提议，让我跟他一起提着那条蛇，卖给邑内的蛇汤馆，可我一口拒绝了。

"听说捉它的人也要遭殃的。"

孩子们开始七嘴八舌地嚷嚷起来。

"要是摸了它，摸的手指头就会烂掉。"

"要是不砍掉手指头，整只手都会烂掉的。"

"要是沾上它的血啊，沾血的地方要长癞。"

"用脚踩的话，脚趾甲都要烂掉的。"

这时妈妈下地干活儿回来，看见聚集的孩子们的数量顿时吓坏了。可能自从有了我们家，或自打妈妈嫁到这个家，从来没见过这么多孩子聚集在家门口吧。俄顷，妈妈发现了那条死蛇，便把苕条扫帚挥舞得如风车一般，将载天和孩子们，最后把我依次从家里赶了出去。

我们只好拥向溪边。说不定那条蛇曾被我屁股压住，假如它死了，就算我屁股不会烂掉，裤子可是要扔掉的吧。于是，我主张把那条蛇给放了，孩子们也赞成我的主张。载天就把装田鸡的水罐空出来，把蛇装进罐里，那蛇大得没能装进去的尾巴直奔拉在地上。载天一路走着，一路低着脑袋，好像沉浸在什么想法之中。

马沙奥的家就在溪边，孩子们远远地绕过他家门口，来到了溪边的沙滩上。孩子们把蛇放了出来。可是，蛇却没有动弹。曾经发出恐怖光芒的眼睛虽然还睁着，但没有一点力气。曾经吐来吐去的黑色的舌头，大约有一半耷拉在外面。嘴角沾着血，身子也有两三处伤得厉害。到头来，蛇没能靠自己的力量动起来。因为它已经死了。

载天正跑到溪边洗手。要想把事情办利索，我也应该洗掉我裤子的屁股部分，但可恶的载天还是不透露蛇的死因。他只是埋头洗自个儿的手。我开始觉得屁股部位痒痒得难受。要是触及皮肉，洗也是没有用的吧，因为毒早该沾上了。

"把它埋上吧。"

有个孩子提议道，我们也辨不出孰先孰后开始刨起沙土来。一个孩子从周围捡来两根木头和绳子，说是要用它制一个十字架。可是，守护蛇需要什么十字架啊。为了这个问题，我们又争论了一会儿。

——十字架是基督教的象征，是纪念用苦难拯救世界的耶稣的。它跟蛇有什么关系？

——不对！我叔叔说了，外国就是死了条狗，也要在坟前竖起十字架的。

——你那个叔叔根本就是吹牛大王！去年秋天说是用黄豆做豆酱饼，可他不是用橡子做橡子粉吃了吗？

——你小子不是也吃了那橡子粉吗？我叔叔还讲了重要的事儿呢，就是军人一旦战死了，就要用枪做十字架竖起来呢。这个我在名片教室也看到过。这蛇死了，也应当看成是战死的。那么就该把打蛇的棍子，竖立在坟墓前。

——你以为蛇用了那棍子吗？蛇是叫棍子给打死的。你说，国军跟人民军打仗，人民军战死了，难道国军要把自己的枪竖在他坟墓里？而且，那个棍子已经沾上毒了，谁也摸不得，要是有人摸了，手指头准定会烂的。

——你们不要吵了。蛇是载天打死的，载天立棍子不就行了？

听了这话，孩子们的目光齐刷刷投到载天身上。载天仿佛没听见，只顾埋头洗手，洗了一遍又一遍。

——那该死的小子怎么跑到我们村来打死守护蛇，闹出这场乱子呢？我们把那小子揍个半死，撵出去吧。

——他爹是个警察，你想找死啊？

——怕什么，我们村不是有马沙奥吗？马沙奥宪兵都打得过，宪兵能制警察。所以说，可说马沙奥能打赢警察。

没想到说曹操曹操到，马沙奥突然现身了。为了遮住短短的头发，他头上扣着绿帽子，还骑着自行车。跟马沙奥庞大的身躯比起来，他屁股底下的自行车显得那样渺小。马沙奥就跨在自行车上，老虎似的咆哮起来。

"小崽子们，干吗这么吵闹？"

就像被泼了冷水，孩子们顿时噤声了。几个孩子采取了过河逃跑的姿势，但大多数的孩子僵在那里。载天以洗手的姿势僵在溪边，看那样子差点要拱进水里。

"小鬼，你过来一下。"

马沙奥作出了手势。孩子们下意识地退后一步，他们好像都以为自己不是什么小鬼。当然了，过两天就会成为中学生，我当然也不是小鬼了。正当我要退后的瞬间，马沙奥的咆哮回荡在耳畔。

"你们这帮狗崽子统统聋了是咋的？那个蹲着的小子，你给我过来！"

可怜的载天，仿佛有人推搡似的扑通掉进了水里。说不定他做出判断，与其到马沙奥跟前去，还不如淹死痛快一些。一帮孩子，谁也想不起来去救他。当然了，那溪水也没有深到淹死人的地步。

最终，插翅的老虎从自行车上跳下来，飞向孩子们，孩子们像小蜘蛛开始四散逃命。要说逃跑，最不利的是刚刚落水的载天，本来脚程迟缓的我也好不到哪儿去。载天只好像只落汤鸡似的站到马沙奥跟前。我呢，就站在早已远远地逃到对过的堤坝上面的孩子们和马沙奥之间，听见了马沙奥跟载天说的话，也听见了载天的回答。

"这是什么？不是大粪大蟒吗？这是谁捉的？"

"那，那个张元斗啊。"

此刻，我恨不得打死载天小子。要是不能用拳头，哪怕用沾上毒的屁股也要把他的嘴巴碾碎。

"张元斗是哪个小子？"

载天小子转身，指认了正局促地站在准备逃跑的孩子们和自己中间的我。无奈，我用学校里举手说是我的姿势，颓废地举起了手。

"是不是啊？你个小蝼蛄，你也过来！"

我像被蛇咬住了脚后跟，一动也不能动。我诅咒载天、诅咒大蟒、诅咒天气，还诅咒这该死的小溪。这时，我在心底都不敢诅咒的马沙奥再次叫了我。没想到是很温和亲切的口气。

"喂，小蝼蛄，这是你抓的？"

我感觉到泪水慢慢盈眶。想起了雪白的糕条似的胳膊。仿佛那条胳膊搂住我的头，又像是抚摸我的头发。马沙奥不知什么时候走到我跟前，说："这个，给我行不？"

一开始，我没听懂他的意思。待到我听明白了，还不敢相信那句话蕴含的意思。他想要尽管拿就是了。用得着跟我这样的小鬼，而且像只小蝼蛄似的小鬼说吗？为了忍住眼泪，我梗住脖子赶紧点头。

"你们两个，明天中午到剧场来。"

留下这句话，马沙奥消失了。一手拎着据说沾一沾就会烂掉手的那条守护蛇。

第二天，我和载天去了剧场，马沙奥在剧场门口等着，把我俩送进了剧场。他只是跟守剧场门口长得活像土佐犬的混混说了一句："他们是我小弟。"

我们那天看的电影就是《遥远的黄金国》。这部电影的内容现在已记不大清了，可有一点可以肯定，它跟载天讲的故事没有一点关系。原来载天小子利用自己看过的电影当中印象深刻的场景，自己重新构思了一部电影。

有那么一阵，载天到处夸耀马沙奥认我们做了弟弟。可是，载天马上明白了马沙奥有着无数的小弟，而且好像不大愿意那许多小弟当中竟然还包括渺小的我，于是创造了比小弟更富有戏剧性而神秘的"大弟子"这个词，安在了自己头上。就像是电影，即使那是完全杜撰的，也没有一个孩子敢于跟他较真。就像我没有盘问他电影故事和电影的差异。

五

　　大巴驶上了下坡路。司机就像是从没打过盹似的，而且没来由地有些气呼呼地（尽管没有一个乘客挑剔过他打盹）岌岌可危地侵犯着中线，往下开去。其实，爬坡和下坡同样危险。要是说有差异，只是司机是睁开眼睛还是闭着眼睛。

　　从敞开的车窗扑进来的雨雾，湿淋淋裹在脸上。拨开这神秘的帐幕，就会出现我的老家的吧。常驻在这里的雨雾，就是区别我老家和其他地方的独特的东西，正因为这雨雾，不谙地理的人们轻易找不到我老家。而且，居住在这帐幕里侧的人们也时常发牢骚说，因为这该死的雨雾，不好离开自己的老家。仿佛是老家在发问，你抛下我到哪里去。仿佛在絮语着，你要是离开，走不上十里脚就会痛的。

　　其实，这片雨雾不过是老家通往外地的山和山之间的通道出现的自然现象罢了。是山和林子里生成的湿气飞快地钻过狭窄的通道，和被夺走热气的冷气团相撞，造出了这么多飘浮的水珠。

　　细心的人或许能从飘浮的水珠中感知离不开这里的人们的郁

67

愤或离开了的人们的眷恋或悔恨吧。说不定拖着病弱之躯攀过山岭，终于疲累地倒下的归乡人的冤魂化成阴郁的雨雾，遮挡着想要离去的人们的眼睛，还让雄赳赳回来的人跌跤呢。其实，这全在于你怎么想。就当它是神秘地装点喜悦和挚爱、出息和光荣的云雾，又会怎么样呢？

多亏我们的司机全然不管这些，只是一味地向前冲，大巴轻松地通过了五里雾中的雨雾地带。穿过这片雨雾地带，便是和其他地区郊外毫无二致的模样。晃着小雨伞不知走向哪里的孩子们，颠颠跟在孩子们身后的小狗。抽着烟望着大巴的农夫。大伞般撑开枝杈的榉树，那树荫下摆着的围棋棋盘。正在把那和煦而平凡之至的模样，跟沉淀在我心底的雨雾团做比较的当儿，大巴已然平安驶进汽车站。

司机像只小猫张开大嘴，大叫"啊嗷"，大大地伸了个懒腰。是吸引旁边的人都要跟着伸懒腰的活泼的动作。他算是完成任务了，不管过程怎么样。

我不由得四处张望，想看看车站有没有认识的人。跟五年前不同的是汽车站搬到了郊区，而面积也大了许多。当然，乘客也多了许多。这四处张望是阔别家乡的人们的习惯动作。可惜，没有一个认识的人。也没有人前来接我。

载天跟我说过，安放马沙奥遗体的医院是老家最大的综合医院的附属楼。虽说在老家最大，严格说来只相当于大城市的差不离的中小医院。可是话又说回来了，这医院好像也变大了点，不是说还有什么附属楼吗？我在汽车站面前，叫上了一辆敞开车门排成一列的出租车。说起来，我老家的整个地盘倒是够大的，但市区并不大，打出租只需付起步费就能去差不多所有的地方。我搭上出租车，只是因为搞不清楚所谓的附属楼在哪里。

"请问，成华医院有附属楼吗？"

老司机不说话，只是点点头，像是说"能不知道"嘛。

"请到那里吧。"

老司机再次点点头，像只大尖头蝗，好像怪我连那个都不知道，还分两下说。一开始就说"成华医院附属楼"不就行了。我觉得这种时候，通常都是说得多的一方吃亏，随即闭上了嘴。

"您去那儿干什么？"

一直默默无语的司机，撞上红灯之后仿佛发善心般问了一句。我想把刚才吃的亏还给对方，无奈这个问题是无法用点头或摇头作答的，只好开口说话了。这也让我恼火。

"我去奔丧。"

司机这才真正接过话头："啊，是马沙奥吧。"

"您认识他？"

你是当地人吗？我的问话是这个意思。我们这地方曾经有过人人皆知马沙奥，不认识马沙奥等于是间谍的日子。你知道那段时期吗？你知道间谍吗？你会开车吗？没想到司机的话突然多了起来。看他张口那样子，上下各缺一颗牙，活像个不懂事的孩子。

69

"那老爷子，昨天死的吧？您跟他是什么关系？"

初次见面，而且是对客人，说出这种无礼的质问，活像是审讯。这其实也是当地固有的待客方式之一。在城市待了十多年，我已经对这种风俗有些陌生了。我决定沉默相对。我也没有义务一定要做出回答。假如我为人稍微谦逊一点或憨厚一点，人家问什么答什么，那回答应该是这个样子的吧。

"不是，我有认识的人，我去见那个人。"

我口中认识的人就是光子。当马沙奥去当兵，蹲军队监狱，去邑内不在家的时候，我时常要去光子家，讨光子蒸的面糕吃。把放有苏打和后来听说是有致癌成分的糖精的面团放在大铁锅蒸出来的面糕，足以让我战胜家里四处残留的马沙奥的痕迹和不知他什么时候回来的恐惧。当我赶着山羊，踯躅在长长的堤坝上，光子就把大大的双手拢在嘴边，像主教在庄严弥撒祝福善男信女，大声招呼着："元斗，过来吃糕哇！"我是个村里无人不知的"糕迷"。

糕儿甜糕儿香，
为什么爱吃糕，
因为喜欢才爱吃。

就像小时候哼哼的不知来历的小调的歌词，每当光子喊我去吃糕，我就喜欢极了，说不出理由地喜欢。至于光子为什么要让我吃糕，只是因为我是个糕迷，而让糕迷吃糕等于积德，可以让你往后上天堂或极乐世界。给叫花子施舍食物，帮负重的人提提重物，替劳累的人分担辛苦，给糕迷吃糕。说不定世上什么地方会有写着这些内容的经典呢。

"我跟他没有一点关系。"

看样子这个司机总是向自己的乘客问这类尴尬的问题吧。我给他充分的时间，好让他反省反省自己，然后才不冷不热地回答这么一句。他要是还没反省自己，就会问"没有什么关系，你干吗要去那里"。那么，我就暂且不回答，过一会儿再王顾左右而言它：今天天气真好啊。那么这个司机就会明白我讨厌他只喜欢天气吧。这是我构思好的策略，哪曾想没等我的话落地，司机就像泼出杯子里的酒一泻千里地倒下话来。

"那么，你听说过那传闻吗？就是马沙奥自杀的传闻。这是医院大夫说的，好像是真的。马沙奥不是病了好几年吗？那年，那是谁了？哦，就是被那个从桥上坠落下来死掉的歹毒的黑帮打成了废人不是吗？自从挨打之后，马沙奥一点力气都没有了。他为之悲观，终于自杀了，都这么说呢。"

谁问你了？天下无敌的马沙奥挨人打，竟然当了好几年废人？那他为什么当时不自杀，直到现在才自杀呢？流传这种传闻本身就是荒唐无稽的。要知道，马沙奥这人根本不是自杀的人。

"荒唐的传闻啊。"

"不是啊！昨天，我们出租车公司一个司机拉过他的主治医生呢。就是那个人说的。说马沙奥好像吃了除草剂。"

司机脸红脖子粗地争辩道。仿佛自己从小善于演讲，现在没人赏识冤枉死了似的。

"要是喝了农药，肯定得洗胃，还能说'好像'？"

"就是说，洗了胃什么都没发现，但却出现吃除草剂似的症状，才说拿不准呢。大夫不至于撒谎吧？"

"那个人是大夫吗？又不是刷鞋，医院里洗胃那像话吗？他难道不知道说假话会被剥夺医生资格吗？"

我有意显示出自己熟悉当地风俗，故意耍赖撒泼，司机才缩回去了，好像他真的不知道散布假病情会被剥夺医生资格的条款。要知道，所有关于"有"和"没有"的争论，总是认定有的那头有利。虽然不知道到底在什么地方，也不能立马就拿来，但你只需主张它存在就可以了。相反，你要是想主张它没有，而且想用这个主张战胜主张有的人，那就得搬来世上一切有关医生的条款来证明它。

"再怎么样，我们这里没有一个人不知道马沙奥是自杀的！"

这个司机好像懂了点好歹，可一接过我递上去的车费，马上龇牙咧嘴露出了上下各缺了一颗的牙齿。

"你这个大叔可要当心啊。人家的朋友和老弟们可都还活着。"

趁着司机磨磨蹭蹭找零钱，我伺机抢白了他一句，觉得心里好受点了。那个司机居然停止了点钱（像是少说一句嘴里要长疮一般），不加示弱地回敬我一句："那么多朋友和老弟，办丧事的家那么冷清？"

倒也是，太平间四周只是间或有身穿丧服的人走动，几乎没有一个前来凭吊的。

要说冷清，太平间里面和外面没什么两样。只有一个煤油炉子和几个家人守着，连司空见惯的大型花圈都不见一个。一只小小的菊花篮子、一尊灵牌和香炉，外加一帧遗照，这就是全部了。要是别的丧家，赫然贴在墙上的警告文会被大型花圈挡得看都看不见。

"若有摆放十个以上大型花圈者，遵照家庭礼仪准则处以如下处罚：勒令太平间停业一个月，丧家处以二百万元以下罚款，或处一年以下徒刑。"

假如这家害怕罚款和判刑搬走超出十个的花圈，无疑亲手搬动它的丧主是个酷似其父的大块头、粗脖颈的小伙子。按照礼仪披麻戴孝，头上束着草绳，可那一切都像在反问我究竟犯了什么错，要用这样的装束待客似的。人还显得稚嫩。

马沙奥的未亡人哭着哭着，说了句得去外面招待客人，出来看到外面并没有需要接待的客人就返身回来，再接着抽泣，不断重复着这套功课。曾几何时，她那雪白的胳膊在我思春期的梦中出没过多少回啊。可是，这已经是遥远的过去的事情了。此刻，她不过是因丈夫突然弃世张皇失措的女人而已。而且，她还未深切意识到丈夫的不在，直到办完丧事才能突然感到他不在了，顿时陷没到失去丈夫的悲伤，一句话跟平常的未亡人毫无二致。

据说，在马沙奥死去的前几年开始，这个女人就担负起一家的生计，做推销员挣生活费，再用那生活费养活全家，供酷肖父亲的儿子读书。据说是这样。还有光子……

光子展示着又黑又胖的侧脸，坐在那里一动都不动，好像压根都没有认出我。

我自顾自地跪在马沙奥的遗照前。现在仍感觉不到这个人真的走了。仿佛他会突然现身太平间门口扭住我的脖颈大声斥责：“你这该死的小子！”

不是，他已经走了，已经在好久好久以前消失在我心中的地平线那头，被永恒的王的威严和光环簇拥着。他离去的地方就像个疤痕，马蹄痕，只留下痕迹。我跪在艰难地存在于那个痕迹上面半大老头的遗照前，拜了下去。再次拜了一拜。接着跟丧主对拜，跪了一会儿，就起身站了起来。想跟他们说点什么，可丧主好像不知道我是谁。这也难怪，他们怎么会知道呢。

“怎么突然发生……请问下葬在哪里？”

双颊通红的丧主，咕噜着让人听不清的话。

“昨天，前天，大前天的前一天……”

“今天是七月底，七七四十九，那四十九祭……”

丧主同样听不清我嘟囔些什么。连我自己都不知道自己说些什么。这都是些死话，而死话最适宜在葬礼上讲。让丧主矗在那里，我自顾自地陷入无谓的思绪当中，有人悄悄地拽了拽我的衣襟。瞬间，刺鼻的菊花香扑面而来。正是光子，她的眼睛在微笑着。

"您，一点都没变啊。"

我对光子用起了敬语。可小时候我并没有义务跟这个女人说敬语。"密斯高，密斯高。"仿佛从什么地方传来女人纤弱的叫声。

光子若隐若现地笑着，伸出了手，活像圣者要饶恕什么罪恶。我不由自主地捏住了她的手。那双手温吞吞、厚实而粗糙。没想到一抓住那双手，心里隐隐作痛，差点涌出眼泪。锁住我回忆仓库的锁头已然锈住，而陈年的锈迹正待剥落。

"你拉我起来。"光子用沙哑的嗓音说。

原来是这样。我原本就不是跟故人或故人的家属多么地亲密，以至于他们搂住手流眼泪。光子不过是想拉住我的手站起来而已。我拉光子起身，将没有写名字的丧礼钱信封放进接受台的盒子里，就走到外面。在太平间门口，我碰到了世姬。

我望了望世姬。她也一点没有变。虽然身着丧服，依然那样美丽。依然很哀伤。依然使我心里酸酸的。

我望着世姬。世姬很忙。没有几个的问丧客得到了生日般丰盛的酒桌。世姬在忙着摆桌子，收拾桌子，重新摆桌子。记起世姬是未亡人的妹妹，稍微花费了点时间。我深深埋着头，快步走过她身旁。她的手上沾着油腻。她将细长的、白皙的、想必凉凉的手指头蹭在围裙上，擦掉了油腻。我默默地望着世姬的模样。

75

医院的院子里开着向日葵。有着一棵向日葵，两棵向日葵，三棵向日葵。与其无聊地矗在那里，不如念叨着这种词，这有利于精神健康，也能看起来像思考的样子。假如，有必要让人看着的话。向日葵，一棵向日葵。

穿过毫无营养的向日葵的影子，走进几个人。都是些四五十岁的半大老头子。其中一个人长着大大的凸显的额头，跟相对显得小的脑门和后脑勺形成反差，活像个大瘤子。是龙七，传说中的撞头大王池龙七。跟马沙奥一道风靡一个时代的永远的第二人。据说他一对一跟人干架一次都未曾输过，从额头到发际周边圆圆地秃了头，正是因为日复一日的撞头磨掉了头发，以至没有空隙长出来。

在某一次酒桌上龙七和新开张的柔道馆馆长有了口角。这个柔道馆馆长曾经在全国柔道锦标赛上得过亚军，是个很为自己是个正统的武道人而自豪的人物。

"来一盘？"

"好哇。"

"那，出去吧。"

"干吗？"

"找个宽敞地方来一盘啊。"

"用得着那么絮烦吗？"

龙七一边说着，一边坐在那里抬起一只膝盖，拽过坐在前座的对方的后脑勺，用额头撞击他的脸。眨眼间胜负即分。

龙七肚子凸出来，显得比实际年龄苍老得多。他在什么地方干着什么呢？马沙奥死去的时候，在那个瞬间他在干什么呢？他还穿着多少年前流行的背带裤。

　　还有一个人穿着到腰际的白裤子，蹬着白皮鞋，一点也不像是前来问丧的人。是"白大腿"车百达。是据说飞起一条腿同时踢过三个人的脸蛋的钢腿之神。这个人也曾经是马沙奥的同伴，是风靡当地的混混。

　　另外一个人，是号称"大口鱼"的大嘴汉子金永出。他这人有个传说，说他打架的时候用嘴啃下对方的嘴，嚼着吃过，此后想吃得有滋味一点，出门总揣着咸盐，是个闻名的人肉品尝专家。他们大步流星地走来，瞥了我一眼，一言不发地走了过去。跟往年的神话相比，他们一个个老态龙钟，活像掉了毛的火鸡。

　　光子从里面出来，跟他们迎面碰上。其中一个人像是佛教徒，双手合掌行礼。光子也弯腰合掌应着。那个动作是那么娴熟，我不由得寻思起光子是不是入山修道，成了尼姑了。据我所知，光子在母亲去世之后，在寺庙呆过十五年以上。不会吧，看她还留着头发呢。一棵向日葵，两棵向日葵。三只公鸡在飞。

　　我跟马沙奥好像一次都没有在他家里头见过面。在马沙奥家前面碰上，跟他说话也仅有那么一次。每逢这时，都没有见到过光子。光子是猫在屋里呢，还是在挖土豆？可是，光子却对发生在那里的事儿了如指掌，这就是光子的神秘能力了。凡是跟马沙奥有关的事情，哪怕是件鸡毛蒜皮的事儿，都无法逃避光子的记忆与评价。我总是这么认为的。我所不了解的有关马沙奥生平的故事，大都来自光子的记忆。直到二十岁，我一次都未能摆脱光子所拥有的丰饶奶头的诱惑，那奶头淌出过蕴涵马沙奥神话的奶水。

"你在等什么人吗?"

我干吗这么慌张啊? 我步入思春期的时候，光子已经年届而立。其间，变了的到底是什么呢? 我想我自己什么都没有变，可站到光子面前，不知不觉感到自己变成了小孩子。不对，当时我已经自负自己是三十岁的人了，在精神上，只是在精神上。而我现在真的过了三十岁。可以说达到跟那时候的光子比肩水准了。

光子有着别人察觉不到的美丽。每当意识到这点，我不觉为之骄傲。每逢想到只有我自己发现并意识到的一年只有几次灵光一现的那种美丽，我总要沾沾自喜。光子有着能够让人的灵魂臣服的深沉的目光。那是从光子平常展示给人们的庞大身躯、黄色的板牙之间透出来的痰声，以及随意披在身上的衣服等外貌，做梦都想象不到的、像突然发射的金色利箭似的东西。光子正在用这种目光凝视着我。

瞬息间，我被她魅惑了，一如小时候。仅凭着目光就能这么美丽，光子该多好啊。别人需要装点脸庞、身材、服饰、发型，还时不时要除皱什么的，为了打扮和保持美丽需要付出莫大的时间和金钱，而光子仅凭目光就显得美丽。光子啊，你多好啊，为什么好，因为好才好嘛。

"载天说不定会来呢。"

我想把光子对我的关心引向别处。

"谁呀?"

"怎么,不是有个叫朴载天的,我小时候的朋友吗?他没来吗?"

"你说那个大块头呀?没见着啊。"

照这么说,载天小子自己都没来问丧,就通知我过来。我想跟光子声讨载天,或想替他辩解几句,想想两样都作罢了。没来的,并不只是载天。要说是丧家,这家问丧客实在太少了。马沙奥和我,相隔是何其远啊,存在于我俩之间的那些像星星或像垃圾的小人们连面都不照,我数落区区一个载天又有什么用呢。

撞头大王走了出来。未亡人跟在后面。随后是"白大腿"和"大口鱼"。龙七突然转过身,将未亡人转到墙角。两个人像咬耳朵般窃窃私语着。围在他们身旁,"白大腿"优雅地袖着双手,"大口鱼"不住地往地上吐唾沫。只见龙七鸡啄米般点着头。

俄顷,四个人分手了,三个人走了出来,一个人回到太平间。龙七再次瞥了我一眼。可能是我按城市的习惯身着黑西装,跟这种场合或夏天的天气不大匹配吧。更何况没有几个人,一点异样就很突兀。

我认识龙七这个人,可他并不认识我。他不认识我是应该的。我们一次都未曾打过招呼,也没有正经见过面。虽说老了,可他还是那么凶。好像比进来的时候更凶。他们到底谈了些什么，以致他变成这个样？

人们问"怎么会这样？"，未亡人总是回答说因为血压和饮酒。说马沙奥血压高需要戒酒，可他总是不能节制。对马沙奥这样伟大的人物来说，这真是平凡到荒唐地步的死因啊。

就算他没有听从医生的劝告，喝酒过量而死，可他喝酒总会有不能不喝的理由吧。更何况，他要是明白这酒有可能置自己于死地，那么总会有冒着这种风险的理由吧。那么，他为什么要喝那么多酒，以致于传出自杀的传闻呢？

像白天喝酒的人脸般微醺的太阳正在西斜。挂在西山的太阳，显得比升在中天的时候更大、更威严。其实，太阳的大小并不是早晨一个样，中午一个样，晚上又是一个样。也不是太阳早晚离我们近一些，白天离得远一些。只不过是升起或落下的太阳，跟我们所熟悉的山、树和云彩等参照物相比较，显得大而已。

与此同理，伟大的人物越是跟琐屑而日常的东西离得近，越显得伟大。活着的时候，具有让别人仰视的力量的人物就是马沙奥。他堪称是我们整个老家没几个人可相提并论的伟大人物。因为他伟大，他的没落也应庄严才是。死亡应该很特别。假如不是这样，世上的公理就是荒唐的，我所信奉的信念、价值和神话不过是一堆垃圾。

老早以前，马沙奥也曾因为高血压病倒过。而那场病还孕育出一个传说。马沙奥平常就指定好一旦自己病倒送进去的医院。

三番五次地对家人做过交代。可是，马沙奥真的犯了病，家人们却忘了这一茬。匆忙间就把他送进了老家历史最长、规模最大的成华医院。从昏迷中醒来的马沙奥将忘掉自己指定医院的家人骂个狗血喷头。催他们赶紧离开这里。

可是，家人们好容易听明白他的意思时为时已晚。院长的堂弟院务科长像个医生披上白大褂，拿着处方夹得意洋洋地进来了。院务科长竟然朝着慌忙收拾行李的马沙奥的家人，用多年的部队生活培育出来的习惯大喊了一声"停止动作"，可见当时他自己有多着急。

接着，院务科长翻着处方夹朗朗地、一五一十地念出马沙奥数十年间拖欠该医院的医疗费明细。据那个明细，马沙奥是这家医院成立以来进进出出最频繁的一个人，同时又是一次都未曾付过医疗费的人。而且，也辨明他本人一次都未曾前来看过自己的病。马沙奥领来的是被自己打伤的人，还有被别人打伤的朋友和小老弟，也曾领来过没钱看病、躺在路上呻吟的病人。

按说，治疗被自己打伤或揍个半死的人是理所当然的。自己的小老弟被人打伤，快没命了领来看医生也无可厚非。可是，不管怎样钱得付吧。医院看马沙奥的面子，只按成本价收费，可马沙奥一次都没有付过，还营造出医院不敢张口要钱的局面。这些都罢了，算是能理解吧。可是，他居然把遭到强盗打劫、倒在路上呻吟的人领来，这是院方怎么也理解不了的。他又不是什么"善良的撒玛利亚人"。

"你个狐呜狸呀昂的小子，你大嘎在老虎面前耍把……"

尽管中风，口眼歪斜的马沙奥说得还不错。老虎就算倒下还是老虎，还配你们小狐狸戏弄？可惜马沙奥没能说完话，就口吐白沫重新陷入昏迷之中。

家人们想要喊大夫，院务科长挡住了他们。要是不交清拖欠的医疗费，就算会立马死去，医院里也不会给治的。马沙奥的夫人只是瑟瑟发抖。这些我们不知道。啊啊，那位吃晚饭的时候倒下的。要是那位死了，我们全家都没命了。当时还是初中生的马沙奥的儿子，也用拳头揩着眼泪跟他们求情：叔叔，叔叔，我快快长大，还你们两倍的钱，求求你们救我爹爹吧。院务科长冷冷地摇着头。

"你小子说的怎么跟你爹一模一样，等挣了钱还两倍？那你现在就还吧，哪怕是利息。那我们给治病，还相信你。"

正巧有人过来，撞见了这一情景。他就把自己见到的告诉了乡亲们，那个故事旋即变成了催人泪下的传说，旋风般掠过了全地区。

"你听说了吗？马沙奥快死了呀。可是没有一分钱，眼看被医院撵出来了！"

"过去那些受伤的人不都是马沙奥帮着治的吗？多少人靠着他活过来的呀？少说也有一百吧。"

"看你说的。我拿我母亲的岁数打赌，累计能达到三千吧。"

"怎么能那么对待那样的人呢？"

"我们可不能看着不管吧？"

人们听到了传闻，一个接一个赶到医院来。虽说没有什么东西可送，可人们想用自己的声音替马沙奥助一臂之力。要知道，我老家的人们对用语言助威可是颇有心得的。医院的院子因数十人的参与，很快像雷雨砸下的瓜田纷纭嘈杂。可是，医院兀自岿然不动。

人们不惜说自己就是马沙奥帮忙治病的人，还违心地表示出于替马沙奥担负那笔债务的考虑，以后有病一定要到成华来治。可是，医院还是理都不理。

于是，居民就发动了舆论攻势，纷纷攻击说医院真是厚颜无耻，没一点人味儿，钻到钱眼里只认钱不认病人。我们都要同仇敌忾，给这样的坏医院厉害看看。平常就要好好锻炼身体，都他妈不生病，让医院破产。可是，医院还是连眼睛都不眨一眨，因为那是人们各自的问题，不归他们管。

医院的态度出乎意料地顽固，居民们不免有些慌了，商量了半天推举出会谈代表。代表们联名递上保证书，保证负担马沙奥的治疗费。还不动声色地威胁医院，说医院要是这么不能相信世上的人心，往后世人也无法相信医院的，要是由此产生什么问题，那责任完全要由医院自负。

医院里渐渐形成要不就信他们一把的氛围，趁着这难得的机会假扮成会谈代表的马沙奥的老朋友们就用担架抬起马沙奥跑到了外面。一家人哭天抹泪地跟在后面。闹得院方只好呆呆地目送着他们。虽说有些老了，可马沙奥的这些老朋友还是能一个人对付得了四五个脸盘白净的医院职工的啊。这所有的过程，竟然吹牛般轻而易举，马沙奥只得按着在家倒下去的姿势和环境，原封不动地呆在家里。

你们说吧，这样的马沙奥能自杀吗？尽管如此，捕风捉影的自杀传闻照样回荡在整个地区里。

传闻堪称是我那个活像大瓮的老家按着自己的地区特点自行改良和发展起来的信息媒体。传闻将那些中央或制度圈内部的舆论界决计不会采访到的东西，无可预计、无可理解但又是事实的东西，人们忽略而抛弃的事实以及无法提及的历史，广泛而细致地加以挖掘和传播。它是比地区法院、警察、税务所、政府、议员办公室、事件当事人的嘴和周围人们的证词等正式媒体的总和还丰富且富有说服力的东西。因此，别的地方先不管，最起码在我的老家传闻是不管是做买卖、出门行路、当官出人头地还是居家过日子，都不可或缺的必需的氨基酸、矿物质和氧气一样的东西。就是这样，正是这样的。

"一路上听到不好的传闻呢。"

光子抬起头瞅着我。西斜的太阳像金色的光晕，染着她的头发。

"什么传闻呀？"

"就是……我想生出这样的传闻本身很奇怪……说是什么自杀呢，应该是胡扯吧。"

光子沉默着。那沉默散发着某种别扭和尴尬的气息。光子抬起了头。

　　"我也是昨天才到的。没能赶上临终。谁知道那孩子到底怎么死的。"

　　能够把马沙奥唤作"那孩子"的人，世上只有一个吧。连那个人都没赶上临终，说明马沙奥的死来得太突然了。一方面，光子的这话包含着除了自己，包括他的妻儿什么人都不会知道马沙奥死的方式的强烈的自负。刚刚说完，光子的脸上蒙上梅花般青森森的冷气。

　　"我想会不会是什么人有意散布这种传闻的呢……没有别的意思。"

　　我赶紧辩解道，我可从来没有这样惴惴不安地对待过光子。

　　光子总是温暖而宽容地拥抱着我。我们每每通过马沙奥的故事确认这种一致感。可是，随着马沙奥的死，好像这床暖乎乎的被子忽然被揭掉似的。光子似乎也察觉到我这种感觉，保持着沉默。糖稀般浓稠的沉默，吞噬着无数的疑问和话语。

　　仿佛要拯救我的尴尬，世姬从那头走了过来。白皙而修长的脖子，白白长长的侧脸从丧服中伸出来，活像散发着洁净和美丽的馨香的花朵。世姬向光子示以目礼，瞅都不瞅踌躇着是不是打招呼的我，径直走进医院里面，拿起了公用电话的话筒。我的鼻子真是赛过猎犬，几乎能分辨出她走过去留下的依稀的玫瑰香气。光子的目光也朝向我鼻子冲着的方向。拯救的效果马上显现了。只见光子吧嗒着张开了大嘴："那孩子，从小到大一点都没有变啊。"

我装作没听见。光子说得不错。没有变的世姬，一如既往地让我陷入混乱。像雨雾般罩着我，钻进每一个细微的毛孔。

"你小子，十几岁的时候就想勾引她，把整个青蛙塞进人家衣服里了，是不是?"

光子突然出声大笑起来。像她这样少女般的嬉笑不仅是丧家不宜，也跟光子这个人不配。更何况，她是靠着错误的记忆在笑。

可是，她的这种笑却把我拽入那个年代的记忆当中。

马沙奥出去当兵之后，光子隔三岔五地把到堤坝放山羊的糕迷叫到家里来。糕迷一边吃着糕，一边期盼着那个白皙的胳膊出现，盼得简直昏了头。那条白胳膊推开大门走进来该有多好，心里无端地忐忑着。尽管我最清楚，马沙奥不在"白胳膊"万没有出现之理。光子下地干活儿去了，家里静悄悄的。我就坐在廊台上抱着篮子吃里面装着的小麦糕。

这时候，一个女的推着自行车过来了。一开始，我还以为那就是"白胳膊"，人家遂我的心愿找上门来了，又高兴又慌张，为了讨好她想一下子咽下塞了一嘴的糕，闹得憋气，憋了气就从廊台滚到石阶上，接着因重力和惯性又滚到院子里。"白胳膊"肯定不会理解我为什么要突兀地施展从廊台滚到石阶，再从石阶滚到院子的技艺吧。

雄火鸡或孔雀向雌的求爱的时候，要展开自己的尾翎。而有一些青蛙和狭口蛙，说不定要最大限度地把嘴巴鼓得大大的，想要引起雌的注目呢。

可是，我并不属于它们当中的某个，并没有打算展示满嘴含糕、从廊台滚落到院子、浑身沾满鸡屎的妙技，以引起女人的关注，所以上演了这一幕，真是羞得恨不得寻个地缝钻进去。

"小子，干什么呀？"

我躺在院子里正在盘算着是不是索性憋气死掉算了，弯腰看着我的"白胳膊"开口问道。我并没有见过白胳膊的脸，只看见过白白的胳膊，但把那条胳膊的长相和香气熟谙在心，可是眼前这条把着自行车把的白胳膊却比那条胳膊小一点点。而且，不知是奶腥味儿还是鱼腥味儿，反正散发着淡淡的陌生的腥味儿。从结论说起，这条白胳膊并不是我熟悉的那条胳膊。我为自己的错觉感到恼火，马上吞下糕弹了起来。

"请问你是谁？"

是不是吃碎米饭长大的，说话这么损，又不是"白胳膊"……当然了，所有的童话里动物们初次见面倒是从不说敬语的。可我不是童话里的公鸡，也不是童话里的狐狸，不是吗？我咽不下这口气，特意跟她说了敬语。可是，那孩子用老家的中心地带才用的规范的标准话，再次让我感到悲伤。

"这家的主人哪儿去了？我从邑内过来找她有事。"

哎哟，真是气死了，气死了。站起来一看，她也是小丫头，只是个头比我高出一点点。长长的头发用发带束着，脚上穿着画有漫画女主人公的运动鞋，就是从这双鞋里我看出了决定性的线索，认定她只是个小丫头。还是看漫画年龄的小丫头，为什么要跟初次见面的男人说粗话，我真是搞不懂。

"请问你几年级？我六年级，永西校六年级。"

我特意使用地区的标准话问她，要知道这种话在庄子里使用肯定会被当作没有根基、不认祖宗的二百五。庄子里的人们认定地区中流阶层使用的这种话，又恼人又下贱，讨厌得就像法国人讨厌英国话。间或有从学校学来那种话回家使用的不懂事的孩子们，会备受斥责直到他懂得厉害、懂得轻重为止，因此他们在庄子里是决计不会使用这种语言的。我蒙受这种天大的危险，豁出来陪这小妞，可那个丫头非但不领情还把银杏般的眼睛瞪得溜圆，皱着眉头应道："咳，你小子别逗了。光子姐哪儿去了？我得赶紧给她东西回去呀。"

这该死的小妞，大人问她话不好好回答，扯什么呀？我特意挺起胸膛，文雅地重新说了一遍。

"光子去挖土豆了。请问你拿来的是什么东西？"

那孩子竟然摇摇头，活像大人见到挠头的孩子做出来的动作，就从车后座解下一个小包递给了我。

"这是我姐姐送给姐夫的。你一定要传到啊。"

"请问你姐姐是谁？姐夫是谁？你又是什么人？"

"我要走了。"

倒也难怪，这房子里面太安静了，会让人感到害怕的吧。可是，跟我在一起，她怕什么呀。难道我不吃糕，还能把她给吃了不成？

要说安静，房子里面和外面没什么两样。她要把我一个人留在这种安静当中，其实我自己也有些害怕。于是，我跟着自行车和小小的"白胳膊"走到外面。长长地伸展着的堤坝，一群山羊，远远地望得见的丧舆房和癫子家，这么一个小丫头怎么敢一个人骑车跑过来呢？这下她可得绕道回去了吧。得告诉她堤坝旁边的房子和桥下住着什么人，好让她对回去的路充满兴趣，好让她回去得更快一些。

告诉她这些之前先偷看了一下她的侧影，只见她粉嘟嘟的小脸活像化了妆一般，鼻尖还缀着小小的汗珠。我要是流汗啊，那汗珠准保比那个大两倍，颜色也深得多吧。我一边担心我的鼻尖出汗，一边按计划把她引到了紧靠着这所孤零零的房屋的杨树林。那小妞跟着我，却唧唧歪歪地发脾气。

"你干吗？"

你跟男孩子们打听打听。世上最可怕的就是同龄的、漂亮的女孩子发脾气。看见她发脾气，我顿时忘掉了才刚想好的话，居然说出离谱的话。

我是到他家玩的，所以不能替你转交东西。还是我去把光子叫来吧。让我走过那高高的玉米地，树叶葱茏的柿子树下，还有长到膝盖的辣椒地，到喷香的芝麻地那头去找在滚烫的黄土地上挖土豆、预备晚上吃的光子吧，说的大约是这样的话吧。

"你叫什么名字呀？"

女孩子露出整齐的白牙，像是第一次露出了微笑。我着意藏住我的小暴牙，拢着嘴唇答道："张元斗啊。"

"我叫世姬，罗世姬。永东校六年级呢。你跟姐夫什么关系？你为什么乱叫光子姐的名字？"

"我们村子里都这么叫的呀。互相叫名字呢，就像美国人。"

其实这话不尽然。我们村子里可以叫名字的大人充其量是住在堤坝跟前的癞子、光子家的人，还有患精神病的七顺程度的吧。这些人的名字大人小孩都随便叫，就叫癞子、光子、马沙奥、七顺。那个柳新潮也属于可以直呼其名的。柳新潮是连名带姓一起叫的，而其他的人只叫名字。而癞子、光子、马沙奥、七顺等名字再怎么样当着本人是不叫的。可是，我为了装装派头做了些夸张。

"天啊，真逗。"

世姬明明是笑了。可我背对着她的笑，只顾担心我的夸张会不会马上露馅，埋怨自己忐忑的心，去找可能在附近芝麻地里的光子。光子不在那里。说不定又去偷什么了吧。有可能趴在人家的地里摘青辣椒，说不定正拽着我家田埂上的南瓜藤呢。我为找不到光子而偷着乐，因为没找到所以露馅的时间得以延长，从而可以利用这段时间再夸张别的东西，跟世姬一起度过更长的时间

90

啊。我满怀喜悦，为了更好地享受这一时间赶紧转身往回走。

世姬远远地站在树荫下，跟自行车一起，像自行车那样站着，我忽然觉得她就像一朵玫瑰。走过去一看，世姬用一只手捂着胸口的衣襟，闹得像胸口长了个罗锅。真是奇怪的趣味啊，可凑到跟前一看，才发觉世姬在微风习习的树荫下兀自大汗淋漓。说是从树上掉下什么东西，钻进胸口附近的衣服里面了。

蚂蚁吗？我一问，那女孩子吓了一跳。蜜蜂？女孩子的眼睛变得怪异了。要不是毛毛虫？她几乎到了晕倒的边缘。我知道我的话在一步步给女孩子更恶劣的刺激。于是，搜索枯肠想找出能让她喜欢的好点的动物，以便缓解事态。哦哦，白杨树不长毛毛虫的。叫什么来着，好像是叫美国飞蛾幼虫，就是更胖更大的那种啊。听到这里那女孩子一下子瘫坐在潮乎乎的地上。我慌得一下子忘了接上下面的话，我原本想告诉她那虫子胖得多么优雅，简直可以算作昆虫界的贵妇。

因此，我想从我认得的动物当中寻找钻进女孩子的衣襟也不打紧的动物，可并不如意。从我嘴里迸出来的动物是青蛙、狭口蛙、癫蛤蟆、蜈蚣、蜻象和蜘蛛等。那女孩子到底晕过去了，就像一张纸被折叠。我后来才知道那个孩子原来心脏有毛病。

光子拎着满满一篮子偷来的土豆，回家的路上正好碰见了难堪的我和晕倒的少女。光子就像挖土豆，用粗糙而不知小心的手，从女孩子的胸口掏出一片像小小的香蕉的杨树叶子。瞬间，我发觉那个女孩子已经不是孩子了。跟我平展展的胸口迥然不同，那里有着鼓鼓的、像玫瑰那样通红又白白的什么东西。乍一见感觉那玩意儿并不怎么可爱，属于那种又腻味又可怕的种类。

　　尽管如此，后来再看见那个姑娘，我的眼球不由自主地盯向胸口。我不仅陷入看见姑娘乳胸的深深的自责，还犯下故意让人晕过去的"罪孽"，不得不对她敬而远之。因此，一段日子没有再见到她。

六

"你小子在哪里啊，到底？让人过来你起码得等着呀。你怎么能这么送老爷子啊？"

我终于发火了。一开始，想装着发火，可装来装去真的发火了。于是就大叫大嚷。因为，碰到鸡毛蒜皮的事儿也要先发火先嚷嚷，这种做派很符合当地的风俗。有道是入乡随俗，我自然也不能免俗了。载天的手机效果不好，掺杂着沙沙风声似的动静。

"我出来钓鱼，正要回去呢，你等着我。"

"钓鱼？都什么时候了还要钓鱼？我说，这儿到底怎么回事？不管后辈前辈，还是大人小孩，连个影儿都没有！"

"现在可没工夫谈论这个。"

"那么，就有工夫去钓鱼？"

"见了面再谈。过三十分钟再打电话吧。"

说到这儿，电话就断了。蓦地，公用电话话筒里散发的玫瑰香刺激着鼻尖。这可是比菊花香更刺激、更有官能性的气味。

拂过去一阵阴森的风儿，开始飘落夏季里少见的极小极小的雨滴。雨滴轻飘得能吹进外面搭起来的布帐。原本就很少的人要么走进太平间，要么起身离开。现在，布帐里面只剩下我跟几个半大老头子。

世姬的裙摆被吹来雨云的风儿吹拂着，她忙碌得裙摆哗哗作响。仿佛世上最重要的就是接待问丧客，坚信慢待这些问丧的人世界就会灭亡一般。我默默地注视着，呆望着世姬。

其实，丧家原本就不是为了死人设置的地方，而是为了使活着的人不感到孤独而置备的交易孤独的场所，算得上是一种市场。有一点确凿无疑，那就是遭遇丧事的人，那个死亡越是跟自己关系密切，越会陷入到猛烈的性欲当中。

我狠狠地盯着。我在数着世姬，数着世姬的数字。世姬出现在这儿，还会现身那儿，可谓神出鬼没。我讨厌半大老头子们守在这里，用淫荡的目光盯着世姬。老了老了，也该收敛点吧。你看他们忘情地、忘记自己本分地、色眯眯地盯着世姬的屁股、乳胸和脸蛋的模样吧，真是腻烦死了，也腻烦世姬。

"宰相家小狗死了，问丧的挤破大门，宰相自己死了，一条小狗都不来，真是他妈的……"

长相活像癞皮狗的一个问丧客自言自语着，那声音过分地洪亮。我感到诧异的也是这个。按说，大名鼎鼎的马沙奥的葬礼，理应从全世界拥来一色黑制服的足有一个师团的混混，唰唰地迎接客人、送别客人，剩下的时间每个团轮番痛哭流涕才是啊。就算是人家隐退好久了，得不到这么隆重的礼遇，最起码国内的混混也要来一个团的吧。就算退隐好久，且是本人死亡无法亲手发布讣告，闹得来客不多，但仅当地也该来三百名混混吧。三百名太多的话，哪怕是一半，或一半的一半……这岂能用一句"宰相家小狗死了，问丧的挤破大门，宰相自己死了，一条小狗都不来"轻轻揭过？我这么思忖着，望了望那个有些多话的人，没想到那个人也正瞥着我呢。我虽然没有见过这个人，但是对他的传闻却听过不少。他应该是当地顶尖的民主斗士赵峰信吧。

另外一个人，虽然背冲着我，但看都不用看，应该是赌王李熙周了吧。是个双颊瘦削，有着深深的皱纹和深沉目光的人。

还有一个人，就是小时候教过我的朴朝龙老师。承蒙先生钢铁般的拳头，我曾经把理想由大巴司机改变为儿童文学家。可他没认出稍微相隔着、背对着他们坐着的我。我也没跟老师打招呼。因为，先生达到的境界实在太高了，身为名师的弟子，能够不负厚望需要相当的勇气。

不管怎样，地区代表性的三个混混来过了，另有这样三位代表人物守在这里，马沙奥的灵前也不能说是太过冷清吧。

从献身民主化的人们的汇合场所——一家饭店的老板摇身一变为代表当地的民主斗士的名士。不仅是当地，在全国也数得上的技艺高超的赌王。同样是不仅是当地，在全国也负有盛名的儿童文学界的巨匠。劳这三个人的大驾，可说是当地的在野政治家、在野经济家和在野知识分子的精英悉数到齐了。除了这三人，在地区数得上的人物，还有着宇宙性的酒鬼郑云天，号称洞察过去与未来的易学大家崔高理以及既是在野天才画家又是房中术的大家成文宗，但这三个人不满五十的年纪，两个人已经死亡，另一个也永远地离开了故乡，自是没法到无冕之王马沙奥的灵前了。

这些人都是天上闪耀的太阳马沙奥认可的人物。有一年，马沙奥在地区北边上山的池畔邀请他们几个人，举办过品鲤大会。上山是个山名，它不同于名称，不过是个低矮的野山，但溪谷下却长着数百年悠久历史的竹林。竹林里面有着同样历史悠久的水池，这面池子仿佛在炫耀当地是邻近最出类拔萃的谷仓，早在数百年之前就开凿而成。由于时间太久远，水池的规模缩到鱼塘的水平，当时地区水利组合为了把它当作淡水鱼养殖基地，正围栏管理呢。

赵峰信住在离竹林最近的庄子里。因此，他比什么人都清楚竹林内的池子里究竟栖息着多少鲤鱼，那些鲤鱼的颜色多么诱人。可是，终归无法随意出入用铁丝网围着的竹林，只在那里垂涎三尺，最后请教了号称无所不知的道士崔高理。

崔高理包括入山和放浪前前后后总共修道十七年，然后回到地区自称为道士，开始召集信徒。至于崔高理是不是真的修道十七年，崔高理的岁数是十七岁还是比这更大，谁也不清楚。反正他给人算算卦，祭祭鬼神，起起名字，靠这个混饭吃。他自称悟出宇宙的奥秘，懂得无病无灾长寿的方法，并在当地广为传播。

"撒落路旁的草籽，非自行发芽长大也。须知它沐浴着雨露，上接空气阳光等天之气，吸收包含水分和养分的地气，将此化为自己的气，靠此生长、开花、结果也。此后就要气衰而死，而此气就要留存在草籽当中，第二年得以重新诞生。人亦同理。从父亲处得到天之气，再接受母亲地之气，方得降生。这可说是先天之气也。可是，既已降生，无法仅靠先天之气而生长也。需要通过空气和阳光接受上天之气，通过食物吸收大地之气，这就叫做后天之气也。鲤鱼为大自然之一部分，捉住烹调即可食用也。"

崔高理跟赵峰信一道通过狗洞观察到竹林内水池里游动着胳膊粗的鲤鱼，即刻毫无遮拦地道破了宇宙的秘密。赵峰信是这么和答的："是啊，我也认为让鲤鱼好吃好活老死在那里，对宇宙没有什么帮助。我们选个日子捉住它们，当下酒菜好好喝一把。"

崔高理认真想了一会儿，开口说道："此事，仅靠你我怕是不成。仅靠你我俩人之力，岂能捉完这许多鲤鱼？而且，这种事恐有后患。要是传闻四起，得有人出头遮挡。能够挡住的只有一人。明天东南方自有贵人前来。"

马沙奥早已熟知这片竹林的状况。如日中天的马沙奥怎么会不知地区里栖息肥鱼的地方呢。因此，他早有心好好收拾收拾这片水池和鲤鱼。

当赵峰信和崔高理通过李熙周传递希望光临竹林，谋求地区的和平、团结和发展，同时加强代表地区的一流人物之间的联谊之意时，马沙奥即刻点头称是。

"你说代表地区？那样的话，就不能只我们几个相聚，还要招呼艺术家才是。"

于是，代表全国的文士朴朝龙和同样左右一个时代画风的成文宗接到了邀请。同时，为了满足大家的饥渴，商量好准备若干酒菜，也就让酒量在整个银河界首屈一指的郑云天带酒过来。

就这样，地区的统治者马沙奥、最顶尖的文士朴朝龙、最高的画家成文宗、最高的酒豪郑云天、最高的道士兼预言家崔高理，虽说算不上最高的餐馆老板（因为这个排行不大好排），但即将蜕皮为罕见的民主斗士的赵峰信，这几位精英就得以历史性地在同一天同一时刻相聚在上山脚下竹林中水池畔。

朴朝龙和成文宗分别居住在地区的南头和北头，一个人用稿纸和钢笔，另一个用胳膊粗的毛笔，两人都自认为创作出了代表时代精神、饱受民众喜爱的世界性的作品。这样，两个人仅凭三十五六岁时的一次相会，就情投意合、相见恨晚，结下了美好的缘分，达到了相互起雅号的程度。

朴朝龙在弱冠之年就执上了教鞭。他供职的学校就是我念书的学校，因为他在第一次上任的学校，给作为他第一个学生的我上课，我就能比光子的记忆稍微详细地了解朴朝龙此人此事。

朴朝龙天性如火，最见不得别人比自己强。他尤其对证明比别人出类拔萃的制度——各种奖项表现出强烈的执着。因此，他容不得别人教的学生比自己的学生领取更多的奖项。而敦促自己的弟子们夺得奖项，他使用的办法只有一样，那就是拳头。既不是"打是亲骂是爱"，也不是杖责，只是赤手空拳的训育。有一次，看不过一个跟自己毫无相干的外校孩子骑着自行车，不跟自己打招呼就骑过去，上去就赏了一巴掌，打破了人家的鼓膜，还有一次嫌上课的时候吵闹太厉害，把学生赶到操场上，将一个孩子从单杠上推下来，闹得摔断胳膊，赔人家医疗费。

可能是命运使然，他跟马沙奥在某个酒家见面了。当时如日中天的马沙奥也有耳闻，知道学校老师当中有个了不起的拳头。那个拳头跟几个拳头并不那么强的老师喝酒，居然对马沙奥做出若干的批评。

"世上有些说法真是太过荒诞。就是那个叫马沙奥的黑帮的故事，对教育很成问题啊。你说一个人怎么可能斗赢疯牛，还用剩下的力气打断那么坚硬的枣树呢？有些孩子们竟然相信，那个黑帮能够腾云驾雾呢，说因为那样用不着花钱买鞋呢。哼，他要是有那个能力，干吗要敲诈勒索，还耍无赖处处赊账呢？呵呵，该怎么教育这些将虚伪当成真实的孩子们啊！啊啊，百年大计之艰难呵，哦哦，教育者的孤独呵！"

他的这番话传到马沙奥的耳朵，居然没用上五秒钟，世上的事情就是这么荒唐！马沙奥听到那话，三秒内飞到了那个酒家，一拳将正要出来解手的朴朝龙打到六米开外。打完，他便跑过去拽住脖颈拉起朴朝龙，咋咋呼呼地说："哎哟，我看错人了。真是太对不起了，我看长相差不多，就……"

朴朝龙在马沙奥的手掌里挣扎着，方才明白世上果真存在荒诞力气的拳头，就安慰马沙奥和自己说，失误是可以谅解的。从此，朴朝龙再也没有炫耀自己的拳头，转而对荒诞而怪异的故事大感兴趣，开始另辟蹊径，开拓新世界，并成为儿童文学的圣者。托他改邪归正之福，他们班的孩子们要一学期拜读两次登有他写的冗长故事的油印件，并且将油印件的书费交上去。

成文宗何许人也？他融大胆的情色倾向和奔放而破格的画风为一炉，替自己经常登门的色情酒吧的女老板画了几张美人图。脑袋是青蛙，身子是女子裸体的那些画，使人们明白画家是怎样细致入微地观察自己的模特儿的。先别管模特不模特的，成文宗确实是个脸庞白皙丰润、蓄着受看的络腮胡子的年届不惑的中年帅哥。

他这人有着比画画更有用和更令人关注的专长。他有着不愧为一个画家的精湛的观察力和审美眼光，他还敢说大话，说只要是自己看上的人，哪怕是警察署长他娘也能勾引上手，不过是时间早晚的问题，实际上也跟几个有夫之妇闹过艳闻。他又是个天生精力过剩的人，懂得把大自然赐予的食物——特别是獐子血、鹿肉、野猪胆、毒蛇的生殖器、蚂蚁、蚯蚓、山参、鸭子、甲鱼、鲤鱼和泥鳅等均匀地加以摄取。

酒鬼郑云天，这可是个哪里有酒哪里就能见着身影的奇人。是个不问是否被邀、不论座位、不论婚丧嫁娶、不管火灾洪水、不问僧俗、不管下酒菜，有酒无量的人。他真是跟"上山鲤鱼钓食大会"这样一个超凡脱俗的盛会最最般配的人物。在酒席上，他除了喝酒，其余事情一概不管。"不要多说话，浪费了喝酒的时间。也不要唱歌，有那工夫多喝一杯酒。不要跳舞，跳舞会醒酒。不要打架，小心碰洒了酒。"果如此言的话，此人已经超越了单纯的酒鬼，具备了看破世上某种奥秘的人之风貌。

马沙奥凭着本能认出了这些并不为人所知的异人，并有意把他们拢在自己的周围。朴朝龙也好，成文宗、郑云天也罢，他们接到明面上不过是地区一个混混的马沙奥的邀请，竟然诚惶诚恐地颠颠赶来，果真是因为惧怕马沙奥的拳头么？是不是因为马沙奥本身也蕴藏着至少一个箱子的宇宙奥秘的关系呢？

当时，这几个人聚在一起究竟干了些什么呢？他们在鱼们占据的体积比水还大的池子里捉了鱼。将捉来的鱼生吃、烤吃、煮着吃、炖着吃。为了这次的"围钓"，他们准备了钓竿、捞网、胶靴、木盆，还有利用汽车蓄电池的电击装置，叫电瓶也叫八爹利的东西，以及俗称"喹"的爆破用炸药。他们依次使用各种装备，用钓竿、用电瓶、用筐，最后来个直接进水用手扑和腿蹚，尽显各自的趣味和特长，装点了光荣而美好的一段时光。

大会最后一天，他们捉的鲤鱼当中有一条大得出奇的家伙。他们准备的木盆大得足以放进两个孩子一起洗澡，可却放不进这条鲤鱼，想要放进去非得剁掉鱼头或鱼尾不可。

大鲤鱼在吃力地喘着气。由于跟人类的战争，它鱼鳞掉得斑驳，全身渗出红色的血。

"咳，这家伙该怎么办？"

"趁着没死，得赶紧吃掉啊。"

"天啊，这实在太大了，还是放生吧！"

崔高理力主把鲤鱼放生。这么硕大的鱼，早该通灵了吧。也就是说它应该君临为池子的帝王，跟人世一样鱼世也该有礼和忠，我们人类不应干涉。

"别说那些没味儿的话。要是说身躯大就通灵的话，大象和鲸鱼该都是神仙喽。"

赵峰信反驳道。成文宗也在一旁帮腔："古代的人们都相信鲤鱼老了会变成龙的。鲤鱼跳龙门嘛，嗯哼，有着登龙门称谓的大都是瀑布和激流中鲤鱼跳上去的地方。因此啊，炖鲤鱼可以说是炖龙，鲤鱼火锅可说是龙火锅，生鱼片可说是龙刺身。要知道，吃龙的机会并不是那么多的。"

人们谈论冗长的道理的当儿，可怜的鲤鱼在渐渐死去。

"这里不是河是养鱼池。听说过小河沟飞出了龙，从来没听说养鱼池里飞出了龙啊。"

朴朝龙也来了一句。

"任何地方都有守护者。这鲤鱼会不会是这个池子的守护者呢？"

鲤鱼正一步步走向死亡。

"这么小的池子，不会有这么大的鱼。这么大的鲤鱼，肯定是在大江大河里悠然自得地过着王侯般的生活吧。这一定是人捉来放这儿的，所以它就无法称为守护者。"

说这话的工夫，鲤鱼仍在死去。

"可是太大了，这能好吃吗?"

"你有所不知，鲤鱼这东西不是吃味道，是当药吃的。"

"对女人好，特别是产后调理时。"

"这里有女人吗?"

"哎呀，我们先吃生鱼片吧，然后再烧汤。"

"咳，得放生啊，这是这池子的神啊。"

"是守护者。别吹得太邪乎了。"

"守护者又怎样神又怎样? 神手下会有神将的，那些神将饶不了你们。"

"那神将是甲鱼就好了，逮了喝血。"

在众人甲论乙驳，分成两拨呛声的当儿，鲤鱼不幸地死掉了。在一旁默默地盯着的马沙奥拍板道："好了，我们把它吃掉吧。"

朴朝龙正在喋喋不休地回忆滔滔江水般流逝的过去，地区的黄金时期和主导那个黄金时期的人物，特别是自己光辉的民主化斗争经历。这个人已经开口了，让他中断是不可能的。他滔滔不绝地讲话的当儿，未亡人几次走出来又走了回去，光子出来上了一趟洗手间又回去了。桌上的汤，热了几次又凉了。酒瓶子排成一列倒下去了，排成两列时世姬收拾走了。

"哈，当时那鲤鱼真是大极了。要是真放生了说不定会成龙的。"

赵峰信声音洪亮地插了一句。朴朝龙不以为然地接过了话头。

"世上哪有什么龙？都是无知的人们瞎编的。啊啊，那时清风萧瑟，金波银波荡漾……"

赵峰信再次打断话，插了一杠子。

"最后还下雨了吧，是不是？我们六个人淋成了落汤鸡，李兄，你记起来了吧？"

闹得李熙周很是为难。要是说是，朴朝龙会不愿意，要是不说话，就得听着赵峰信捏着的麦克风发出的噪音。

"李兄，我说得不对吗？那天吃了那鲤鱼，我们拉稀都快拉死了是不是？朴兄，你也吃了吧？"

那天，赞成吃鲤鱼的人，吃了鲤鱼患上剧烈的腹泻，真是差点死了。没吃的人，可能是模棱两可的立场遭了天谴，现在都死去不在人世了。

赵峰信像是既然掺和了，就要找回面子，一副豁出去的样子。他后来之所以成为民主斗士，这种不管不顾、死皮赖脸瞎掺和的性子起了很大作用。

赵峰信的餐馆墙壁上挂着一面镜框，里面镶着以"民主斗士直接烹调的泥鳅的风味"为题，介绍他斗争经历的两页杂志。实际上，从事农民运动的几个人喜欢吃他的餐馆做的泡菜和酱汤，间或聚在这里，有一天警察潜伏围剿，逮捕一行人，追捕过程中赵峰信被推倒，撞坏了鼻骨，这就是赵峰信所谓民主化运动的全部履历。文人政府出台之后，他到处炫耀说自己领导着不仅是全地区而且是全国的民主化运动，是最终使今天的民主政府诞生的主人公。

我去了趟洗手间，他们的话题已经转到未能亲临今天聚会的人物身上。他们先回顾了郑云天的命运。

据说郑云天这个人是跟人斗酒，喝醉了丧命的。怎么喝都喝不醉，作为最后的办法，比试用烧酒泡饭吃，接连吃下两大碗，再比试穿针引线，正在穿线的时候郑云天倒下了。这天的斗酒是三个人参与的，居然当场死了两个人，一时在当地成为头条新闻。活下来的那个人，勉力站起来趔趔趄趄地迈了七步，大叫一声"我就是王"，倒下就成了植物人。郑云天则成了比大王还高一级的神仙，乘着火葬场的烟，飘到天上去了。

崔高理呢，当了一阵子算命先生，经过殚精竭虑的努力，最终成为真正的道士。他总是说大话，说自己要健健康康活到一百五十岁，没曾想有一天被酗酒司机驾驶的翻斗车撞上，放出篮球放气的动静一命呜呼。

成文宗因为仅一次的丑闻离开了当地。那个夜夜都要被他过人的精力折磨得死去活来、应该心无旁骛的他年轻的妻子，居然跟当地好几个男人闹出了风流韵事。

三个人当中最沉默寡言的李熙周，默默地喝着酒，只是间或点点头。另外的两个人竞争般地唾沫横飞，历数自己的英雄故事和别人的坏话，可能是翻腾完了箱底，终于安静了下来。要是说他们谈的是马沙奥没落之后，作鸟兽散之后怎样走向毁灭之路，属于离现在比较近、容易回想的事件，那么李熙周将要谈的应该是马沙奥正意气风发之际，届于传说和历史中间的事情。据我所知，曾有那么一段时间李熙周曾经离开过俗世。

李熙周此人，是靠着当地第二号富翁父亲的突然弃世，荣升为地区第二号富翁的人。父亲去世之前，李熙周不枉富翁之子花钱如流水，那些胃腹奇大而囊中羞涩的混混们大部分至少有一两次蹭过他的酒饭。当他不幸落入全国最高水平的赌棍手中，败落成穷光蛋之前，承蒙马沙奥出手援救，好歹保住了住宅和一个旧货铺。俄顷，赌王开了口。沉默寡言的人勉为其难地开口，是为了在这跟生平好友别离的最后时刻，发扬发扬地区人的传统美德，即通过劳动嘴巴，弘扬死去朋友的荣誉，好让活着的人记忆得更长久一些。

此刻，赵峰信鸡啄米般打瞌睡，朴朝龙也晃晃悠悠迷糊着。因此，可以聆听、记忆并记录李熙周的话的只有我一个。李熙周一点都不介意。他朝着空中张口，不慌不忙一字一句地吐出话来。

要是把马沙奥和风靡一个时代的这些人物的方方面面收集在一起，足以达到建立一个国家的水平。要是说有唯一的缺陷，那就是缺少建国神话里不可或缺的美丽的女人。其实，我们老家并非没有倾国倾城的女人，半代后出现的美的化身世姬就算一个，可是现在世姬却不在这里。

代表地区的美色……地区两代人中好容易出现的一个美女……要是说地区是一个国家，理应当王妃当公主的美姬……能使拥有她的人成为大王成为王子的女人世姬……世姬不在了。心脏羸弱的世姬，羸弱如离水的鱼的世姬，她居然一直忙到日落之前。世姬切猪肉，端猪肉，收拾虾酱，拿来筷子。看见了她鼻尖上冒出来的汗珠。这样的世姬不见了。消失了。去哪儿了呢？太平间外面和里面，哪儿都找不见她。

马沙奥的灵前，显得愈发冷清。光子索性躺在菊花花束下面大睡其觉，脸上满是皱纹，像一只老蚕。可能是觉得香味儿呛人，遗属总是掐灭香头，只留下香炉上的一两根。遗照里面的马沙奥笑容灿烂，看起来像是刚过四十岁时候的照片。

他在照片上年纪的时候，我完全离开了这里。我离开三四年后，马沙奥就没落了。虽说不见得我在就不会没落，但我还是为了我的不在伤心过好一阵子。说不定，从那时起他就开始在我心中死亡了。对我而言，没落的马沙奥即使活着，也跟死去没什么两样。现在，他可是完全彻底地死了。

"白胳膊"正在跟儿子说着悄悄话。儿子频频点头。难道他们有什么不可告人的秘密么？看吧，马沙奥是没有秘密的。不曾有过秘密。马沙奥的一举手一投足没有不被人们知道的，包括马沙奥的成长、马沙奥的实力、马沙奥的神话、马沙奥的履历、马沙奥的君临、马沙奥的没落、马沙奥的死亡。这一切的一切毫无秘密可言。他是坦荡如白昼的人。太阳是没有秘密的。

我离开了。因为我无法忍受一个人无聊地呆着。我走出医院正门，埋着头走路。走在没有一个人认识我的大街上。我琢磨着会不会是世姬召唤我，暗示我跟在后面走出医院的呢？

医院前面的停车场上，孩子们在等待着公共汽车。那些孩子当中的一个，原本有可能是我的孩子，世姬生下的。不，这想法太荒唐了。我这个公仔怎么就这么忘不掉过去的那点囤事呢？总因为忘不掉而跟跄着。我这个人是不是不管别人怎么想，一个人躲进自己的世界，尽情地想象，从中感到自己还活着呢？回头望望医院。马沙奥化成冷冻的肉体躺着的医院。我动用了活人的权利——呼吸，尽情地呼吸着地区的特产——傍晚的新鲜空气。

这个地区以街市为中心，梧桐叶般宽阔地伸展着。离市中心最远的地方竟有数十公里，可是除了街市，大都是山峦和原野。

从四方流下来的小溪，汇聚在一起流进环绕地区西侧的小河，傍晚的时候河面上金色霞光壮丽娇艳，到了冬天黑压压地升腾起野鸭子。在暮色笼罩的原野里的大马路，迎着令人喘不过气的寒风，拼命蹬着车子，啊啊啊扯开嗓子喊着，那鸭群就会发出震耳欲聋的展翅的动静，冲向天空。那些鸭群，如今到了冬天还会回来吗？

在以冬天开启一年的我的老家，春天伴随着小溪上游的柳树披散着厚厚的发丝款款走来。极小极小的水珠飘散在空中、草叶上、地上和天地之间，嘎嘎直乐的姑娘们披着蓑衣，套着麻布短裤，遇上赶着牛儿回来的老人们，就会掩着嘴背过身偷着乐。这样的春天。

　　洁净如修道院院子的初夏，直泻而下的阳光的瀑布。仿佛太阳的粒子满地翻滚的仲夏。雷雨阵阵的暮夏。追逐仿佛回眸一瞥的女人般的初秋，会碰到仿佛原野里金鼓咚咚，无垠的金色巨伞般撑开的秋天。还有那寒霜般的暮秋。俄顷，吹倒紫芒，冬天大步流星地走来。

　　小河依旧在那里，旨在防洪的堤坝也依然矗立着。在老家没有变的只有它们。我居住的地方是从河里分流的小溪畔，属于小河的上游。当然了，属于上游的小溪除了我住的地方，东西南北分别有一处。

　　我信马由缰地朝着小溪走去。回忆兀自在用执着的手推着我的后脖颈。堤坝上没有山羊。堤坝上也没有丧舆房。堤坝下没有癞子家，也没有癞子养的小狗栖息的狗窝。那些东西消失已经好久了。横跨堤坝的桥下，也没了柳新潮。马沙奥家，大个子白杨树列成行的溪边高坡上的房子应该快倒下了吧，可是天黑看不清楚。上游方向几乎没有灯光，一色的无人。

　　蓦地，响起摩托车的轰鸣。仿佛独眼龙巨人以匍匐姿势跑过来。是摩托车。一辆、两辆，竟有二十辆以上的摩托车成群结队地跑过来。是几十个男孩子。大约有其一半的女孩子跨坐在摩托车后座上。男孩子们是一色的短裤、拖鞋，女孩子们披着长发，把嘴唇涂得血红。

　　随着噗通一声响，一辆摩托车荡起泥浆开过去。噗通，又一辆溅起泥浆开过去。噗通，又一辆跃进泥浆里。很奇怪，这帮孩子一声不吭。好像只顾专注于后座驮着的女孩子或前面把着车把手的男孩子。

一个孩子开着摩托驶下堤坝。又有一个孩子开摩托驶下来。摩托车队像洪流不停地泻下来。我不禁慌了，我这辈子还没有这么近地碰到过这么多摩托车。仅仅一个数量巨大，就把我给镇住了。

一个孩子发现了我。又一个孩子望着我。他们好像发现了在不适宜的时间，在不适宜的溪边，不适宜地踯躅着的怪异的野兽，轰轰轰故意发出更大的动静。出了一身冷汗。无法拉话，也无人跟我搭话的这沉默一族到底是哪来的呢？

同时转动着摩托车和沉默的引擎，渐渐围拢过来的孩子们，面对他们我一时不知所措。三十岁的年纪在这种场合发挥不了一点作用。哪怕我从二十年前就有三十岁。

孩子们利用摩托车灯光认出了我，也认出了我的岁数，当即发出轰鸣当作讯号。是个没什么用处的可笑的家伙嘛。那引擎声好像在这么嘟囔着。

突然，前头开过去的一辆摩托车重新开了回来。骑在那辆车上的孩子，同样是短裤拖鞋，可戴着墨镜，稍稍与众不同。戴墨镜的孩子开关了一次车灯，仿佛眨巴眼睛。好像这是一种信号，孩子们倏然消失。就像把脑袋拱进水里的野鸭，撅起屁股的一辆辆摩托车顺着堤坝驶离我的视野。尾灯闪烁，活像通红的屁股。

直到一阵风似的过来，一阵风似的消失的最后一个屁股消失，我竟然一动也不能动。我在他们这个年纪，骑的不是摩托车而是自行车。

其实，自行车和摩托车并无两样，两者都是两个轮子，都有停着不跑有倒下之虞的特点，还有着骑上去就想在后座驮个女孩子，而且真的能驮动的好处，最后一个共同点，都能在堤坝停下，撒一泡尿。

那么，两种东西的不同点是？摩托车比自行车快，摩托车比自行车贵，摩托车需要燃料，摩托车轰鸣声闹心，摩托车要是出车祸非死即伤。而且，摩托车还能耍耍后座上的女孩子。

"哎，你得搂紧了，不然摔下去会死的。"

"哥，我害怕，你慢点啊！"

这种台词不适合自行车，骑着自行车无法感受到软绵绵的乳胸。比起自行车，骑在摩托车上可陶醉可发挥的范围大得多，正因为这样它就昂贵。怎么缠爸爸，他也不给买。

从溪边回到街市的路上，我感受到异样的氛围。这可是和白天迥然不同的。惯常的懒洋洋的、慢腾腾的自得其乐的氛围荡然无存。连人们的脚步也不同寻常地变匆忙了。那么匆忙就是不寻常么？

路旁的小店，我往小溪走来的时候分明都是亮着灯的，可现在小店的灯光全都不见了。难道这也是不寻常的么？

马沙奥的灵前为什么空无一人？为什么问丧客，假装问丧客的狼，假扮为狼的狗，统统不见了？载天小子为什么要去钓鱼？

那帮摩托族，他们是些什么人？有没有人告诉我他们是什么人呢？怀揣这样的疑问，走在流荡着不安的晚上的大街上，是不是这本身就不寻常呢？

望着停在十字街头旁空地上的汽车，我恍然记起了一个朋友。也许他能告诉我吧。要是他的话，决计不会离开底层的。因为，他本身就是底层。

不出所料，他还在底层趴着。我的朋友韩相秀保持着躺在地上的姿势，回答我对小溪上碰到的上身是人、腰底下是摩托车的沉默种族真面目的疑问。

"妈的，他们就是黄浦帮小子嘛。"

黄浦就是从"黄浦大帆"缩略"大帆"俩字的称谓。原名皇甫春，出生地为离地区中心大约三十公里的金门桥下。这里有个传说：有一次，马沙奥招来混混举行"伏天打狗品尝大会"的时候，皇甫唱了那曲《黄浦大帆》。马沙奥听得兴起，打听周围那小孩子是谁，就把皇甫春叫过来，抚摸着他的头说："小子，往后你就叫黄浦吧。等你出人头地之后，追随你的小喽啰们会像河滩上的沙子一样数不胜数的。"打架的实力吗？单打独斗从来没输过。即使是往年的大力神，膀子梁希安碰上他都要让三分的。

黄浦帮？皇甫豢养的孩子们？他们一伙儿？他的追随者？

"他们干吗成帮结伙呀？年纪轻轻的，有那工夫学点东西多好？"

他不吱声。吭哧吭哧响起搬动什么东西般的动静。过了好一阵，像沾满油腻的扁口鱼，扁扁的东西蠕动着慢慢撑起来。在应该长脸的部位的上方闪亮着两个眼珠子，好容易恢复了人的模样，吐出了话语。

"连这个都不懂吗？妈的！你小子离开几年了？"

"大概有五年吧？"

相秀环顾了一下四周，确认能够听到话语的距离，只有我一个人，仿佛有什么天大的秘密，为了阔别五年的朋友不得不泄露般地开了口，还重重地叹了口气："说是今明两天那帮混混要大大地干一架呢。因为这，这氛围真他妈糟透了。你知道赵大庆在这儿盖什么鸟饭店的事儿吧？"

相秀小子说着，眼睛却直勾勾盯着我的脸。作为报答，我费心尽力热心地跟随着相秀小子小小的、飞快地转动着的眼珠子。

"闻所未闻。"

"在咱们这里，不知道这个的就是间谍①。妈的，提起这个赵大庆，咱当地出身当中算是个头号大富翁吧。他要在这里盖个饭店，原本就没什么可奇怪的。"

赵大庆此人从小就是第一。学习第一，玩耍第一，人气第一，打架第一，他不仅是班长，还是棒球队队长，是全校会长②、

---

① "不知道××就是间谍"，是韩国的惯用语，意思就是一个地区人所皆知的事儿，间谍因为是从外面派来的，所以不知道。

② 这里的会长等同于我国的学生会主席。

啦啦队长、少年团团长、校乐队队长。这一切有着赫赫背景，大庆是我们小时候地区头号富翁的独生子。

大庆的父亲拥有一家缫丝厂。市区东头的原野上矗立着高高的烟囱，宽阔的厂区里林立着畜舍般长长的十余栋单层建筑物，这家厂子每年春秋都要从农家手里收购蚕茧，生产蚕丝，作为副产品吐出蚕蛹。每天傍晚，小贩们都要拉着推车到缫丝厂买蚕蛹。

这个工厂大得足有邑内第二大厂铸造厂的五倍。要是贸然走进去，说不定会迷路呢。因为是工厂，有着好多轻易不得见的工具或零件、工业品，有着不知原本是派什么用场的，且很容易转化成孩子们玩具的铁罐、铁丝和钢珠等，有时还能找到奇形怪状的玻璃瓶。可是，孩子们无法随意进厂子，没法拿或捡那些厂子里并无多大用处、孩子们却当宝贝的东西。能够堂而皇之地出入工厂的只有大庆，因为厂子老板就是他爸爸。因此，包括载天、相秀在内，得到大庆恩准进厂子寻过宝的孩子们，都对大庆怀有敬畏和景仰的心情。

我生在平凡的家庭，在平凡的环境长大，拥有平凡的气质，保持着平凡的成绩，为平凡的东西而满足，一句话，是个平凡的孩子。要知道，非凡是与生俱来的。

载天小子同样生在平凡的家庭，在平凡的环境长大，保持平凡的成绩，拥有平凡的资质，也跟我没什么两样。可他并不满足于平凡，只有这一点是跟我不同的。他无法忍受有人比自己更出

114

众，具体地说要么把非凡的人物拽下来，同样处于平凡的位置，要么自己变得非凡，反正无法无动于衷。他强烈地渴望自己能够成为非凡人物。因为这，他首先让自己的舌头和表情发达成非凡的水准。可是，当时载天的舌头和总是面带笑容的表情带来的成功，跟大庆的富裕和非凡相比，通常都是小巫见大巫，从这个意义上载天是不幸的。

于是，他就把自己的舌头、词汇、句子、想象力和执着统统动员起来，热衷于一件事：把别人拽下来，诋毁成跟自己一样的平凡。由于细细地、粗暴地、大方地、不可理喻地、无微不至地诋毁到尽可能诋毁的份上，所以大部分非凡的孩子们经不起他神奇的讲故事的技术和批评，只得放弃自己的非凡。可惜，世上就是有怎么诋毁也诋毁不了的东西。其中的一样就是富翁爸爸。载天对自己无法诋毁的部分，恨得咬牙切齿。所以，他既艳羡大庆，也讨厌大庆。

我们刚刚迈进二十岁门槛的时候，久卧病床的大庆的父亲去世了。当时，缫丝厂早沦落为夕阳产业，厂子早已衰微了。当大庆一家人只要土地钱，将缫丝厂交到别人手里离开老家时，可能最高兴的是载天吧。可如今，那个大庆，地方头号富翁的公子，一个落难落魄的公子哥，竟然摇身一变为比过去更大的富翁衣锦还乡，要在老家盖大饭店，这不能不说是一桩好事。

"载天干什么呢？"

"谁呀？"

"朴载天，听说他如今是咱这儿的大王了？"

"见鬼吧大王，妈的！"

"什么叫见鬼，是新方言啊还是兵痞子的话？什么意思？"

"这是咱们自个儿说话，载天那小子除了撒谎，就是吹牛，屁能耐都没有。现在四肢还好好的，算烧了高香了。朴载天屁点人气都没有。也没个追随他的小喽啰。也没有屁点可倚仗的。载天小子从小跟随的那个马沙奥，他妈的，昨天死了。凭着载天小子一个人啊，屁都做不来的。等着瞧吧，这下真的打起来，那小子准保要死，闹好了也是个残废。就那小子屁都不知道呢。还大王呢，凭他，配吗？"

七

　　小时候，载天曾经是弹珠大王。我最后一次去载天家，是刚开完小学毕业典礼的时候。他把装有数千个弹珠的豆芽盆拿给我看，还发善心说让我尽管拿。可惜，那已经是我喜欢弹珠的时期过去之后了。我们酷爱弹珠的日子里，拥有弹珠最多的人堪称是大王。

　　我不清楚，载天是不是弹珠子弹得最好的一个。因为从来没有见过。可他的口袋里总是揣着数十个大大小小的弹珠。红红绿绿黑黑黄黄的玻璃的铁的冰凉的磨损的崭新的弹珠，不断跟别的弹珠相交换，其数目和种类在不断增多。

　　平常的孩子们只需望望那些弹珠，就可以满足最基本的支配欲望。他要是存心用这些弹珠谋取别的孩子的弹珠，进而让那个孩子按照自己的意愿行动又该如何呢？假如是载天，会不会这么做呢？孩子们既单纯又复杂，既复杂又单纯。其中不乏像我这样，将搜集一百个弹珠当成人生目标的孩子。

　　何谓搜集，不就是支配欲望的延伸么？

载天小子还赶时髦，做过集邮。集邮也不是一般地搜集，而是动用了富有个性的独特方式，其牺牲者当中的一个就是我。

　　有一次，载天小子拿一张一个叫摩纳哥的国家为了愚弄傻乎乎的集邮爱好者而发行的廉价邮票，跟我真正出色的集邮家叔伯哥哥给的五张值钱的邮票做了交换。这一过程中那小子动用了形形色色的甜言蜜语、威胁利诱和谎言，在这儿一五一十地讲述这一过程，实在是太尴尬、太丢脸了。不管怎样，我上了当，用珍贵的邮票换了不值钱的烂票子，待我明白了这事，不仅对邮票，连对摩纳哥这个国家都已兴味索然了。载天小子拿那五张邮票换了二十张挺不错的邮票，在这一过程中我的那些邮票又被夸成世上没有几张的珍稀的东西。按这种方式不断丰厚自己的收藏，待到孩子们到了对集邮失去兴趣的年纪时，载天得以拥有最多的集邮册。那些集邮册肯定换上了其他有用的东西了吧。

　　说起来，载天尽情地发挥自己能力的领域，并不是让我至今嘀咕不止的弹珠或邮票层次的东西。那是比这些复杂得多而强烈得多的电视机的领域。应该说，电视机这种东西问世当在我生下来之前，但我第一次见识到电视机这种东西，并认识到其重要性，是临近小学毕业的夏天，载天家从天而降地出现电视机的时候。

　　载天的叔叔参加了越南战争，不幸战死疆场。载天叔叔从越南捎来的日本产黑白电视机，在我们这一带的电视机中简直鹤立鸡群，彰显其卓越的性能。当然了，这部机子可谓是用命换来的，就其本身也应有特殊的意义吧。载天小子一有机会，就逼迫我们颂扬电视机的优秀以及买这东西送回家的他叔叔的勇敢。假如不对此表示敬意，就没法观赏供在他家中厅里的活像法老牌位的电视机。

当时的电视节目中人气最高的是职业拳击和职业摔跤节目。每当有拳击和摔跤转播的日子，不论男女老幼统统聚集在电视机前。可是，载天家的房子却很小。房间小，中厅小，连院子也很窄。再怎么感念勇士之死，赞扬电视机的伟大，也无法接纳所有的人。

在权力者身边生存的技术当中有着一门看起来琐屑却非常重要的技术，那就是溜须拍马。溜须拍马能使人的一生滋润，也能被唾弃为卑鄙者。这门技术的核心就是溜须不留痕迹，可惜那时也好，往后也好，我练这门技术就是练不精。

每当有体育转播的晚上，载天总要站在离院子稍有距离的柴扉跟前，一一确认前来看电视的人到底是谁。要是来人比自己优越，他二话不说就会让开。假如不是的话，不是索要入场费，就是让他作出屈辱的忠诚誓言。入场费可以是五颗弹珠，一只香瓜或一只鸡蛋，遇上有特别重要的转播，也会翻番。简直是随心所欲，一切以他的心情决定。

忠诚誓言其实很简单：背诵"我是朴载天大王臣子，是小喽啰，是臭抹布"的咒文，转身作出屁股开始进院的样子就可以了。家里没有香瓜或鸡蛋，也没有偷摸的能力的话，只能发表忠诚誓言。

从这个意义上讲，不能不说载天小子从小就是个权力迷。我这个人小时候好歹跟他保持友好关系，可能就是因为我实在太平庸的缘故吧。平庸的我跟特别的载天，应该没有什么可争的，但是我第一次强烈地感到那小子背叛了我，就是因为那个电视机。

生性平凡的我，原本就不待见那个叫电视机的特别的家伙。忠诚誓言就不用说了，拿什么香瓜、鸡蛋也不称我心。像我这样天生就有好多不称心的人，不去那儿赶热闹就是了。不知是不是知道了我的心，要不存心想要摧毁我心中的防线，载天小子用他特有的如簧巧舌折磨我。

载天把职业摔跤手路·塞兹、金一、千圭德和安东尼奥·猪木等人的简历与优缺点、相互战绩等倒背如流。载天还夸口说，自己对哈伯特·姜、金基洙、卡修斯·克莱和乔·弗雷泽了解得比他们的经纪人还要详细。载天还能对踢足球的李会泽、贝利、雅伊尔津霍和尤西比奥的妙技和得分能力等一切作出证言，可那大部分是夸张的。

拳击手哈伯特·姜仅靠抗揍的身躯，就可以让对方 KO 败。卡修斯·克莱会老雕般飞起，注射针般刺人，可是乔·弗雷泽的皮肤活像犀牛皮，连蜂针都蜇不透的。尤西比奥有着每逢进球就撕破球网的习惯。雅伊尔津霍除非是三十米开外的远射，就是守门员到卫生间撒尿都不带射门的。李会泽号称"亚洲金腿"，实际上人家左脚的膝盖骨就是用黄金做成的……

你说，世上竟然存在这样的人，而电视机居然亲切地拍摄他们的模样给我们看，有谁能抗得住一睹为快的诱惑呢？我听载天创造的许多故事，听得耳朵磨出了茧子，闹得后来如数家珍地给人转述这些故事，不知丢过多少次人。可是，那神话的手，当时却有着强烈地吸引我的力量。

忘了那是哪一天了。那天，我没有看电视，不知道到底放映了什么内容。可那天，我蹚过小溪第一次上门到载天家看电视。那是个夏天，南东方的天际闪耀着不大吉利的通红的星星，我的手上什么都没捏着。

我虽然听过载天是要收入场费的，可心想不至于跟同年同月同日生的我讨要什么钱吧。而且，也听说过拿不出东西得发表忠诚誓言，但也觉得不至于让我也那么做吧。传说两样都不行，就不准入场，但总觉得不至于对我那么绝情吧。

没想到那天载天家观众爆棚。说是先转播一个世纪侥幸能碰见一次的大比赛，然后放映什么圣者登场的三个小时的电影呢。大门口等着入场的孩子们排成长龙，载天拎着棒子在维持秩序。

"你拿来什么？放那儿。进去吧。你没拿？回家看孩子吧。你就一个啊？再拿一个过来。"

我听到的大概是这样内容的话。那些没拿入场费的孩子们，小一些的当场做了载天的小喽啰，比载天大不甘心做小喽啰的只好咬牙切齿地回去。可是，跟载天同岁的我，既不能打道回府，也不能做小喽啰。只好望着透过柴扉流出来的电视机的亮光，听着运动员的动静和观众的惊叹，傻乎乎站在那里。

"没有了？那我关门了。"

要是往常，我会回去的。可是，载天的故事给我的影响实在太大了，想要见识神话里人物的诱惑实在不可抗拒。我向前迈了一步，好让载天看清我的脸。

"你让我进去吧。"

"是你？你带了什么？"

载天跟我打了招呼，我顿时高兴坏了。

"没带，明天带不行吗？"

载天做出了非常为难的表情。就凭着还能记起那个表情这样一个理由，我还真想饶恕他那天做出的一切。

"不行！"

载天就像地狱的门卫，冷冷地打断了我的话。我心里真不是滋味儿。这时，跟我同样立场的几个孩子七嘴八舌地嚷嚷起来。

"不就是破电视嘛，至于那么臭美吗？"

"谁没有到越南完蛋的叔叔啊？"

"不看那臭玩意儿！我都嫌脏！"

当时，站在我身旁的，跟我处境差不多的孩子满打满算才三个，可不知怎么说的话太损了点。载天小子突然跑进院子。因为柴扉就那么敞开着，刚才辱骂他的孩子们踌躇着跟了进去。我心想，他挨了骂可能反省了吧，也跟在他们后面。一瞬，仿佛夜幕中罩下来的大网，什么东西扣到了我们头上，接着响起载天的怒吼：“好哇！你们这帮臭小子，尝尝什么叫臭吧！”

那竟是载天麻利地跑到茅房舀来的大粪！

是夜，到小溪洗身子，我们发誓复仇是不言自明的。至于那个毒誓是怎么实现的，我至今不甚了了。我升初中的时候，跟载天分手，心想再也不用看那小子臭美的样子，真是太爽了，这就算是我的复仇了。

“载天就是旧派。新派的队长是皇甫，旧派就像是老朽们的联谊会，除了载天，四十岁以下真他妈没有几个。年轻的几乎都是皇甫那头的。你刚才撞见的就是黄浦帮的小子们。那些小子们简直是天不怕地不怕的，水里火里都敢闯。所以，最可怕的就是他们。我们店里的小子也是黄浦帮的，不管在干什么，一声令下就骑着摩托闪电般聚集呢。听说皇甫背后有着都市真正的组织。其实，最可怕的就是这个。载天小子别看臭美，光杆司令一个。他能仗依的，他妈只有自个儿的蛋儿！”

相秀的褒贬里浸透着无法用批评或舆论涵盖的、某种扭曲的嫉妒般的东西。也难怪，眼前这位也是当年威震一方的传说的主人公嘛。为了块头、嘴巴和奇大的胃，他饱受痛苦，外号就叫河马。不知道真正的河马有没有这习惯，反正他有着熬不过肚饥、偷吃过别人东西的历史。就算他已经还原为平凡的市民，但身处非常时局，应该随时可以发挥自己的老伎俩吧。

话又说回来了。遍数老家的人，谁没有这样那样的故事啊。某某擅长跑步，某某善于爬墙，有的善用刀，有的能挨打，有的会插秧，有的会用锹……这些有着一技之长的人，都各领风骚数年。又有谁不是呢？一逼到绝路，世人全都会打造出非同寻常的故事的。

载天考上的初中，正是后来跟马沙奥来一场孤注一掷的胜负的赵昌勇退学的学校。跟载天同班的还有整个思春期直到二十来岁、一直跟他处于竞争关系的希安和大庆。仅凭着这一点，那个学校也比我上的学校有趣一百倍吧。而我上的初中，不仅无聊乏味，而且离家实在太远。

整个初中时代，载天小子似乎只顾长个儿了。短短一年间，载天小子的个头竟然蹿了二十厘米，在同龄孩子当中简直是鹤立鸡群。说不定是因为吃了他妈种的豆芽的关系吧。

那段日子里马沙奥完全回归了当地。马沙奥仗着出入军营的岁月里积累的确凿的神话和名声，顺理成章地成了街市之王。假如你讨厌这个王，你尽可以不在王统治的大街露面，但是由于地区就是街市，街市就是地区，大部分人也就置身在马沙奥的统治圈里。

也是在这段日子里，世界总统柳新潮死了。至于他在何时何地为什么而死，我不得而知。不知什么时候起，他不在街上露面了，再没有在街上被一帮孩子簇拥着，拽出黑红的阳物用尿液画世界地图。不知从什么时候起，他也没再喊"世界总统柳新潮"了。不知从什么时候起，他不再讨要，也因为这开始远离人们的关心。

有一天，他成为一具尸体，被发现在小溪的下游。包容他半辈子的苫席，也跟他一起漂流下来。虽说前一天下了点雨，但并没有发大水，未曾冲下一只山羊，为什么柳新潮偏偏跟苫席一起被冲下来呢？曾几何时，大洪水掠过时那张苫席、那个人不是也没有被冲下来吗？虽说无法搞明白，但也没有什么人对此感兴趣。

他没有举行葬礼，没有安魂曲，也没有吊丧客。当然，也没有世界各国首脑发来唁电或有使节前来。

当小溪的流水恢复原有的颜色，水流平静的某个下午，骑着自行车沿着堤坝回家的包括我在内的几个初中生，注视了一会儿柳新潮被席子裹着、叫牛车运走的行列。那天晚上，山那头的火葬场冒了一会儿烟。那就是他伟大人生的终点站了。

两天后，载天和我，希安、大庆和河马，我们五个一起离家出走。那时候可是离家出走司空见惯的年代，不知现在的孩子们怎么样。

我们五个，除了我他们四个都是同班同学。有一天，阔别几乎两年的载天突然上门找我。那时，我家有一顶哥哥用过的老式军用帐篷，载天让我把它借给他。

"干吗？"

"我得离开我家了。俺地闹得我烦死了。俺咪也怪烦人的。"

载天小子不知因为什么，叫警察爸爸用警棍扁了一顿，于是就制订出离家出走的计划。那时候的载天爸爸已患上严重的酒精中毒，不喝酒就无法上班，连觉也睡不着。因此，趁着喝酒的工夫，不是跟老婆打架，就训育儿女，载天频频成为出气筒。

载天首先把河马拉进自己离家出走的团伙，那时河马已经处在离家状态。因为，河马从地区边缘到市区留学，正租房自己开伙呢。载天诱惑河马的理由很简单，因为自己烧饭吃的缘故，他拥有一套厨房用具。

同样理由，因为我处在能够拿来外形跟英文"A"差不多，大家叫做 A 帐篷的帐篷的位置，载天也决定诱惑我。一开始只说借帐篷，等我拒绝了就承诺说，只需我拿来帐篷，就免费把我带到有名的旅游景点月溪寺，那可是我一次都没去过的地方。凭直觉我感到有可能给我的人生带来转机的冒险就在一步开外，不禁联想到只在照片上见到过的月溪寺松树林的迷人月色，冲动地做出了这个决定。

希安用不着特意诱惑，一听到那个计划就参与了进来，大庆则是希安形影不离的好朋友。他们俩对离家出走早已是行家里手，都达到了隔段时间不出走一次都无法忍受的中毒的地步。

我们这五个人当中，家境最穷、脾气最偏而拳头最硬的希安，跟有个最大的富翁爸爸、脑袋还好、趣味多样的大庆最情投意合，好像是最不合逻辑的故事。这俩人的共同点就在钱上。

希安就是有能耐，能够毫无顾忌地花掉大庆拿来的钱。而大庆只知道拿钱却不知道怎么花。他不懂得随便买东西吃，随便找地方睡觉，胡乱买一些拳击手套、自行车、棒球棍、接手护面、头盔、棒球帽、棒球、足球、排球、篮球、乒乓球、乒乓球拍、乒乓球盘等等。俩人就用大庆的钱，一起吃、一起睡、一起玩。就算是借钱，借的人不认为是借，出借的人没想到讨要，真是个美好的理想的共生关系。

载天跟希安提起离家出走的计划，可能也出自人家有经验，想要了解一点事前知识的考虑吧。再进一步，说不定想通过平常敬而远之的富家子弟大庆蹭点钱花呢。他俩也没辜负期望，一接到载天的提议，立马整装出发了。就这样，扛着一顶帐篷、一口锅和其他炊事用具的一行五人，意气风发地朝着月溪寺进发了。

从一早到晚上，绕过环抱地区的高过一千米的山，没骑马、没骑大象只靠双脚攀登的劳累先不用说，我们心目中的地上乐园月溪寺，对离家出走的初中生来说环境未免太残酷了点。离家出走的青少年一到目的地，就要把这个冰冷而残酷的地方改造成温暖幸福的小巢，并立刻把这个充满野心的计划付诸行动。我们将帐篷搭在月溪寺前面旅游饭店的草坪上。再出名的景点，大冬天的平常日子可能也没有多少人光顾吧，到了夜晚饭店客房的灯光大半都黑着。

要论夜晚没有灯光，帐篷也没什么两样。河马只拿来厨具，别说是花灯、灯泡或电线，连根蜡烛或灯笼都没拿来。而且，这帮人都是一个赛一个的牢骚大王，狭窄的A帐篷里面充斥着互相指责、互相非难、互相埋怨的嘈杂喧嚣的动静，快把篷顶都要掀跑了。

说到狭窄，这顶帐篷是军人野战用的，规格为三四人用，五个大小伙子就是静静地坐着都嫌挤。更何况，帐篷里面堆着河马带来的家什——饭锅、菜板、不让长剑的菜刀、足可以让婴儿洗澡的盆（河马说这是他平常用来盛饭的），有盆一半大的汤锅、一半的一半大的水桶、一半的一半的一半大的筷子盒，有三四倍大的枕头、无法比较大小的褥子和被窝等，更是挤得快要胀破了。若劝说把这些东西放在外面，看重家什远远胜过看重人的河马听都不要听。要是有人碰那些东西，他就最大限度地张开大嘴，仿佛要一口把那人吞下，大声吼着不许动。好像他的锅怕感冒似的。

在那黑暗和吵闹的地狱当中，好歹取得了共识，决定先去弄到点亮帐篷的灯光、烤热帐篷的取暖设备和能够做饭吃的灶。可是，要满足这三条要求，说不定我们得把整个帐篷腾出来放那些家什，只得从长计议。讨论的结果，最终采纳了对离家出走有着真知灼见且有丰富经验的希安的意见，那就是去弄个煤油炉来。这煤油炉一是可以取暖，上面放锅还能做饭，而且点着了还能当照明用具。

再深入探讨下去实在闹心，也就作罢，马上组成了敢死队和特工队。决定先是特工队去侦察有煤油炉的地方，提供情报给敢死队，然后就由敢死队去把那炉子给偷来。特工队还有另外的任务，那就是去弄来大米和副食品。这些有钱都可以买，可是我们没有钱。

大庆小子真够狠的，竟然一分钱都没带。我们全都指望大庆，同样一分钱没带。再说了，就算我们有钱，压根就没有掏钱买的想法。因为，那根本不符合离家出走的青少年的身份啊。离家出走的青少年还要拿钱买炉子、拿钱买米买菜，那还不如干脆不出走呢，这是我们的共识。

决定由载天守帐篷。我和脚程快的大庆成为特工队；行动缓慢，但即使被抓住挨打的面积很大，可以把物理的冲击分散到全身的河马和希安成了敢死队。特工队很快在距离不到五百米的一个小铺发现正在烤火的四十来岁的男子。同时，带来了看样子那个男的拳头并不怎么硬的情报。敢死队出动了。特工队开始寻找另外的目标，侦察周边哪里有米和副食品。最终做出了就是那家小铺，有着我们需要的所有东西的结论，就比敢死队抢先一步造访了那家店。

先是我装着买东西摆样子。过了几分钟，大庆走进来抓了几块饼干掉头就跑。趁着老板大骂"你这个小子"，跑出去追大庆，我就闪电般捞过一串引火炭、一包米、三只洋葱、一只秋光鱼罐头、鲅鱼罐头、一包盐、一包洋蜡、一包火柴、两条鱿鱼、烧酒一个大瓶两个小瓶、一瓶香油和一包辣椒面，慌忙走出店。大庆原本就是长跑运动员，拥有野生马驹般的骄人速度，断不会被抓住的。他适当地放着诱饵，引诱老板，使我得以平安筹措需要的东西。

跟丢了大庆，脚步沉沉地回来的小铺老板发现了香肠似的叮零当啷挂满东西的我，重新蹽腿跑了过来。我虽然不像大庆，有着骄人的速度，但摆脱因为刚才的追击战气喘吁吁的老板的脚程还是有的。趁我逃跑的机会，敢死队如愿把小铺的炉子接收过来。

问题是那炉子烧得滚烫，没法用手抓。这是事先没有料到的突发状况。按说，俩人可以弄灭炉子里的火，等它凉了再拿过来，但小铺的老板很快就会回来，人家回来后见此光景，断不会说"哎哟，同学们，天太冷了，你们需要炉子吧。你们可要好好拿着，可别烫了手"，连同装满煤油的桶一道慨然送给他们吧。两人大眼瞪小眼地对望了一阵，只好空着手灰溜溜地回来。

立下赫赫战果回来，美滋滋地等待着煤油炉的特工队，自是轻易不会放过空手回来的敢死队。特别是河马成了攻击的目标。用洋蜡烤的鱿鱼和倒在盆里的烧酒，都在特工队的控制范围里，特工队将食物分一些给载天和希安，可就是不想给河马。载天无功受禄，自是要迎合特工队，而希安忙着嚼啊喝的，哪还有工夫为同为敢死队的河马辩护呀。足足有三十分钟河马在一旁用辱骂填肚子，可能实在忍无可忍，甩袖而起。

"你站起来有屁用，你小子不行。"

"不，不，我可以的，我可以做到。"

"河马，我们理解你，你是不行的。你还是在这儿擦擦你的锅底吧。"

"我干得来！肯定能！"

"能做什么？"

"我会干得比你们漂亮，肯定能做得漂亮！"

"什么玩意儿？"

"我会比你们偷得更好！"

"还有呢？"

"会比你们偷更多！"

"真的吗？你们说……"

"那我们跟着去看看？"

我们就给河马下达了去偷面包的任务。因为，我们需要间餐。河马就在我们的注视下慢慢接近那个撞了霉运的小铺老板的店。希安好像觉得自己也有点责任，自告奋勇去帮他。俄顷，希安抓住几块面包，抬腿就跑。可怜的小铺老板这下也火了，好像豁出来追到地狱似的没命地去追希安。说起来，那天我们是不是有点过分呢。偷也好抢也好，一天一次就够了，这么三番两次去打劫同一家店，那不是存心让那家的老板心脏麻痹吗？

正在这时，河马动起来了。那手脚麻利的，真不敢相信是河马做出的动作。我们打算看清楚点，揉眼睛的工夫河马已然往我们等着的地方跑来。他手里拿着的不是几块面包，竟然是整整一箱。那个箱子是用木头做的，是印着面包生产公司商标沉甸甸的原装箱子。河马像头疯牛，喘着粗气，一把将箱子放在我们面前。

"咳，这有些过分了吧?"

"我也能做到！我能的!"

"抓小偷！着火了!"

小铺的老板声嘶力竭地喊着，双手拢在嘴边跑过来。我们掉头就跑。河马将面包箱子扛在肩上，心急火燎地跟着我们。

"喂，你快扔掉，会被抓住的!"

"不行！不行!"

"扔掉!"

"死也不行！死也不扔!"

小铺老板跟到满可以听清楚我们的对话的距离，等他听明白了我们的话可能觉得不可理喻，拿下嘴边的手，加快了脚步。终于，河马眼看被抓住。瞬间，随着一声"接住"，黑暗中飞来了面包箱子。我和大庆接过箱子，一人提一角就开始跑。小铺老板不知道该追河马，还是追我俩，踌躇了一会儿终于追箱子而来，由于他这个决定，救活了河马，也救活了我们。我们先把箱子藏起来，跟他玩了二十来分钟捉迷藏，等我们甩掉尾巴回到帐篷，河马居然在嗷嗷大哭呢。

"干吗呀那小子?"

"喝醉了。"

"人家拎着死沉死沉的面包箱，快要累死了，那个死小子……"

河马算是痛快淋漓地哭了一场。其实不需要什么炉子。仅凭着我们的体温，狭窄的帐篷里面就暖融融的。尤其是河马暖暖的大腿，堪称是难忘的回忆，那是世上最好的枕头。

"丧家没有问丧客，是忌讳在那里碰见认识的人呢。就说我吧，想去看一看，但怕掺和到黑帮打架，冤枉地挨人一斧子，才没有去，妈的！"

"我在那里呆了好几个小时，连一只胖老鼠都没撞见。"

"哎呀，那是你小子运气好。你屁都不知道，人家都藏着呢。待到他们盯的人出来，来不及哼哈就会完蛋的。"

据河马说，皇甫这样的人物一旦出动，铁耙子、镰刀等农具、片鱼刀、斧子、弯刀等一起动，还有铁管、棒球棍、自行车链子等工业品四处簇拥着。

"你是哪一头的？"

相秀小子突然夹起了尾巴。

"妈的，我这样的人哪有什么帮派呀？不管谁快点逮住就是了。"

"逮了人你有什么好处？"

"不管谁逮住，我帮逮人的人修车。那些车要修的地方可他妈多了。不知道多少零件呢，妈的！"

相秀突然张开大嘴，露出大大的嗓子眼，打了个哈欠，爬进了卡车底下。我这儿想要打听的事项还剩几十条呢。

可是，正在此刻伴随着刺耳的动静，一辆吉普车停在了我身旁。两只车前灯只亮着一个，从头到尾蒙着厚厚的泥尘，连车窗都看不见一块，它能滚到这里也算是奇迹了吧。奇迹好像不是只发生一次，通常是接二连三发生的。从车上居然走下来载天，帝王般派头十足、威武堂堂的。仿佛约好在这里见面，他极其自然地望着我，露出了特有的笑容，伸过梧桐叶片般宽阔的手掌。想要摆脱那手掌，我望着卡车底下忙着招呼："相秀！相秀！"可河马不知哪儿去了，影子都不见。动作也真够麻溜的。

八

　　载天把车交给相秀的修车店，压低嗓门往什么地方打了个电话，就啪地合上了手机。趁着相秀的助手，肯定是个摩托族的小青年开走载天的车，我们念叨着刚才握手时没能说出的话。

　　"狗东西，好久了啊！"

　　"我也是第一次看见你这样的狗面孔。"

　　载天掏出接近正四角形的英国造镀金打火机，点了烟。手机、短裤、拖鞋，这就是他的装束。出乎意料，没有戴墨镜。

　　互相正式打过阔别五年后的第一次招呼之后，我们缓缓沿着通往地区中心的大道走下去。一辆摩托车发出轰鸣，驶过我们身旁。是个比起胀鼓鼓的后背，顶着的脑袋格外小的孩子。载天不知有什么高兴事儿，兀自满面笑容。难道危险还不至于那么严重么？他还能平安地散步么？可从他的脸上什么都读不出来。

　　"你不去问丧啊？"

　　"我的感情还没有理顺，达不到去问丧的程度。"

　　仅凭着这么简简单单一句话，沉淀在我心底的情感症结就像泡软的卫生纸慢慢化开了。能有多大的事儿啊。一个人的死，有着让活着的人变得宽容的魔力。死人对活人产生的影响越大，这种魔力就越强。而面临危险的事实，同样有着融化情感症结的功效。

载天领我进去的地方，是室内装饰豪华的一家西餐厅。打着蝴蝶结的印象乖巧的服务生将我们引导到单间。

"听说这几天氛围不大好，你有什么事吗？"

载天缓缓掏出一根烟衔上。打火的瞬间，胳膊里闪烁着锁链状的金手链。他用足有常人两倍大的手掌，捏着足有平常打火机两倍大的沉甸甸的打火机，轻巧地转动着。

"河马小子说什么了？那小子嘴欠，正想好好修理修理他呢。"

"是我自己揣度的。你忘了我鼻子很尖？你小子这是怎么啦？"

没等说两句，我们又拧了。载天小子真是赛过猎犬，人家刚提个头，马上就能联系到有关人员，真是不得不防啊。

"没什么，不过是想清理清理，把大街好好打扫一遍。"

载天的金牙在闪光。这对理解他的话语所蕴含的深刻意义有所妨碍。没想到仅是牙齿闪烁一次的功夫，载天居然变得严肃庄重，活像发布声明表白自己死也没有做错什么的前总统。真是随心所欲、自由自在的变换啊。

"现在的状况很严重。你跟大庆常见面吗？"

在载天面前每一瞬间都不得不小心每一句话。跟他相处的无数的瞬间告诉我，眼下就是这样一个瞬间。那些瞬间还告诉我，不能给他我在小心的印象。

"他能见我这样的下三烂吗？那不是高高在上的富翁会长吗？"

多亏，服务生非常适时地敲着门。载天的脸庞自动浮现出惯常的笑容。

"小子，上两份牛排套餐和两瓶啤酒。让外面清静点好不好？"

让服务生的腰情不自禁地弯成九十度的载天柔和而放肆的话语，使我如鲠在喉。换上我，肯定要说敬语还不一定换得到对方的恭敬呢。

"喂，你这狗崽子。你这么卑躬屈膝一年能挣多一点？叫大庆那小子挤对，能混口饭吃吗？你不是爬进那小子胯下好久了吗？可那小子竟然不见你？连朋友都不认，那坏蛋还算人吗？"

载天突兀地褒贬起大庆，连为了找离开当地的借口，曾在大庆公司呆过一阵的我也算在内，被骂了个狗血喷头。虽然我尽最大可能小心着，可藏在我心底的什么东西还是蠢蠢欲动，譬如说平凡的自尊心。

"这又不是你管的问题。其实，我没看见他好久了，最后一次通话都三年了。"

载天的眉头皱起来了，就像小猫生气的时候鼻尖堆着皱褶。

其实，该这么做的应该是我。

"大庆那个臭小子。你给我带话，要是叫我撞上了，当心他的狗命！"

我带什么屁话？我怎么也无法赞成他说的话。那口气、那内容、说话的前提、说话的结果，一切的一切都没法赞成。难道我不懂你吗？你小子是不能跟我说这种话的。所以，你小子总是老二，是二流。你小子说不定会丢命或残废的！

随着轻轻的敲门声，我们的对话中断了。啤酒端上来了。载天小子连让都不让，自顾自地倒着啤酒就喝了起来。对他这个动作所代表的意义，我也没什么可说的。载天小子嘟嘟囔囔，自言自语般诅咒着："该死的泥鳅，老貉子般的东西，好个老狐狸！叛徒就是该死！"

我不由得琢磨着，载天就算是跺一脚老家颤三颤，再怎么样也不过是个地方的混混嘛，远在大城市忙碌的大庆，他究竟有什么可背叛载天的事儿呢？要背叛也得有可背叛的事儿啊。琢磨着我不禁想到，我们俩想毫无隔阂地一起进餐，分别的时光有些太长了一些。也不知道这么长时间对方变成了什么样。我们实在是一无所知。载天小子好像也想起了我俩长久对立的几个问题，直勾勾地盯着我。

"你觉得老大哥为什么会去世？"

还不是因为你，肯定是你小子让他操心了。可是，总不能直说吧。

"不知道。"

"就是因为大庆那个狗崽子。皇甫也算一份。"

"天啊，脑袋疼，我不管这些烂事儿，你不要跟我说这些。"

"是大庆跟皇甫勾结，让大哥去世的，懂吗你？"

"我说，在首尔做事的大庆没事干了跟皇甫勾结啊？退一步说，就算他俩有联系，又怎么能让马沙奥大哥去世呢？"

载天似乎觉得我太冥顽不化了，冷冷地盯了我半晌。这可是从小我最熟悉的表情了。

"小子，你这个脑袋瓜呀，简直是花岗岩。"

这是尽情地盯了好一阵之后，他给我作出的评价。

"你不知道那小子野心有多大。那家伙现在给皇甫喂钱呢。皇甫小子是个鬣狗似的东西。这两个家伙勾搭上了，要糟蹋整个地区呢。这是我们这儿全都知道的事儿。你真的不知道吗？"

"不知道，我不知道鬣狗是什么玩意儿。"

"咳，你小子连《动物世界》都不看啊？"

说着，载天再次呆呆地盯着我。接着砰地撂下了啤酒杯，开导般地说："大庆现在跟皇甫联手，说是要在这儿盖什么饭店，张狂地要把这儿变成他们的地盘呢。"

我知道载天在大庆面前怀有深深的自卑感。大庆总是一流的。一流的小学生，一流的初中生，一流的高中生，一流的大学生，眼下要以一流企业家的身份，在老家建造一流的大饭店。人家一流的人，自是不会给载天这样的二流人物供什么钱的。就因为这，载天既感到遗憾，更觉得可恨吧。

那么，皇甫就是一流吗？人家是强强联手的么？这个我不知道。载天和皇甫从事的行业不一样。皇甫经营着非法赌场，而载天则经营合法的酒吧。那么，赌钱的人就不喝酒，喝酒的人就不会赌博吗？因为这个他俩才势不两立的吗？这个我也不知道。好像压根不是一个范畴的问题。据我所知，他俩之所以成为对立关系，是从两人有了交集，也就是两人一起成为昌勇的手下开始的，昌勇可是在地区最早引进暴力组织的人啊。为了昌勇之后的老二位置，他俩处处竞争不已。

这么说，皇甫是载天的对头，既然载天不是一流，皇甫肯定也不会是一流，那么大庆为什么要跟非一流的皇甫联手呢？明明知道这样要让载天气炸了肺？我想，从载天的立场考虑，大庆也真是该死。你看，能理顺到这个程度，我也不是顽石吧？

"大庆他老爹给人做担保，害得破了产，当时昏倒就起不来了，病病快快躺了几年一命呜呼，他们全家不是离开这儿了吗？也算是苦大仇深吧。还以为自己给盖个饭店，当地人都要拜倒在他脚下呢。为了阻止这个，马沙奥大哥东奔西忙，终于去世了不是吗？所以，那小子就得死在我手里。"

"好好，随你便，打死他吧，打死好了。"

迫不及待地，载天的脸上浮现出灿烂的笑容。

"我就知道你会理解的。你帮我一把，好不好？"

他这个伪善的表情想感动我，还差了点火候，我一点也没有陪他笑的意思。

"你知不知道打死人犯法，不是蹲监狱，就是判死刑？你让我怎么帮你？"

载天想开口说什么，突然闭了嘴。隔着门缝，好像看见什么人的衣襟掠过去。他妈的，奇袭杀人，酒吧单间，这样的词晃动在脑袋里……你，说不定会死的。别在这儿臭显，快逃命吧。肚子里藏着说不出口的话，好像胃肠膨胀，很是不得劲儿。要是不把这话说出去，哪怕绕点弯子，我自己先要心口疼死了。

"我有话跟你说，可这儿太憋闷了，还闷热。换个地方不行吗？"

"去哪儿？"

"随便。要不上河边吹吹风吧，不然就去丧家。"

载天低头看了看表，恢复了特有的游刃有余的表情。

"待一会儿有聚会。等结束了再见吧，我也有话说。"

"跟谁？"

"啊，跟一些老弟和大哥们……处世嘛。"

处世？为人处世吗？这样像暗号的生硬而清高的词，好像跟载天一点不配。时间悄悄地流逝着。突然想起我们这是隔了好几年才见的面。

"我刚才看见池龙七了，老得不像样呢。"

"嗯，那个田埂无赖啊。"

载天随意地评价说。不知为什么，生出逆反心理。

141

"人家撞头可是天下无敌呢。好像现在也挺有劲的。"

"咳呀，那还不是乡下抓鸡杀狗的勾当吗？如今用那点把戏能干点什么？还不是自己脑袋疼？"

"我还记得过去你跟希安叫池龙七给修理的事儿呢。"

听到希安这个名字，载天偷偷地皱起了眉头。好哇，我生出一点点复仇的快感。朝着炫耀自己的成功的伙伴，还有那蹉跎的岁月。

那是我们刚刚二十岁的时候。是闲得无聊恨不得有点变化，哪怕天上下点雨的时候。隔了好久，还真盼来了下雨，听着雨打洋铁屋顶的动静，我们大白天就开始喝马格里①，希安和载天突然打起赌来。当时我们三个当中我是唯一的学生，且因为念书总是拮据，应该说我为了蹭一顿酒喝，故意挑唆相对地比学生肥一些的混混们打赌的。记得当时赌的是骑着摩托车去一趟北坡顶上的公路休息站，说好第一个出发的人将我们一起签名的火柴盒交给休息站，就骑摩托回来，第二个人再把它找回来，谁耗时间多谁买酒。可能有人要问，喝一顿酒才几个钱，至于赌这个吗。可是，他要是亲眼看看载天的海量和希安对下酒菜的无止境的饕餮，就不至于发出这么无知的疑问了。其实，跟这些无关，我们当时实在是太无聊了。

_____

① 韩国的一种家酿米酒。

载天先出发跑了个来回，大约用去了四十分钟。

"你这脸怎么啦?"

载天脸庞通红，呼呼地冒气，还肿得厉害。他说是叫雨给浇的。当时，雨一会儿变成毛毛雨，一会儿倾盆而下，要是坐在时速接近一百公里、像出膛的子弹的摩托车上，再细的雨点也会变成枪子的吧。

希安接着驱车跑了出去。用去了二十五分四十秒，堪称是个新纪录，虽说不是正式认定的。道路多有弯头，还有一些来往车辆，加上下雨路滑，穿过雨雾时眼前白茫茫什么都看不见。希安说自己不死真是万幸。我们听清希安嗳嗳嚅嚅的说明，就耗去了比他驱车更多的时间。俄顷，希安开了口。

"输家拿酒钱吧。"

"你先拿出火柴!"

"火柴? 咦? 火柴哪去了?"

"你，是不是干脆没去啊?"

"什么，小子! 你是说老子撒谎?"

希安急得蹦了起来。

"不管怎样不是没有火柴吗? 难道火柴长翅膀了?"

载天退后一步，但有意撩拨他一句。

希安的个头比载天矮了半扎。可是，肩膀却比载天宽，拳头的大小虽然不相上下，可缀着拳头的膀子却比载天粗了一圈。他总爱说"我的膀子比你们粗得多"，所以就得了个绰号叫"膀子"。

"哎哎,我快叫尿憋死了。你俩谁愿出谁出吧。"

每当体重合计达二百五十五公斤的我们仨用胳膊肘压着,餐桌就要发出哀鸣,吱嘎乱晃。当年有六十五公斤重的我一起身,坐在外面的载天就要站起来,我一离开两人就成了隔着酒桌对峙的格局。

这家的厕所是老式的,一关门里面漆黑的。灯泡坏了,稍一不慎就会掉进茅坑里。我害怕掉下去,就要掏口袋里的打火机,没想到打火机没摸着,反而摸出个火柴盒。正是希安取回来的那个火柴盒。这玩意儿怎么跑进我口袋里了?我一边撒尿,一边打定主意,回到座位就跟他们道歉,全怪我的坏毛病,一看见火柴啦打火机啦就要往口袋塞。

可能是心急了吧,一把推开厕所门,竟然撞上了站在外面的一个人的脸。也难怪,这个鬼地方就在胡同当中,要不是气味儿四周漆黑谁也辨不清是茅房还是墙壁,抑或是酱缸台。有人站在厕所门前撞个鼻子脸的也不能全怪里面的人吧。不管怎样,我朝着捂着鼻头的黑暗中的人影道了一声歉:"哎呀,对不起。"

可是,听对方嘟囔的声音,感觉对方像个高中生。高中生这个点怎么不学习,跑到这样犯罪多发地带瞎窜,撞鼻子活该。我心里暗暗咒骂,另一个小子从旁边的胡同跑了出来。

"喂,一个人都没有。快给我一根烟。"

真是搞不懂,我当时怎么对世上一切不义和犯罪那么在意呢。反正,听见这话的瞬间我马上明白了这两个小子以学生身份踯躅在这么漆黑的胡同的目的，就是想避开我这样的正义使者的眼睛，偷偷地抽烟！当时，我们那个地方虽然有那么三四家高中，但由于上不同的小学、初中和高中，闹得大家差不多都是同学，譬如我念的高中的学弟，也就是我朋友的初中或小学学弟，而我朋友的高中学弟，也有可能是我的小学学弟，所以把我叫做眼前这俩小子的学哥也一点没有错。正因为这样，我身为一个学哥怎么能看着自己的学弟堕入歧途，猫在胡同里偷偷地抽烟而不管呢？

"好你个臭小子，立正！"

其实，我当时是有仗依的。就在不到二十米的地方，有两个大块头等着呢。

"干吗？"

无论是过去还是现在，我最讨厌没礼貌的家伙，揉着鼻子的小子恰恰就是这类货色。家伙眼睛瞪得溜圆，竟敢抢白我。

"你，哪个学校的？"

后来跑进来的小子好像才明白事情不好，一边拽着揉鼻子的小子，一边作出自认为非常得体的回答。

"我们不上学，大叔。"

"哪个初中毕业的？"

"没毕业，退学了。"

"小学呢？"

"关你屁事，混蛋！"

说着俩小子一溜烟跑掉了，我不是因最后听到的二重唱不逊的话而恼火，也不是感到倒霉或高兴，只是觉得让那样的小祸害诞生并养大的这个世界太完蛋，突然感到悲伤、感到孤独，决定赶紧回到我朋友们的身边去。可是，我回到座位的时候状况发生了很大变化。

　　"放明白点小子，输就输了，找什么借口？卑鄙的家伙！"

　　"你说我撒谎？小心你的嘴！"

　　载天这小子确实跟过去大不一样了。上高中的时候，载天在学校跟一个孩子打架，竟然刺瞎了人家的眼睛。当时，那些嫉妒载天的大块头或纳闷他的大块头里到底藏着什么的孩子们，指使一个身材最小的孩子去撩拨载天。载天忌讳站在小个子后面的大个子往教室后面退了几步，但那个大个子竟然逼迫载天，让他拿起了吃饭时候用的叉子。

　　"不要靠近我，靠近就扎了！"

　　可惜，那个大个子并不知道载天是怎样一个人。所以，嬉皮笑脸地凑了过去。你扎呀，扎吧。好好，来一个！孩子们围着两人拍起了巴掌。扎呀，胆小鬼！

　　"我会扎的，扎！不要过来，你不要过来！"

　　"好哇，你倒扎呀。"

　　那个大个子可能想走进叉子的射程，向世上所有的高中生展示一把徒手夺叉的技艺吧。可是，载天把它当成了攻击。于是，就挥舞开叉子来，三根叉当中的一根不偏不倚地刺进了大个子的左眼。可怜那孩子当场失去了一只眼。

"你看，扎上了吧?"

载天哽咽着说，可后来没有一个人记得这句话。只记住他真的扎了的胆子、果断、狠毒和勇气。载天自己也比照马沙奥刺中老光棍的眼睛的神话，创造出自己的神话，并且自己也相信真是这么回事。可是，在跟前亲眼见到这一切过程的我却记住了载天的最后一句话。

这件事留给人们一个教训。碰上攥着吃饭的时候用的叉子的大块头高中生，你千万不能说"你扎我呀"。

载天后来决定自己的发展方向，高中时候的这件事会不会成为一种契机呢? 反正，老天给了他一个大块头，有着比别人高出一头的个子而不想早死，就得比别人更强，更可怕。

可是这点狠劲，对付别人倒罢了，还不足以制服希安。他不是拥有当地最粗的膀子吗?

"老子说去过了，就是去过了。你敢当面诋毁我?"

希安也有着骄人的战绩，那就是通过打赌让好几个人见了血。这种打赌主要是酒桌上发生的。每当发生琐细的口角，脑袋不好的希安是很难用话语制服别人的。吵着吵着吵不过人家，就动用了拳头和膀子，之前会有石头剪子布之类的程序，打个赢家说了算的赌。

就是说石头剪子布的赢家用力打输家。要是倒下去了，胜负就决定了。可是，假如不倒，就再来一次石头剪子布。这个赌会

147

一直持续到有人倒下去为止。靠着这种打赌，希安把一个人打成肠破裂，弄了个半死，打断了另外一个人的鼻梁骨。可是从来没发生挨打的一方告状之类的事情。男子汉之间的打赌，秋后算账是不可能的事情。告状？那太卑怯了吧。同样，他自己的鼻梁也总是带着伤痕，应该比别人强壮两倍的肋条也曾断过几次，曾经锁骨断了，打了石膏还跟人打赌。希安就像是蹲在山岗上，给过往的行人出谜语，说得不对就夺命，好似斯芬克司（人面狮身像）一样的存在。

"小子们，火柴盒在这儿呢，你们看！"

虽然我插了进去，但为时已晚。希安用手指头弹飞了火柴盒，咕噜着癞蛤蟆般的眼珠子，发布了如下的宣言："好！你要是感到冤枉，咱们来个'将给米'……"

这个著名的宣言一发布，原本就冷清的酒家的氛围简直冻成了冰块儿。"将给米"似乎是石头剪子布的日本话，可当时七岁小儿都不用这话，差不多已经成为死词了。可是，希安的嘴上一旦进出这种话，那等于是让对方做好非死即伤的思想准备。酒吧上岁数的老板，在希安发出"将，给，米"几个音的当儿，赶紧把菜刀给藏了起来。可能是害怕他提出比个石头剪子布，赢的一方用刀捅吧。

"别来这么幼稚的，快坐好。"

载天回座位坐下了。可是看他的胸口附近剧跳不已，可以揣测他并没把希安的石头剪子布当成幼稚的勾当。

"喂，你这个胆小鬼！走啊，'将给米'啊！"

当希安眼睛里眼白多了起来，你能听真切的话只有两样。将给米，胆小鬼。谁回避石头剪子布，谁就是胆小鬼。胆小鬼是不敢来石头剪子布的。这便是希安认准的真理。

载天双手发颤，端着马格里喝。那就是日后访问这个地区的出身师长的总统喝的马格里。一升装的酒壶五百元，带酱豆、泡菜和生切的地瓜片，另外加钱就可以要泡菜烙饼或白菜烙饼当下酒菜的那种马格里。可是管它马格里还是牛格里，希安小子早已跑到外面，淋着雨扯着嗓门大叫着："你个胆小鬼！快出来跟我'将给米'！"

滴落在洋铁屋顶的雨声，市场街里蘑菇般冒出来的人们的脑袋，这是我至今记得的两样风景。

"看什么？你们也想'将给米'？"

听了这话，顷刻间"蘑菇们"呈鸟兽散。我就跟载天打听："你想怎么着？真要是来石头剪子布，会不会被打死啊？还不如拿酒钱呢。哦，现在才拿恐怕不顶用了吧？你小子今天算是倒霉透了。"

一心要比个石头剪子布，一蹦三尺高的希安把大大的拳头缩成一团，揪着心筛糠的载天，真不是闹着玩的。

"妈的，总不至于死吧？我操！"

最后，载天吐出文言味儿的骂声，起身站了起来。听着他的骂声，我不禁联想起马沙奥来。我操，咱们来一把！这是马沙奥跟人挑战时常用的一句熟语。假如，后世有个人记起马沙奥，写上一部老家以他为中心的历史，且这部历史能留存在人们的口碑和心目中的话，这句话说不定能成为著名的典故呢。

载天就说，要比就到外面悄悄地比，把希安引诱到厕所方向。载天走在前头，希安跟着走进黢黑的胡同，载天利用黑暗电光石火般出拳。可惜希安这小子先天性地打架神经特发达，本能地一闪开，馨尽全力的拳头只是轻轻地碰了一下希安的耳朵而已。就在那一瞬间，载天拔腿就跑。老家的人们饶有兴致地欣赏着两个大块头淋着雨跑来跑去，可惜我没带伞，无法到外头近距离欣赏这难得的风景。过了大约十分钟吧，载天重新跑回市场里面，希安还在那里扯破嗓子大叫大嚷地穷追不舍。

"你这胆小鬼！给我站住！"

要论赛跑，载天显然技高一筹。你看他下体颀长，且比起个头体重要轻得多。

出去一看，这两人的赛跑还真怪异，起码有三点古怪。希安要是不那么气急败坏地大叫大嚷，肯定不会跑得那么上气不接下气。可他还在那儿一边吼叫，一边追逐。

我只好将口袋来个兜底翻，付了一点酒钱，至于剩下的大头求爷爷告奶奶地好容易记为赊账，就走出了酒家。没想到一接触凉空气，从大白天开始灌下去的马格里的醉意藤蔓似的攀援到全身。黑暗似乎迫不及待地伴随着细雨扑了过来。再次后悔没带伞，可我没有钱买伞，而我家离这里实在太远了点。我看见了刚才见过的像高中生的孩子们，跟我一样淋着雨，还在胡同里瞎窜。好哇，又碰着了，死小子们。可是，孩子们已经不只是两个，不知是哪儿勾来的多了一个撑着雨伞的大个子女孩子。

仔细一看，说他们是一伙儿的有点脱离实际，好像是俩孩子逼一个孩子拿出什么东西，譬如回家的车钱、零花钱或雨伞等，正在做传统方式的威逼呢。再仔细一看，两个小子是孩子，可女孩子说她是孩子好像偏大了点，也就是说她似乎是我的同龄人。定睛一看，这两个臭小子不是在捉弄一个大人吗？

"死小子！"

那俩小子正拽着女子的伞，调戏人家，好像赖着要跟她一起撑伞似的。看我走过去，本能地退后了一步。死小子们脚上退着，却没有耽误嘴巴穷喳喳，其内容是这样的：

"不许掺和！"

"做你的事儿去，小子！"

我的事儿？我的事儿就是等着去打架的伙伴，我现在不是干得好好的吗？

"你们这俩小耗子！还以为只是偷着抽烟，还会调戏大人，真是没法饶了。你，过来！"

我抓住了浑身精瘦，肋骨都没长成的小子，那小子乱扑腾着被我拽了过来。

"你，叫什么名字？谁的弟弟？"

我的铁拳还没出手呢，那小子突然像挨打似的大放悲声，扑通跪了下来。

"我错了。"

这小子做出了样子，离开一些的另一个小子也主动跑过来一起跪下，开始跟我求情了。

"我们错了，再也不敢了。"

我突然感到没趣，望了望受害的女子，可她依然用伞遮住脸，站在那里闷声不吭。

"给我起来！"

小子们依言站了起来，深深埋着头，等待我发落。

"你们，既然认错了这次就放一马，可你们记住了，要是胆敢再过来一次，在这儿抽烟，折磨过往的女人，就不会饶你们！我就是这个胡同的……"

说到这儿，却一时想不起合适的外号。我在这儿一犹豫，小子们偏过头似乎感到奇怪，被逼无奈我只好说出一点不情愿使用的小时候的绰号。

"就是这胡同的老大狗鼻子。"

狗鼻子这外号原本起源于我特能闻味儿。小子们当然不会知道内情，但狗鼻子这个外号毕竟不是多么威严的，所以我决定尽快处理掉这俩小子。

"一个一个往前来！"

这时，歪着脑袋瓜的俩小子当中的一个低声问我道：

"你，不是大庆哥吗？"

"什么大庆狗庆的少废话，一个一个往前来。"

见状，另一个小子窃窃私语般问道："你不认识大庆哥吗？"

"怎么不认识？臭小子，你先来！"

然后，我挨个扇了俩小子一个耳刮子。臭小子们为什么总提大庆，我真是没法理解。打第二个孩子的时候，我的巴掌有些麻了。别看小子们年龄小，却是坚硬如石头的莽后生。

"滚！"

可那俩小子好像觉得很奇怪，边离开边大摇其头，害得我不得不重新喊他们过来。

"滚回来！"

可小子们没有滚回来。不仅不过来，还像是气得愤愤的样子。因为小子们真的走回来，我说不定得叫来一个正在雨中跑得不亦乐乎的伙伴，也就没跟他们较真。

"我，可以走了吗？"

雨伞下传来女子的嗓音。不知从什么地方飘来淡淡的玫瑰香。

"夜里走路，请避开黑暗地方。请问你去哪儿？"

没想到伞下的女子答非所问。

"我从市场过来的。谢了。"

不论是过去还是现在，我最讨厌散发着雌性荷尔蒙、自认为神秘的女子，也就没再打听，更谈不上主动送送她。撑伞的女子穿过胡同，过了马路。接着被吸入对过黑黑的胡同。我的目光追逐她的背影，终于发现了扭住希安的载天。

只见载天利用自己的长胳膊，紧紧扭住希安的胳膊，使出吃奶的劲儿提防着希安凑到身边。我曾经看过一幅画，画的是雅各布跟天使摔跤，载天活像画中的雅各布。等于画中天使角色的希安，胳膊没法动了，正试图用脑袋砸载天的头。因为载天个子高，希安的额头能触及的部位是载天的脖子。挨着一下又一下的砸，载天的胳膊越来越没劲儿了，咳咳憋气的动静三十米外都听得见。

"天啊，得有人拉架呀，闹不好要出人命的。哎呀，这事如何是好？"

越是碰到命系一线的状况，我越是感到怪异的平静，恰似暴风雨前夜的宁静，仿佛喷着热腾腾的血腥味儿的宁静。像我后来在妇产科医院感觉到的浸透婴儿身子的血腥味儿，还有婴儿发出第一声啼哭之前那令人喘不过气的宁静，我现在感到的就是这个。

载天摆出溺水者的姿态，最大限度地踮起脚尖，在越漫越高的水中竭力把鼻孔露在外面，尽量不使希安的脑袋砸到自己。可是，希安却像不知疲倦的永动机，像一只大尖头蝗兀自砸个不休。两人就以这种状态对峙了一阵儿。

"好了，算了算了，我已经算账了，该死的。"

趁着我拉架的工夫，载天重新摆脱希安膀子和撞头的射程，蹽腿就跑。就这样被逐和追逐，就会生出跟当初的被逐和追逐的动机不大一样的别样感情。希安一看好容易逮到手的载天走脱，不免七窍生烟，发出"嗷嚎"虎啸般的动静，重新追赶起来。载天的身影消失在胡同口，接着希安也不见了。我不知道他们是不是重新在街上转了一圈。也不知道是不是过了一个小时、一天、一年或一辈子。我只是百无聊赖地躺在缺了一条腿的长椅上，这时希安走了过来。

只见希安的衬衫血痕斑驳，就像倒上了红墨水。原来，那不是他的血，而是从载天的脖子流出来的。希安气喘吁吁、声嘶力竭地叫道："孬种！胆小鬼！懦夫！窝囊废！"

是流血的夜晚。仿佛要冲刷掉血痕，重新下起了雨。发出钢珠撞上洋铁屋顶的动静。雨水顺着屋檐淌下来，敲门般敲打着躺在那里的我的脸。

希安按捺不住自己的脾性，用拳头砸玻璃店的玻璃门，突然趔趔趄趄的。眼前好像模糊一片，温乎而微腥的什么东西洒在脸上。希安突然扑倒在我身上，像一头年迈的狮子。

"你怎么啦？"

我揉揉眼睛坐起来，令人恶心的血腥味儿扑面而来。我的手竟然通红通红的，好像攥着血淋淋的刀。原来，希安小子在滴血。血流从他的右手喷出，像间歇泉喷一会儿停一会儿。是被砸碎的玻璃割破了血管。

玻璃锋利的截面将希安右手三个手指头切割下大半。大夫说流血过多，需要输血。我们谁也没问，大夫自顾自地啰里啰嗦地说什么乡下医院不具备储藏血液袋、碰上需要输血的抢救病人即刻就能输上血的条件，因此遇到这种情况就用献血救急，话锋一转竟然问起我是什么血型。希安是 A 型。可供验血的人，有着我这个 O 型血的，肯定也是 O 型的值班医生，还有谁看都像 A 型血的护士，还有那些不是 A 型就是 O 型的别的前来就诊的病人。可话又说回来了，无论是医生、护士还是病人，谁还有心思抽血给这个非亲非故、浑身血迹斑驳还怪叫不止的臭小子呢？我只好抽出我宝贵的鲜血，给希安小子输上了。

我正待站起来，这次过来的是脖子流血不止的载天小子。他是 B 型。大夫这次也说需要输血。看我为难的样子，医生也好像犯了踌躇，就说那我先给止止血，就领他出去买碗血块汤吃吃吧。载天小子看见我在血块汤和献血间苦闷的样子，嘴巴就噘起来了，好像在埋怨给他怎么就不给我。无奈，我只好再次抽出一人份的鲜血。一抽再抽，我就陷入了跟缺血的两个人差不多的贫血状态。

希安连麻醉都没做，就缝了数十针。输上了含有大量酒精的我的血，看来不需要做什么麻醉吧。怎么，西部片的演员不是也有喝下威士忌，代替麻醉动手术的吗。我们跟他们的差别只有我们喝的是马格里，而不是威士忌。

"手指头的筋断了。需要做精密手术，可病人不干，今天只能这样了。只是给缝了缝。要是不动手术，有可能残废，可他就是不愿意……"

年轻的医生满头大汗。病人不会是一味儿拒绝吧。肯定说了跟他比石头剪子布吧。就说你"乖乖地给缝呢，还是挨了揍再给缝"。

到头来，希安右手三个指头的筋就那么断掉了，致使他一辈子握不紧拳头。希安在手上缠了绷带，就非要回家不可。载天的伤比希安轻多了，这阵都不知道哪儿去了。

我领着希安出来，发现大庆手腕缠上绷带躺在急诊室的床上。不知怎么搞的，说是他也需要输血。哦，好一个血的夜晚呵。弄不好还得被抽血，那我指定要瘫下来，我就装作不知道，躲着大庆的目光拽着希安出来了。希安提议到他熟悉的地方再喝一杯，我呢因为见识了我的血人家的血正处在亢奋状态，也就没有表示反对。我们就买了烧酒和辣椒酱，爬上了地处偏僻的一家瓜棚。摘下一捧黄瓜蘸着辣椒酱吃，一起唠嗑来着。希安谈的是手指头要是永远不好，该怎么打台球，是不是应该把分数降下来。

我们还唠了希安上小学的时候替腿脚不方便的伙伴拎书包的事儿。希安一辈子只领过一次奖。他曾经帮一个患过小儿麻痹症的同学拎过书包，达到风雨无阻的程度。后来，有了自行车就用车子驮书包。再后来，叫喜欢奖励的班主任知道了，力主好好表彰表彰，校长就当着全校师生给他发奖了。

"这个孩子是我们学校的宝啊。"

校长甚至掏出手帕，做出擦拭眼角的动作，希安讨厌那个动作，从此不再给同学拎书包了。害得那个腿脚不便的同学在剩下的日子里，只得自己拎着书包一瘸一拐地上学。那天，我们冷得直打哆嗦，唠了一夜，像天鹅把鼻子塞在膝盖间，睡睡醒醒，清晨希安不告而别。

第二天，撞头大王上门来找希安。希安撇下在瓜棚像天鹅般局促地睡着的我，一个人回到前一天喝酒的那个酒家的小房间，可能是想要睡得舒服点吧。虽然是早晨，可是对我们来说几乎等于凌晨的上午九点钟，龙七风一般地闯了进来。希安说，听着敲门声还以为是我呢。要是知道那是龙七，希安胆子再大，也会从后门溜的吧。希安毫无防备地开了门，龙七连脚步声都不出走进了房间。

"你小子就是那个叫膀子的小屁孩儿吗？"

希安虽然还没睡醒，但还是看见了龙七的额头，那个沾着几根毛、左右覆盖着毛发的著名的额头依稀地闪光。那就是那天的运道吧。希安本能地低下头，恭敬地答道："正是。"

还没等他的话落地，酒家桌子上的玻璃烟灰缸就擦着希安低着的脑袋，发出撕裂空气的动静飞过去了。紧接着传来撞在墙上粉碎的声音。希安的动作哪怕慢了一秒，那烟灰缸也会把他的脸砸个稀巴烂的。这也是运气。

"狗崽子，跟我来。"

龙七和希安的共同点就是两个都口拙。他们的身子倒比说话快捷一点。也就是说先动身子，然后再说话。希安跟他走出房间，龙七头也不回地跨上了自行车。

"给我跑!"

龙七仰起他那著名的额头，开始蹬自行车踏板。希安把痛得针扎似的拳头捏紧了，跟着自行车跑起来。龙七渐渐加快了速度。希安为了赶上龙七，简直使出了吃奶的劲儿。他边使劲边想，这个爷们为什么大清早地跑过来找自己，可是自己要是知道了，就不会从早晨开始死命奔跑吧。左右，想也不明白，不想照样不明白，希安也就放弃了毫无用处的思考，只是豁出命来跑。这阵大雾渐渐消散，大街上来往的行人看见这怪异的情景，不解地摇摇脑袋。

一个胳膊格外粗的汉子，上衣血痕斑驳，死命跟着自行车跑。冷眼一看，两人像是拳击运动员和教练。可是骑自行车的是谁呀，那不是大名鼎鼎的池龙七吗!

先别说骑车的，跟着跑的不是膀子吗。那小子昨晚就开始满大街地跑，还没跑够啊。称得上是了不起的体力和执着呀。这两人可不顾人们议论不议论，箭也似的穿过大街，一气跑到汽车站对过的阿房宫茶座门口才停下。

龙七头也不回地推开茶座门走了进去。希安跑得快喘不上气，怀着忐忑的心情，不甘落后地炮弹似的射进了茶座里面。只见马沙奥穿着短裤等在那里。

原来，传唤希安的是马沙奥。原来，希安砸坏玻璃的玻璃店的老板，是马沙奥朋友的弟弟朋友的弟弟后辈的学哥。或许有人说，那算什么关系啊，可是在咱老家这个地方这种关系也算是关系。好比警察署长的亲家远方堂哥、市长同学的弟弟、部队首长司机的姑妈等都是大官一样。就这样七大姑八大姨地打断骨头连着筋，在网眼般的关系当中生活了几千年的就是我老家的人啊。不管怎样，玻璃店的老板为了让希安赔玻璃，就通过外地人心目中较为复杂的途径，而在当地人看来非常便捷的门路，托马沙奥仲裁这个问题。因为他知道，要是直接跟希安开口，说不定剩下的没砸坏的玻璃，外加屋顶都要被砸坏呢。

这场民间裁判，准确地在上午十一点整开庭。裁判场所为借用最初统一中国的秦始皇的宫殿名字起的、最初平定老家地盘的马沙奥平常去游乐和摸摸小姐屁股的阿房宫。没有律师，也没有法官和书记。旁听席上五六个混混抱着学一招的虔诚，一字排开坐着，由玻璃店老板朋友的学哥龙七负责维持秩序，兼做刑吏。

"你是膀子吗？"

审判长询问。

"是。"

被告恭顺地答道。

"是你砸坏人家玻璃店出入门的玻璃吗？"

"是。"

"你会赔人家玻璃款的吧？"

"是。"

"那现在赔吧。"

"现在没有钱……"

"那么?"

"明天,后天或再后天……"

"你是挨揍了赔呢,还是挨揍了不赔?"

这个问题,对昨晚上流了好多血,尚未从贫血状态恢复过来的,而且饱受宿醉和睡眠不足的折磨,加上用人生最快的速度跑了将近一公里的希安来说未免太难了。希安只好茫然无措地站着。

"给我打,打到那小子拿钱为止。"

审判长啪啪地拍着桌子,作出了判决。刑吏龙七举起了早已准备好的棒子。

"趴下,小子!"

希安趴在那里,还为马沙奥怎么能这么快得知玻璃店的事儿感到纳闷。这个纳闷很快就解开了。希安趴在那里通过胯间看见了茶座的门被拉开。走进来的是脖子打了石膏的载天。

"该死的! 臭小子!"

希安撅起屁股急忙说道:"我不挨揍就赔!"

"已经晚了。"

龙七冷冷地宣布说。审判长则掏着鼻孔装不知道。无奈,希安只好趴下来。由于一只手用绷带缠着,只得用左手单手撑地。为了让人便于下手,尽量把屁股撅得高高的,反正他用一只手也足可以撑起沉重的躯体。

"你个小耗子大的小破孩儿，以为邑内是你家炕头啊？怎么到处瞎窜，惹那么多麻烦？从现在开始，你小子每挨一下都要声音洪亮地大声点数。要是声音小或哭出来，这个数字马上翻番，知道不？"

希安的点数在二十这个数字上结束了。棒子折了，希安屁股上的裤子被打烂了，鲜血淋漓。居然达到人们传说茶座内充满了血腥味儿的程度。那肯定是希安上衣的血迹和龙七毫不留情的棒打唤起的联想作用所致吧。不管怎样，那天希安一声没出，很男子汉地熬过了棒打。传来马沙奥低沉的声音：

"下一个！"

希安正流着豆大的汗珠，强忍着痛苦。

"你叫朴载天？"

脖子打了石膏的载天应了一声。从那仿佛互相认识的口气中，希安明白了自己这么快站到马沙奥审判庭的理由。这是后来知道的，龙七朋友妹妹的朋友的同学就是载天。不管是不是载天挑唆或是代理玻璃店老板，让老板告状是千真万确的。

"臭小子，你个不中用的怎么成天挨揍，让大人烦？"

马沙奥的审判是正确又公正的。说马沙奥是值得在一个地方历史上大书特书的人物，也体现在这种地方。不管是哪个领域，在某个领域登上巅峰的人，总会显出某种程度上通晓人间道理的面貌。站在巅峰上，也能看出攀上另一个巅峰的路径。马沙奥看到并了解自己攀登的道路和别人攀上来的道路。那些道路上肯定包括名垂青史的著名法官们的道路吧。

"大哥，不是这么回事……"

"哈哈，大哥？喂撞头，那个小孩儿喊我大哥，这话从哪儿说起？"

龙七的眉头皱起来了。

"好像奶还没有吃够啊。"

就沉默寡言的龙七来说，这算是为包庇身为朋友妹妹的朋友的同学，求他报仇的载天动用的最大限度的修辞学手法了吧。

"我错了，老大哥!"

载天跪了下来。希安的嘴里再次冒出"孬种"的字样自是不必说。

"哈，这世道真是太可笑了。我怎么成了你老大哥？你小子真是长大了。"

这一时刻，载天或许是想提醒马沙奥记起自己小时候曾为他跑腿儿的事了吧。这也就是那天的运道了。虽说不知道马沙奥想没想起来载天，可时间和场所实在不合适。

龙七撅折了茶座用的拖把。因为，棒子只为一个被告，也就是为希安准备的。满足突发需要而胡乱顶替的拖把的把儿，其粗细还不到打希安打折了的棒子的三分之一。龙七也用只达到揍希安的时候三分之一的热情及三分之一的音量，低低地下令道："趴下，起来，趴下! 从现在开始，你小子每挨一下都要声音洪亮地大声点数。要是声音小或哭出来，这个数字马上翻番，知道不?"

"我再也不敢了，求求您……"

"屁股!"

数数的声音，数到五下就停止了。载天小子没等拖把的把儿折断，就蜷起身子像蚯蚓似的满地打滚。

"你们，今后小心一点! 要是再招惹麻烦，小心你们的狗命!"

就这样，审判和惩罚宣告结束。希安和载天暂时成了仇敌。

九

"你先去河马的修车铺等我。等聚会结束，我马上去。"

你想指使谁？我心里嘀咕，可我知道，我会听从载天的话，去相秀的修车铺的。我不过是不满载天说话的方式，内心里正为他担忧呢。说不定明年今日就是他的周年，能拒绝这样一个朋友的拜托、提议或命令的人好像不太多。

走出载天坐着的房间，我见到虽然身着便装，但总想显示自己是警察的两个人从西餐厅门口的台阶走下来。穿惯制服的人冷丁换上便装，叫人捉摸不透年龄。

我在楼梯上还跟一个短发、鹰眼的四五十岁的男人错身而过。男人用富有节奏的步履，踏响地板掠过我身边。看见他穿着鞋带长长的军用皮靴，不像是老百姓倒像是个军人。

送走了三个神秘人物，好容易想爬台阶，这次又有两个看起来二十岁到四十岁之间的汉子，身着黑西装，戴着墨镜，把台阶塞得满满当当走下来。跟他们错过去的时候，我闻到了从过去的老爷子们身上闻到过的酷肖发蜡味儿的威胁人的气味儿。他们蹂着八字步，慢条斯理地走过我紧贴墙根最大限度地让出来的空间。

竟然在台阶下等待三次之多，我忽然想到哪个该死的设计师将台阶设计得这么窄，于是气不打一处来。接着纳闷施工人员、西餐厅经营者、中介者、建筑物房主等都是些什么人，开始仇恨这些素昧平生的人。

我不知道老家这个地方什么时候开始兴起隐藏和伪装自己身份的风俗。是不是城市化闹得互相匿名更方便了呢。这我就不知道了。有一点，我离开的时候还不是这个样子的。马沙奥……再次怀念起那个光明坦荡如太阳的汉子了。在那个汉子面前，谁也没法隐瞒自己，也没有隐瞒的必要。走到相秀的修车铺的路上，不禁勾起我在这条道上遇见载天的记忆。

大概是五年前吧。当时我乘坐的巴士还是崭新的，司机也是新司机没有打盹，也就没让我们品尝巴士在道路中线来回窜动的紧张与喜悦。我像阔别几年回老家的人通常感觉的那样，为我不在的时候改变的风景而感到神奇和诧异，不无激动地走在这条道上。

原本道路两旁破旧的平房屋檐抵着屋檐连在一起，如今变成稍高的建筑物，相隔稍宽的距离矗在一起。道路也尘土蔽日地在拓宽和铺设着。我突然发现道路对过一辆大吉普停在路旁。从车上下来一个身材魁梧佝偻着肩膀的男人。

"载天！喂，朴载天！"

我以为是载天的那个人，有些过早地穿上了风衣，还跟西斜的太阳不相称地戴着一副墨镜。那个人好像朝着我瞥了一眼，却像没见过这么可笑的家伙般转过身，呼地带起一股冷风。当然了，就算真的带起冷风，我在道路这头是定然感觉不到的。没办法，我只好自认倒霉，以为自己看错了人。可我也没想到我的声音会那么大，老家再没有认识的人，好容易见着熟人也不该那样的吧。我压根没有心思考虑周边有没有认识的人，有没有人笑话我认错人之类的事儿。这算什么呀，不是常有的事儿吗。

假如那人真的是载天，即使我先见到了他，也达不到跑过去大呼其名搂抱的份儿……先别说搂抱，连在大街上握握手或一起喝杯茶都谈不上……我们并不是那么密切的关系……说不定过去曾亲密过……假如过去曾亲密，而现在不亲密，那么这个过去还能有什么意义呢……可我为什么把他，不，把错以为朴载天的汉子大声喊做朴载天呢……是不是因为转了半天没碰着一个熟人的关系呢？因此，走路的时候错把下车的人当成认识的人，才那么高兴地喊他，而恰恰那个人不是我认识的……刚才发生的状况就是这样的……

于是，我转着这样的心思，继续走自己的路。在随便走进去的一家茶座，兀自沉浸在过去的记忆当中，活像浸泡在豆浆里的油条，老半天才走出来的时候，突然有人拦住了我。

"你，是张元斗吗？"

"是……又怎么啦？"

拦住我的是两个身材壮实，穿着黑西装、戴着墨镜的不知来历的汉子。短头发似乎象征着严格的纪律，宽松得足以随风飘荡的衣服，暗示着他们有着较为自由的职业。

　　至于这墨镜吗，原本是为了遮阳而戴的，可晚上还戴着，那这两人至少应属于诸如"全体国民普及墨镜协会"之类的组织的吧，可世界上再无奇不有，阳世也不见得能有这么个组织。从这点考虑，他们是个组织不假，但墨镜应是那个组织的标识吧。纪律，自由职业，组织……那结论只有一个。就是黑社会嘛。假如有搜集黑社会的标本室，马上把这两汉子逮起来，屁股打上防腐针之后，用摁钉摁在那里也毫不逊色吧。

　　"你好像认识我们大哥……可你在大街上那么胡乱叫大哥的名字……小心让人打断腿……得当心啊。"

　　个子比我高出一个头、表面积大上四倍的汉子，用敬语、卑称和不熟练的英语混杂在一起似的口气，跟我说了这么一番话。好像要做些补充，旁边那个戴着活像同一个爹妈在同一天给买的四方墨镜，但除了这一点，没有一点一样的四方阔脸、身材也四四方方的汉子快嘴快舌地说："不想被砸烂脑袋瓜，就不要瞎嚼舌头。快滚，不要在这儿磨蹭。"

　　在这个短短几年间变成充斥着匿名人物的地方，我一整天嚼的舌头其实屈指可数。充其量在饭店说"来碗泥鳅汤"，还有在茶座说了句"来杯咖啡！好冷"。还有什么呀？哪个是大哥的名字呀？泥鳅吗？要不是咖啡豆？可我不想跟他们开玩笑，也懂得不能那么做。

哦，我在大道上大声喊过"朴载天"来着。这些标本在训我不得那么叫。我要是违背了这个规矩，在这个地盘上会被打断腿。因此，也就无法继续在这里磨蹭了。

心里作出了判断，我就夸张地点了点头。再怎么样也不能跟这些比我小上好几岁的孩子计较吧。可也不能满口"是是"，说"明白了，明白了"，点头哈腰吧。当然，也无法装不知道蒙混过关。

于是，我就采用了世人都能看懂的身体语言，用最大限度地点头表示了承认和同意。标本们狠狠盯了我半晌，留下气派的讥笑走掉了。

记忆的闸门一打开，就变得一泻千里、毫无阻隔了。五年后的今天，在西餐厅跟我错身而过的两个汉子，就是当年那一对儿。他们老早以前就是载天的左膀右臂了。你以为我不认识你们哪？右臂的名字叫李中原，左膀叫吴在模。载天在我放弃了磨蹭、离开老家几个月后，曾经来找过我。那小子不无炫耀地跟我提起过那天把我的名字连同绰号都告知过的那两个汉子来着。吹嘘说他们肯为自己献出性命，也能为自己要了别人的命，还可以给自己系鞋带，冲速溶咖啡，而且有事不交给他们，而让别人办会气得咬舌自尽的。

那么，应该怎么界定他和那两个汉子的关系呢？上下级关系？可不能简单地那么叫。比那个密切得多，且是一种水平关系。那么就按通常认为的，也是他们称呼的那样叫大哥和小弟？不对。兄弟之间也有该做的事儿和不该做的事儿嘛。那么叫老人和年轻人？也不行。他们的年龄差异顶多也就是那么四五岁吧。还有什么呢？对了，手足。他们就是载天的手足。手足是什么事都做的，不管干净的还是肮脏的。可以趟泥泞，也可以洗碗。脏活儿、累活儿在所不辞。

中原是载天亲手擢拔的料子。他是摔跤运动员出身，高中还没毕业就成了载天的喽啰。有一次参加婚礼，载天进卫生间方便，中原就矗在卫生间门口守着。一个人过来的"白大腿"，想进卫生间，撞上了中原臃肿的身躯。

"你小子是干什么的？"

"白大腿"问道。中原那时还太小，不知道这人是谁。于是就照老样子，露出白眼，想用沉默和块头让对方知难而退。可是，"白大腿"实在是内急得很。

"走开！"

中原便竭尽全力发挥了自己的特长：足有普通人两倍的块头儿，比平常人稍小的脸庞却长着普通人两倍大的眼睛、鼻子、耳朵和嘴，绷紧五官望着远山，这就是他的独门绝技。瞬间，"白大腿"大名鼎鼎的腿技现身了。"白大腿"竟在原地腾飞如鹤，用干木柴似的腿扇了中原的耳光。接着，用左脚的皮鞋将中原踢出了鼻血。恰好载天走出卫生间，目睹了这一幕。

"哎哟，大哥！"

"那玩意儿，是你带来的东西吗？"

中原哭丧着脸站在那里。都不敢揩流下的鼻血。

"对不起。"

"妨碍交通，不用的时候折叠折叠收起来。"

"明白了，大哥！"

在模比中原高一届。跟中原相比，块头儿像是土豆比大蒜，却是跟中原干两架一胜一败的狠角色。

在模曾光顾载天经营的酒吧，蹭酒喝，还撒过几次野。载天于是吩咐中原，让他悄悄地打发走那个蚂蚱似的家伙。可他从楼上往下看，中原正在那儿挨着在模和他的伙伴饱揍呢。过了半晌中原上楼了。

"怎么样了？"

"走了。"

"是吗？再也不来了？"

"明天还要来呢。说他看上我了。"

"岂有此理！可你小子怎么让人揍啊？"

"我怕我出手，会打断筋骨打死呢。"

载天于是向中原下达了处理方针。动脑子吧，要打可不要打死。让他不敢再来就行了。

第二天，在模和他的朋友气势汹汹地来了，一进门就找中原。

"为什么不放出那头小象？假如我把他翻出来，可得让你们挨个都尝尝我的拳头!"

这不是载天小子往年对付我的逻辑吗?

"借点钱给我。你说没有?我要是翻出来,统统都是我的!"

这时中原正躲在办公室,绞尽脑汁地想对策,自己跟自己殊死搏斗呢,载天就把他给放了出去。

"那俩小子要是再来给我添麻烦,我先找你算账!"

中原以非常苦恼的表情慢慢走出办公室,接见了在模和他的朋友。载天从楼上望去,看见了在模和他的朋友再次拳打脚踢得不亦乐乎。其中,在模的腿技和不停聒噪的口才尤其出众。嘴上叫着"二段横踢",却来了个回旋踢,喊"眼镜蛇缠身固定",却试图撞头。失败了就说成功,成功了却说失败,说得天花乱坠,让对方陷入混乱。从二楼俯瞰战场,载天感到在模这绝技很管用,可是很不幸,这种雕虫小技对沉默寡言的大象并没有多大用处。

中原默不作声地挨了几下,就扭住了两人的手脚。然后把两个人的胳膊折叠起来,互相错开,接着连脚也错开来。然后像农民摞稻捆,将两人摞在一起轻轻抬起来,往小溪方向走去。那天晚上,在模和他的朋友在发誓永远不再来之前,没能走出冰冷的溪水一步。他们一爬出来,中原就像扔石头般将他们重新扔回水中。

可是,第二天载天一看,中原和在模两人垂头丧气地要去什么地方。

"你，去哪儿？"

"医院。"

"怎么？哪儿不舒服？"

"昨天，那伙计牙齿断了，让我给镶呢。"

"有钱吗？"

"没有。"

"那就拿这个吧。等治完牙，两人都过来吧。"

从那天起，他们就像二卵性双胞胎整天黏在一起。中原打在模踢，在模咬中原抚摸，前拉后拥地做得天衣无缝，凡是吩咐的事儿，一次都不曾搞砸过。

比过去多得多的酒吧的牌匾映入眼帘。单间沙龙、迪厅、西餐厅、茶座……仿佛隔一家就是一个。到底有什么人在这么多的酒家喝酒呢？难道附近开发出了什么金矿？我老家虽然间或也有一些工厂，但能够在这样的酒吧消费高档酒的人口，满打满算也不过十万名左右。可是，以横贯东西南北，在市中心交汇的主干道的十字街头为中心，老家的酒吧数量至少也会超过五十家吧。

"这还用说？咱这儿如今做得动的买卖，只有他妈的酒和赌博。现在从事别的行业的人们都把项目改成酒吧了。"

"那谁来喝酒，又有谁赌钱啊？"

相秀好像忙完了活儿，正一个人喝着烧酒。动不动啪啪地拍打大腿，吓跑那些看着修车铺的灯光就飞过来、看见一个短裤装扮的人就沾上来的蚊子。也算是陆地神仙的一种乐趣吧。

"地痞流氓啊。那些小年轻，妈的！"

"他们哪来的钱啊？家里种地供他们钱吗？"

相秀像望着外星人一样呆呆地望着我。这时的表情跟载天惊人地相似，而这又是我们老家人共同的表情之一。相秀就用这样的可唤起当地游子的无尽乡愁，又能使那些与地区无关的人产生抵触情绪的表情接下了话。

"钱吗，自有国家给啊。只要有一点地，就可以申报为营农继承人，那就可以借贷比土地款多得多的钱。就拿那钱买车、喝酒、去赌钱呗。正因为有这帮小子们，超过几十家的修车铺才能吃上饭啊。不会开车却拥有汽车的小子们多了去了。那帮小子喝酒赌钱，然后撞车再修车的地方就是咱修车铺啊，妈的。"

相秀嘴里说着，表情显示出为自己没能去那种酒吧、那种赌场混，感到冤枉极了。

"你，刚才去哪儿了？载天来的时候。"

"我怕你难堪，故意躲开的。突然看见了载天，你也吃惊不小吧。这样的时候，身边没有熟人才好呢。再说了，我跟载天说话，要是叫皇甫看见了，说不定皇甫骑摩托来找我呢。妈的。反正，载天也害怕皇甫，这样对大家都好。"

我明白了相秀这一点恰恰就是惹载天讨厌的地方。他自己不说，人家也会知道，而且也没人问他，为什么要抢先说出来招人恨呢。话这种东西就是怪，转来转去往往会造成跟说话者的意图相反的结果。而不喜欢那种结果的人，势必要追寻第一个说出那种话的人，那么像相秀这样的人就会沦落成万人嫌，成为活该挨打的人物。我太明白这种教训了。因此，不想当着相秀说破这点，落得跟相秀同样的处境，最终招相秀恨。所以，我知趣地转了话题。

"赵昌勇死了有些日子吧？"

"大概六七年吧？可像过了二十年呢，妈的。"

"赵昌勇不是车祸死的吗？是车出毛病了，还是人出了差错？"

有违我的期待，相秀怠答不理地说："赵昌勇的车就坏了一点点。摔下去的桥也不那么高，水也没多深。听说尸身也很干净呢。所以就搞不懂了。有人说是鬼招去的……可能这么说心里会舒服点吧。还真别说，昌勇活着的时候，那才叫八面威风呢。左有朴载天，右有皇甫，真是了不得呀。啊，真是妈拉个巴子。"

相秀挑起嘴角，看样子想笑出来，露出河马似的通红的牙龈。好像是欲说又休的样子，顿了顿，瞅瞅我，告诉我一个平凡的秘密："那家伙也真是个人物哇。"

马沙奥患中风倒下之后，老家好像一下缺失了力量的中心。仿佛那个中心是台风眼，四面八方爆发出大大小小的事情，闹得老家没有一天宁日。

在地区的乡下，一个警察被砍去胳膊。地区最漂亮的姑娘被劫持，失踪了。市街中心部位某建筑物的主人，大白天遭到袭击倒下了。有个民主斗士建立了民主组织，被警察检举了。派出所遭到奇怪的年轻人的袭击，被砸得不剩一块玻璃。此外，小不点们的打架斗殴几乎每天都有。

这里发生这样的事儿，全都是因为马沙奥没了。老家的人们是这么认为的。人们都盼望着马沙奥早日痊愈，康复如初。不是因为多么喜欢他，而是因为他的位置空出来之后，才切身体会到他不愧是兼有维持地区平静和秩序的警察、法官、市长、议员、言论人和演员功能的伟大人物。任何人都无法做出他能做出的事儿，也无法具有他那样的影响力。可惜，马沙奥不是按人们的意愿才倒下的，也就不可能按人们的意愿就能康复，所以大家开始小心翼翼地谈论继承人的问题了。

作为可以填补马沙奥空白的人物，首先被谈论的是同时代的混混池龙七。可是，他除了能撞头什么都没有。他这人太依赖人脑具有的力量当中的一小部分——坚硬的头盖骨了。

下一代的佼佼者，首推梁希安。可是，他当时未免太小了。只要马沙奥的老同伴们健在，拥立他应说是时机尚早。当然也有反驳的。马沙奥在二十来岁的时候就已经打造了自己的王国。那么，同样是二十来岁的希安不见得就不行。可是，希安却没有那种野心，他只能算是独来独往的将军。他压根没想填补马沙奥的空白之类的事情。什么鸟主意，说什么鸟话，也不嫌脑袋疼。这就是他的反应。

载天干脆没被提及。他自知不能独立，就想尽可能钻进马沙奥麾下，一步步往上走，有朝一日站到马沙奥的位置上。可是，马沙奥却没有具体的组织。因此，载天再有通天的本领也找不到钻入其麾下的门路，这也是有情可原的。

马沙奥并没有正式建立什么组织。他算得上是依靠自己的力量升起来的太阳。我坚信，这个人宁肯把自己的力量分给别人，也决无聚拢大家的力量达到自己什么目的的小手段。因此，马沙奥既不是老大也不是头目或队长。马沙奥不过是马沙奥而已。

即便这样，马沙奥的影响力也要比任何人都大。那是无论警察、议员、老板还是富翁都不带丝毫嫉妒、一致公认的事项。相反，马沙奥不在最感到别扭的恰恰是警察或地区的头面人物。

那堪称是来自长期当权的惯性力量。马沙奥超越了人类的肉体和局限，简直成了力量的代名词，成为秩序的象征。当力量和秩序消失时，产生混乱是不足为怪的吧。这时，问题分子赵昌勇回来了。

昌勇并不是一个人回来的。他开了当地第一家单间沙龙，并把自己从外地带来的美女们安排在其中。人们一时蒙了，不知是怎么回事。

昌勇这个人从小就梦想着有朝一日做马沙奥。这是跟他一起度过少年时代的我们都知道的。其实，我们也曾有过这样的时代。他学马沙奥的样子，所有的电影都是白看的。马沙奥堂堂正正从剧场正门进去，而他则要翻剧场的墙。正如马沙奥那样，他总是从有钱的伙伴那里讨要零花钱花，尤其乐意敲那些花钱看电影的孩子们的竹杠。正如马沙奥作出表率，他也在院子里的枣树上缠上草绳子，练习拳击。不知马沙奥是不是这样，反正他愿意携带刮脸刀片，情急之时用来划破对方的手背。马沙奥并没有这种前科，但赵昌勇曾被管束剧场出入的老师发现，得到过停学处分。后来在剧场门口碰上那位老师，赵昌勇就用二段横踢的华丽脚法，将那个老师打倒在路上。被勒令退学，使得他有更多的时间流连在剧场。后来，昌勇得到某种机遇去了大城市。他在那里一待就是七年，然后回到老家。

其实，昌勇在城市生活的时候，也不是一次都没有回来过。他曾经回来过一次，那就是他妈去世的时候。他在老家的时候是光棍一个，且在成人之前就离开了老家，母亲去世的时候前来问丧的除了几个亲戚，几乎没有什么人。

出殡前一天，丧家静悄悄的，还下了一点雨。先是消息灵通的载天过来，俄顷义气的代名词希安也来了。两个人虽然在那场"马沙奥的审判"之后结下了梁子，有段日子连面都不见，但在这么狭小的地方总不能永远这么下去，于是免不得在这样那样的场合碰面。将丧主放在中间，他们坐在那里竭力躲避对方的目光。各自发挥着自己的特长，一个喋喋不休地渲染自己这些年度过多少艰难险阻，通过这些自己的肌肉和意志得到多少锻炼，另一个则只顾低头扒饭，吃下惊人数量的酒和肉。在昌勇听来，载天那点烂事儿肯定是非常渺小、可笑而不足一提的吧。与其像他们那样吹嘘鸡毛蒜皮的事情或显示胃的大容量，昌勇肯定想讲几句含蓄的、象征性的意味无穷的话吧。于是在某段对话的结尾，他说出这样一句话："要是个男子汉，在坠在千丈悬崖的一棵松树上，晃里晃荡命系一线的时候，会勇敢地松开手。"

听了这话，希安突然停止了动作。雄性之间针尖对麦芒的对峙在悄悄地酝酿着。只有明白人才能感知到的一触即发的紧张，静静地流逝着。蓦地，希安和载天的嘴里几乎同时喷出同样的话："真他妈太可笑了!"

昌勇比他俩高上一两个年级。再说了，人家再怎么浪荡在外面回来，也不能对丧主说这种话。可是，希安这个人原本就没有什么年龄之类的概念，他觉得可笑对谁都敢说出来。而载天觉得阔别多年的昌勇装束寒酸之极，也就毫无顾忌地想说什么就说什么了。

两个人都不清楚这些年昌勇变成什么样子了。因为，昌勇对自己的职业只字不提。两个人知道的充其量是他在城市某个大酒吧上班的程度。昌勇个头小而身材瘦削，脸色很白，总是面无表情。屁股很小，穿上黑西服很配，冷眼一看他只像是在酒吧干活儿的燕子①或跑堂的。这样的人竟然大言无惭地说什么男子汉怎么怎么的，人家感到可笑，作出这样的评价应该是理所当然的。

其实，赵昌勇身材瘦削，完全是因为残酷训练和实战、一点

---

① 燕子：韩国对专门勾引女人，揩有钱女人的油而过的人的称谓，类似于我国的"鸭子"或"男妓"。

没有赘肉所致。还有，他的脸庞格外白，是因为他白天不轻易露面的缘故。他穿黑西服很配，是因为他是习惯于穿黑西服的组织成员当中的一个。他好像觉得稍微暗示这一点没什么不好。

于是就用修剪得非常仔细的白皙的手，打开弹匣般缀在西服里侧的褐色皮兜。从皮兜里掏出了刀，没等别人说什么，就把它插在桌子上。那刀是美国的菜刀制作公司为了品种多样化而开发出来的，按下把手旁的按钮，就会自动弹出长长的手指头般的刀尖。城市黑社会组织的行动队员中只有不到十人的精锐配有这种刀，因为那是组织的老大哥亲自赏赐的。这刀用途广泛，可修剪指甲，也能使啼哭的孩子止住哭泣，还能威胁不哭的大人，甚至可以解剖青蛙。赵昌勇去头切尾，言简意赅地说明这把刀的用途。

"谁要是胆敢说我可笑，先问这刀答不答应。"

一分钟，又一分钟，他们三个人和周边的人全都陷入了沉默。他们开始琢磨去头切尾的刀的另外用途，进而开始探索如此复杂用途的专家用刀怎么会出自回来奔丧的、表情苍白的丧主的怀里。整个世界因陷入沉思的人们显得无比静谧。终于，最最讨厌吃喝的时间想什么东西的希安，卷起袖子露出在当地比任何人都粗壮的胳膊说："那又怎么样？这刀挺中意的，我们要不要'将给米'赌一把。"

昌勇面无表情地、有些疲惫地动起了小小的红红的嘴。

"那你的赌注呢？"

混凝土搅拌车司机，在任何方面都被看做是堂堂男子汉的希安，目光炯炯地环顾四周说："我们'将给米'吧。哪个输了就用这把刀划自己的手腕，谁不敢谁他妈才是可笑的。"

　　"咱们简单一点，不要什么'将给米'，划来划去也麻烦。这样吧，我先给你划。要是能忍，算你赢，但凡发出哎呀或叫停就算我赢，怎么样？"

　　"好吧。开始！"

　　两人面对面坐着。因为是瞬息间做出的决定，谁也不敢出头拦阻。

　　俄顷，希安卷起袖子伸了过来。丧主面无表情地从餐桌上拔起了刀。希安紧紧抿着嘴，悄悄往胳膊加把劲儿。外表像个燕子的丧主，拿起美国菜刀公司倒闭前夕制造的、早已品尝过无数人血味儿的那把刀，划起了当地最粗的胳膊。紧绷着的胳膊，一接触刀尖，就像断层耸起，肌肉开始挣裂。刀尖逐渐移向胳膊肘方向。两人互相盯着对方的眼睛，竭力想扮出笑容。

　　人们睁眼看着越来越挣开的人的膀子的肌肉内部。周边人不约而同地屏着气息。没有交头接耳，也没有东张西望。四周静悄悄的。半晌，胳膊看起来就像是剖开肚子的黑红的鱼。喷出血腥味儿，载天开始作呕。而希安不知什么事那么开心，竟然面带微笑，可头发却根根竖起像铁丝。昌勇冷静地凝视了希安的眼睛片刻，突然环顾了周边。不知什么时候形成的人的屏障里，环绕着比任何雄辩都强烈的沉默和怪异的热气。

"我输了。"

随着这句话昌勇擦了擦刀，塞回刀鞘。从第二天的早晨起，没有一个人再见过他。

在朋友的丧家不期然地伤了总是比别人粗壮得多的胳膊的汉子，被载天送进了医院。载天自愿为朋友献血，尽管医生劝阻血型不符是无法输血的，可载天还是坚持抽了血，在载天抽血的当儿，希安缝了数十针。

——胳膊成这个样子，想起了过去我们俩砸坏玻璃店玻璃的事儿呢。

——这胳膊上的手指头就是那时候残废的手指头吧？

——我特意伸出这条胳膊。赵昌勇要是知道过去的事儿，该气坏了吧。我心里头都快笑死了。

自打发生那件事开始，希安被推崇为地球上最有勇气的男子汉。几年后，他开着自己的搅拌车坠崖而死。卡车是滚落悬崖的。粗膀子的汉子，一直到死都拥有酷爱石头剪子布的孩子般的灵魂。这个男子汉当中的男子汉，跟他围在脖子上的毛巾一道，在离开悬崖几十米处被发现。

由于他被当成男子汉备受推崇，他的葬礼在当地大部分人的关注下隆重举行。拉着他遗体的灵柩车，穿过没有一辆车的街市的大道，缓缓开到火葬场。大部分由他的前辈、后辈和朋友开着的出租车，齐齐地停止了运行。自用的轿车发现别的车辆停开，也知趣地停了下来。因此，他的葬礼得以在仿佛国葬的肃穆中举行。

有那么一段日子，聚集到酒吧的人们言必及希安。开口就说他活着的时候胆子有多大，他多么男子汉，他对女人多么柔情，他有着多么粗壮的胳膊……尤其是他痛快地制服昌勇的故事，成为永久流传的神话。

那天在丧家发生的事情，被当成突发性的偶然事件。可是，假如将来当地的历史成为研究对象的话，那件事理应被当作都市和地方、组织和个人、现代性与近代性之间头一场剧烈较量吧。在这场较量中希安算是用谁也没有预料到的充满个性的无知鲁莽的方式取得了胜利。可是，那场较量的败将昌勇，居然在希安的葬礼结束还不到一个月的时候，回到老家堂而皇之地开了酒吧。堂而皇之地。

"赵昌勇回来了？"

"那小子就是叫膀子干掉、溜了的那家伙吧？现在膀子死了，那小子倒得意了，要开什么养小姐的酒吧？"

"不是要开，已经开了。"

"竟然不跟大哥们打招呼？知不知道自己姓什么呀？"

为了这件事最气愤的是载天。那一阵，但凡是跟希安有关的事情，他会无条件地冲上前。

当时，载天几乎放弃了打通马沙奥没组织的组织的努力。可他也没有希望像希安那样独自开拓自己的领地。于是，就想利用自己固有的技术——即柔软的舌头与表情，还有高高的个头开创自己的未来。这就是故事、传说和神话，要是考虑到传闻铺天盖地地蔓延的我们老家的特殊性，这样的人物竟然姗姗来迟，倒是让人备感奇怪的。

假如，传闻被判明不是事实的话，尽可以拿要不怎么叫传闻来搪塞。假如传闻就是事实的话，也没什么问题。要是第一个说出来的人需要负责的话，辩解说自己的原义并不是这样的就可以了，万一第一个说出来的人值得称赞的话，自己站出来就可以了。传闻就像我家里的A形帐篷，需要的时候拿来用，不需要扔掉就可以了。传闻仿佛是造物主单单为了载天，在数千年前就造出来的恩惠工具。

希安一死，载天立即主张两人是桃园结义、分喝对方的血、发誓不求同年同月同日生，但求同年同月同日死的铁哥们。他哭天抢地，数说老天不长眼，怎能让一个人活在世上，另一个人独赴黄泉，就像让关云长先走的刘备放声恸哭，在举行葬礼的日子里整天在街上窜来窜去。那天之后，他如愿以偿地部分继承了希安拥有的名声和名望，开始被当作某种程度上讲义气、够男子汉的人物。

载天最先着手的事情是搜集有关昌勇的传闻和资料。昌勇使用着现代武器——刀。它不是装口袋的袖珍刀、菜刀，也不是昔日花里胡哨的长刀。一句话，不是闹着玩的。还有人说，昌勇的身后有着城市的组织和"老大"。这也是没法当成笑话的。

那座城市坐落在离老家两个小时车程的地方。那里有着真正的黑社会、真正的警察、真正的法院和真正的监狱。

据来往于城市和老家，搬运蔬菜的情报员所讲，昌勇曾经是城市最大的组织的行动队长。当然也有不同说法，在城市开着时装店的情报员说这是没有的事儿。公认为全国规模的城市组织的行动队长，干吗要到老家小小的城镇呢？城市的组织是跟日本的雅库扎、美国的黑手党、香港的三合会都有联系的强有力的组织，假如是那里的行动队长的话，肯定是上了检察院的黑名单。他怎么能钻进三面堵塞、活像口袋的乡下，开什么酒吧呢？接着就说来了客人了，撂了吧。载天作出的结论是管他背后有没有人，小心不为过。不如隐藏起来，先散布散布传闻。

正在这时，昌勇派小喽啰郑重地邀请了载天。于是，载天就跟拳头硬、脑袋笨，公认为希安第二的皇甫一道，造访了昌勇的酒吧。

预言家在老家得不到欢迎的理由，是因为有着小时候一起量过小鸡鸡的伙伴。昌勇是如假包换的当地人，他的小鸡鸡有多大，该知道的人都知道。虽然有着从小扎阵剧场、挥舞小刀的光辉历史，但没人会害怕他。要说有些忌讳，那只有两样，一是母亲的葬礼上，竟敢用刀划问丧客胳膊的狠毒，二是没法捉摸的背后。载天之所以跟皇甫一起去，就是因为忌讳这一点。真要有什么事，把皇甫推上去，自己躲在后面就可以了。合起来体重超过两百公斤的两个人走进昌勇的酒吧，投下了长长的影子。

"欢迎光临。"

"老板在吗?"

"老板有事出去了。"

"老子可不喜欢走来走去。"

"我也是。约了人就该守信啊。"

"有过吩咐了。今天因为有重要的事儿来不了,很是对不起,让我们提供最好的服务呢。"

长得活像男妓的服务生引他们坐下了。两人的紧张还没有松弛,穿戴活像公主的女孩子走过来殷勤地服侍他们。两人一开始还保持着矜持,但美人香酒是无可抵御的。在当地从没见过的美貌女郎的媚笑、无微不至的服务和美酒,滚滚而来没完没了。两人不想辱没大块头,一开始就胡吃海喝,可惜没多久就烂醉如泥。这时,服务生拿来了账单。

"我是你们老板的朋友。所以,要赊账。"

"可以啊,请问贵姓?"

"我是皇甫。"

"我是斧子。"

载天得到斧子这个绰号,可能就是那阵子的事儿,可载天到底跟斧子有什么关系,明白的人却不多。据我所知,载天在乡下的老家劈柴火,曾经误伤过一个路过的警察的胳膊。一斧子劈歪,木桩居然进到墙外,偏偏击中了骑自行车路过的一个警察的耳朵,那个警察也合该倒霉,竟然滚落到冻住的水田上,摔断了胳膊。为了这件事,载天又编出什么谎言,就不是我的管辖范围

186

了。不管怎样，此后载天和皇甫也曾几次到昌勇的酒吧去侦察，赊了不少账，可一次都没能见到昌勇。

——呜哇！这叫什么呀？简直是没有主人的磨坊嘛。

——肯定是昌勇这小子改邪归正了。这次回来就是为了给我们献上美女和美酒嘛。他是不好意思，才不敢出来见我们的。

——不是，说不定吓坏了吧。可是，要消除误会怎么也得见面啊。可他竟然躲起来，连根头发都不见，这真是太遗憾了。

于是两人取得共识，要把这个酒吧当作他们的点儿。要是别人知道了，肯定是蜂拥而来，狼吞虎咽，还死皮赖脸地赊账。那么，昌勇他再改邪归正，再想重新做人，也会一败涂地。这样的酒吧，理应由我们这样的混混去保护。从这个意义上，这件事不要外传，仅限于我俩知道就可以了。而且，到这里来也得我俩一起来。既不能跟别人说，也不能带别人来。记住没？他俩就这么约定了。下一次，再下一次，酒吧里一如既往地有公主般的女孩子、香甜的美酒佳肴，酥软他们的身心。昌勇也是一如既往地不露面。

过了几个星期，有一天皇甫遭受了爆炸事故。皇甫到金门桥下的浅滩去抓鱼，是用炸药炸鱼。他点上导火线去追逐鱼群，一不小心炸药爆炸了。

选好了地方，往里扔就是了，可总是这山望着那山高，扔这儿呢还是扔那儿，天性不想走动还来回走动着，最后倒是扔了，可惜在鼻尖一米处爆炸，没炸着鱼倒把自己烤得黢黑。

载天去成华医院探望皇甫，半道上路过昌勇的酒吧。几乎要走过去的时候，风儿吹来一阵浪笑。不由得停下脚步，又闻到了酒菜的香味儿。硬下心肠重新迈步的瞬间，美酒的香气钻入鼻孔。载天在酒吧门口重复着走过去走回来，重新走过去再次走回来，终于走了进去。昌勇依然不在酒吧。由于对躺在病床上的伙伴的愧疚，出自应该担起伙伴那一份的义务感，他就喝了平常的两倍多。自然又成了一摊泥，服务生照常拿来单子。

　　"请埋单。"

　　"老板，上哪儿了？让他过来吧。"

　　"老板现在不在。"

　　"啊，这个……我今天得见见他，有话跟他说，可总是不在可怎么办？你给我传话，说我要见他。"

　　"我们已经传到了。"

　　"那怎么连面都不照？是不是干脆不到这儿？其实用不着这样吧。"

　　"不是。至少一天要来一趟。今天会来的。"

　　"今天吗？"

　　"是，会过来的。"

　　载天这才醒悟到今天自己没带来当地最强大的警卫员，他背弃了跟警卫员的约定，最要命的是他不在，真的碰到万一自己什么都不能做。

　　"哎哟，真是，今天我有急事，好了，哎哟哟。"

"那怎么结账啊？"

"忘了？赊账嘛。"

乖巧的服务生，突然换了面孔。

"这有点困难啊。老板说了，今后再也不能赊账的。"

载天还想耍赖。

"你知不知道，你们的店这么红火，全仗着我呢。"

"我不知道。"

该死的服务生，竟然矗在那里，叉起胳膊俯视着载天呢。载天望着乖巧的服务生的躯体越胀越大，眼睛嘴巴往横里长，突然增加到两人、三人，思忖着这是幻想呢还是酒劲弄的，一时顾及不到别的。

"我是斧子！不认识了？"

"认识，早就认识你。所以，把前几次的一并付了，知道不？"服务生们齐声应道。

"臭小子，敢调理人？"

"妈的，灌了猫尿脑袋糊涂了？我是你生的？我怎么成你小子了？快拿钱，省得挨扁。"

那天，载天真的挨了这一帮二十郎当岁的都市出身的正牌服务生的饱揍，浑身上下没有一块囫囵地方。

正在挨打的当儿，还是昌勇露面把他救了出来。昌勇就像是刚刚从城市回来，出现在店里，制止了孩子们："好了好了，你们忙去吧。"

载天看着他的脸，竟然哭了出来，仿佛挨打的孩子见了娘。"哎哟哟，我要死了。"

从这天起，载天就归入昌勇的麾下。不知该不该算作找到了苦苦寻找的组织的门路。说不定昌勇慧眼识人，看出了制造传闻是载天的特长，在这里传闻堪称胜过拳头、利刃，甚至是大炮的有效武器呢。可能就是因为这个，昌勇来到当地，第一个招安的就是载天。

载天不辱使命，开始散播传闻。

街上来了赏识我们的人物呢。还带来了好多漂亮妞儿。只要和他好，总是让赊账的。

靠着传闻的力量，愿意蹭油的拳头、黑帮和混混就成群结队光顾昌勇的店。他们喝得烂醉之后，就要赊账。就这样，一个接一个向昌勇投降了，静悄悄地，毫无痕迹地。

十

开启了组织的时代。匕首的时代。事业的时代。管理的时代。打架斗殴，砸头流鼻血，到酒吧赊账，蹭点烟钱的时代一去不复返。田埂没了，地头也没了。

可是，昌勇却有着一个老大难问题，那就是马沙奥。其实，他回到老家就是为了自立为马沙奥的。他一心想当自小梦想的神话中的人物。他想做大王，让所有人面对他瑟瑟发抖，在背后总以自己为话题。可是，这里依然存在着那个虽然成了老古董，却仍然是所有人的马沙奥的马沙奥。

马沙奥中风倒下后，至今行动不便。可是，只要马沙奥存在，赵昌勇的影响力只能比过去的马沙奥小。天上不能存在两个太阳。同样道理，老家这地方不能存在两个马沙奥。

假如赵昌勇当初把人生目标定为成为比马沙奥更出色的存在的话，说不定情况就不会是这样。但凡要成为什么东西，梦想理应比目标更大一些。只要不停地努力，就有可能实现梦想，要是运气好了，说不定还能实现更高的目标呢。可是，要是你的梦想本身很小，十有八九你实现的比那个还要小，弄不好还会一败涂地呢。可是，昌勇当初的目标不大不小就是要做个马沙奥一样的人。

人们并不尊敬昌勇。也谈不上同情或仇恨，甚至没人出声说出他的名字。没有一个人像说"马沙奥昨天怎么怎么……"那样，说"赵昌勇今天怎么怎么……"，只有治哭闹的孩子们的时候，他的影响力才比马沙奥大一点点。也就是说在老家这个地方，昌勇成了恐怖的同义词。此外，什么都不是。这该是他不可忍受的事情了吧。

"马沙奥这几天干什么呢？"

有一天，他跟自己的左膀载天打听道。载天就说马沙奥再也不打架了。因为他有了害怕的人了。

平常，马沙奥遇到伤病什么的，就指定好了自己该去的医院……可是，他得了高血压倒下的时候，家人送去住院的并不是那家医院……在医院正门，马沙奥硬犟着不想进去，但真的到了医院索性闭上了眼睛……看见马沙奥前来住院，最高兴的是医院的院务科长……因为，到那时为止，马沙奥欠下的医疗费少说也有几千万元……自己打伤的人的治疗费要赊账，自己的小老弟们的治疗费也要赊账……马沙奥住院的时候，院务科长过来的比主治医生还要勤……每逢这时，马沙奥都要表情痛苦地转身躺下……马沙奥现在无法逞强就是因为害怕院务科长……

昌勇一反常态，对这些当地无人不知的事情显出过激反应。

看见昌勇嘎嘎直乐，载天更来劲了，仿佛魔术师从帽子里掏出鸽子，用娴熟的动作编出一个又一个神话。这时的他早已晕晕乎乎了。

为了故事本身的兴味，歪曲事实并不鲜见。不，还有着捏着事实的脖子，扭曲着挤出故事的人呢。甚至，否定事实存在，编荒唐故事的也大有人在。中过故事的毒的人都明白。因此，现在我能理解载天了。只须明白一点就可以。那就是自己编织的故事的网越密实，越难以摆脱那个故事。载天就是落入自己编织的故事之网的一只肥鹌鹑。

曾经是当地最粗的膀子的梁希安葬礼的时候更不要提了……医院里包括院长、院务科长，还有外科、放射线科、皮肤泌尿科和妇产科科长，竟然过来六个人问丧了呢……别的科还能理解，但妇产科科长为什么要来，至今是个谜呢……不管怎样，那伙计是绝不赊账的大主顾来着……而且，前来参加葬礼的那些人，大部分都是医院的老主顾，剩下一小部分也会是将来的顾客嘛……

故事还没讲完，载天明白了自己的失误。因为想起了自己这个新老板，曾经跟膀子有过过节。真是个大失误。不，只能说它是失误吗？这里会不会也蕴含着某种天理呢？

载天觉察到昌勇白皙而无表情、没什么肉活像用薄薄的皮蒙上的脸，稍微扭曲了一下旋即松开，虽然轻易不能看出，但载天还是看见了。同时，昌勇又薄又细又红的嘴唇也微微颤抖了一下。老板每一个细微的动作，都要左右载天心脏的搏动。昌勇就

193

让载天那么呆站着，自己久久地坐在那里，面带赌气的小丫头般冷漠的表情。

希安和老板昌勇的较量，已经是多年前的事儿了。可以说是非常久远的事情。那是闹着玩。老板说不定早忘了那些恶作剧般的事情。就算他没有忘记，就算不是那么回事，膀子已经死了。而死人是不会说话的。老板知道这个吧，肯定。

终于，昌勇开口了。

"那个该死的小子，你知道他怎么死的吗？我说的是那个膀子……"

载天就说，他开的卡车从千丈悬崖坠下去了。昌勇冷冷地笑了。

"那小子跟我狂，才得到的报应，妈的！"

不管是千丈也好，百丈也罢，载天可没有坠崖不死的信心。昌勇的一席话，听起来就像是唱歌。

"你小子知道吗，世界上原本就没有什么偶然事故。就算不是千丈，从十丈悬崖坠落，坠落都是有理由的。要是明白这一点，死得就不算冤了吧。我想，那个臭小子肯定不明白自己为什么要死……可你小子现在算明白了吧？你以为你就不会有那种瞬间吗？"

一刹那，载天不由得瘫在那里。昌勇冷冷地俯视着载天。接着用懒懒的声音嘱咐他带马沙奥过来。那时候，载天身上还剩有那么一点人性。那最后一滴的人性，让他说出一句带人味儿的话："马沙奥都快死了，用不着动手呢。"

昌勇愠怒地嘘了一声，重新发出了指示："妈了个巴子，你小子只管领来就行。"

昌勇已经下定了决心，打算连根拔除至今流毒深远的马沙奥的影响力。你看，连自己的左膀载天都还没摆脱其影响呢，不拔除行吗？

当时，我已经离开了老家。因此，不大清楚载天在马沙奥和昌勇的较量中到底掺和到什么份上，起了什么作用。因为，那小子指定不会讲对自己不利的事儿，想象那些细节让我颇费功夫。关于没落的太阳的故事。故事的网在渐渐勒紧我。

——我只是想请他喝一杯酒。能请来那位的不是只有你吗？他不是你过去的师傅吗？

——不不，不是的。我只是跑腿给买过几次饼干。小时候我们住在一个村来着。

——哦，知道，我知道你小子就是那水平。你要是能领来马沙奥，我会改变对你的看法的。所以嘛，你小子自己决定自己的人生吧。

于是，载天迎来了既能挽回自己的失误，又能撇开皇甫成为名副其实的老二的机遇。他去找马沙奥，肯定是为了这个吧。

——现在新来了一个老板呢。有实力，还讲义气呢。他想招待招待老大哥。

——别提那小子了。那小子还不是趁着我病倒，钻进我老窝

195

拉屎的狐狸吗？

——那位可比平常的混混大度多了呢。他身后也有好多大款呢。跟国会议员称兄道弟，还是警察署长的亲戚，市长的学弟呢。跟部队首长，是离了一天都想的铁哥们呢。

——我从来没跟那帮家伙扯上过关系。那小子要是那个德性，就不用说了。

——实际上是个企业家呢。计划投资大量资金。还要盖大饭店呢。还打算开发温泉，建游乐场。这些事都需要在当地深深扎根的人，也就是顾问啊，因此想跟您见一面。

——我已经老了。孩子，那些事你们自己弄就行啊。

——现在城里人打算进军我们这儿，正虎视眈眈寻找机会呢。可是，这个人却是当地出身啊。让这个人打头，城市里就不好打我们的主意了。我们都得团结起来呢。不管老的、少的、男的、女的，也不要管前辈、后辈、企业家、市长、军人还是卖膏药的。那老板说了，他从小可尊敬老大哥了呢。要是您不出头，他就要把什么企业呀、建设呀统统放弃。要是那样，我们这里肯定得回到过去呀。

——那又怎么样？过去不比现在强多了？

——哎呀老大哥，我们也得吃饭吧。抓住一个想要诚心花大钱的暴发户，我们地区发展了，这不是你好我好大家都好吗？

——究竟让我干什么？

——您只需去一趟就行。假如您老大哥不赏光，那人说不定立马收拾行李回到城里呢。

——既然他那么想见我，过来就是了，为什么偏要让我过去？

——人家已经开了酒吧，那酒吧甭提多带劲了。他是想好好招待招待您。就去看一看吧。小妞们也可漂亮了。算是这儿人气最高的。

不知道是不是因为载天执拗的说服，还是因为马沙奥没能高挂中天、俯瞰地区已经好久、不谙世情的关系，要不就是两个合起来的关系，反正马沙奥在昌勇的酒吧露面了。没想到帅气的服务生和公主般的小姐们竟然倾巢出动，在门口列队欢迎马沙奥光临呢。他们的态度是那样地严肃和庄重，连载天都不得不琢磨昌勇是不是真的像自己杜撰的那样，要请马沙奥当顾问了。

"欢迎光临!"

"老板在吗?"

"现在不在，去城里了。"

"拿酒来!"

于是，老马沙奥开始喝酒。此刻，昌勇正在酒吧外面等着呢。实际上，自打酒吧开业之后，他一次都没到城里去过。他在黑暗中等待着。在昏暗的胡同，坐在轿车里面等马沙奥过来。当地田埂混混们永远的老大哥，马沙奥，他自己童年的神话马沙奥。他要跨越的千丈悬崖。

收拾马沙奥，对他来说是既痛苦又幸福的事情。重要的是这是应该干的。马沙奥，现在你要走了，你的时代要落幕了。明天会升起新的太阳。

马沙奥因松弛的肌肉、颤抖的眼皮和血压，只喝了一点酒。为了排解郁闷，他喊来了乐队。据说他在那里唱了自己生平最珍爱的歌曲。仿佛预感到自己的命运，那歌词很悲怆，曲调阴郁。可是，马沙奥的嗓音却洪亮有力，一点都看不出是个病人。

> 在阴雨霏霏的夜晚
>
> 我独自徘徊在街上
>
> 我心爱的大街啊
>
> 你已经离去空留惆怅
>
> 留下我独自踯躅
>
> 殷殷思念绵绵长长
>
> 两行热泪遮眼前
>
> 朦胧中浮现出情人的身影

昌勇听着马沙奥的歌，在晦暗的车里接连抽了两根烟。这就是你的绝唱，为你自己的挽歌啊。俄顷，乐队的伴奏声停了。歌声也停了。载天从酒吧走了出来。他装着点烟，朝着轿车点了点头，就消失了。

跟往常一样，昌勇攥着小小的皮包匆匆走进店里，服务生跑过来指唤着马沙奥的房间。昌勇见乐队队长垂头丧气的，随口问道："你们这是怎么啦？"

"客人用麦克砸我们，说我们伴奏得不好。"

昌勇挺起了身子，用酒吧所有的客人都能听见的高声呵斥道："是哪个该死的东西？他在哪儿？"

"一号房间。"

乐队伴奏不好是当然的，他们原本就不是专业伴奏的人嘛。

昌勇气势汹汹走向一号房间。可怜马沙奥什么都不知道。他只是出自天生的第六感将房门插上了。打算从窗户出去，可那窗户实在太小，绝对无法容纳马沙奥庞大的身躯。这个房间也是专门为马沙奥设计和准备的。

"开门！"

"里面插上了。"

"拿斧子来！"

从乐队小子那里接过登山用斧子，昌勇就开始砸门。马沙奥捏着门把手呢。不。马沙奥喊载天来着。也不是。他想砸窗户跑出去。不是。翻过桌子，想要掰下一条腿。也不是。想躲在沙发后面。不是，统统都不是。马沙奥像老大王威严地端坐在那里。门被砸开，乐队小子们矫捷地闯进了里面。

"抓住！"

乐队一共四个人，马沙奥有两只胳膊，两条腿。乐队小子们一人捏住一个胳膊腿。这才是他们的专长。马沙奥不知道将发生什么事儿。他也没问怎么回事。昌勇自己也没说一句话。他只是抬起斧头，将被按在地上挣扎的马沙奥的右胳膊——长有往年的铁拳的、以活塞重拳著称的、拥有推动机车后退的神力的、传说和神话里的伟大的右胳膊，刚刚砸了麦克的右胳膊——用斧背细细地砸碎。不是打折，也不是切断，只是弄成了细细的粉末，避免骨头和骨头再相连。

马沙奥离开了。他将在别的地方安顿下来吧。将作为年老的独臂汉，带着无法向任何人诉说的内心的创伤，郁郁而终。现在，所有人都该明白了吧。开启新时代的新人物驾临了，所有人都该服从他。

十一

“河马，修好了吧？也洗干净了吧？”

载天边掏出钱包，边问相秀道。相秀盯着载天的钱包，点点头。这时候的表情，真是见钱眼开的商人，是平凡市民的标本。这样的人还是没有秘密为好。秘密这东西嘛，真是堪比缩短善良人寿命的强烈化学调味品啊。这时，不知是谁晃着钱包，插在两人中间。

“喂，我大哥的修车费是多少？”

正是刚才在西餐厅门口擦身而过的穿夹克的汉子。看来醉得不轻。我跟载天分手，在相秀的修车铺等载天的时间，满打满算才一个小时。仅一个小时工夫就喝酒喝得舌头打卷，这个人的酒量也真是不怎么样。

“换了车前灯，补了车胎，加了冷却水，洗车费就不要了……”

相秀把几项加在一起，可能自己也觉得太多了，有些难为情地吞下了话尾。看眼前这小子喊载天为大哥，都不用算肯定比自己小。可开口就说卑称，是跟平常的客人一样自己也说卑称呢，还是当成特别的客人说敬语呢？要不就像对付酷爱卑称的奇特的客人，一半说卑称一半说敬语，相秀好像一时不好做出判断。

"哎，你这是怎么啦，我自己交。"

"哎呀大哥，这里是我的管区。在我管区您就得听我的。"

他们乘来的轿车仿佛在催促，引擎声一声高过一声。车里面很黑，依稀能看出里面坐着的两人的身影。

"修我自己的车，我自己拿钱，这还要问警察不成？世上哪有这个理儿？如今的警察都这样吗？"

载天哈哈大笑，将喝醉的警察耍弄得像孩子似的。相秀在一旁倒坐立不安了，因为在那个警察的管区内做买卖的毕竟是自己啊。

"要是跟大哥要钱可没你的好。我会走着瞧的，知道不？"

载天和警察就像春天聚在阳面的小猫，你来我往玩得好热闹。警察最终在修车费成本十万元中砍价三万，另外赊账三万（也没说什么时候还），将剩下的四万元活像施舍穷困百姓般哆哆嗦嗦地掏出来付上，就回到自己的车上。

载天的吉普车很是破旧。我还以为载天会像电影里的黑社会头头，不坐房车也会坐高档轿车呢。嘲笑这样的预想好像成了载天新的特长。而且，破吉普的后座塞满了东西，从棒球棍等运动器具到铁锯、镰刀等各种农具应有尽有，根本无法坐人。只好我和载天坐吉普，剩下的人乘着轿车跟在后面。

"刚才那小子是谁？"我装着不知道，故意问道。

"还能是谁，小警察嘛。"

"岁数呢？"

"还小。"

载天跟那个警察打闹时，活像是四五十岁的老油子混混。可一旦跟我在一起，瞬息间回到三十岁的本来年龄，这也真叫奇了。说不定这就叫为人处世吧。随机应变，迎合对方的战术。

"你，知道我们去哪儿吗？"

载天突然改变了话题。

"真的，我们去哪儿？"

今天晚上，我一直被载天牵着鼻子走。让来就来，让去就去，让等着就乖乖地等着，让坐车就坐……来到陌生地方的感觉，突然变傻了的感觉，想要依靠什么人的感觉，这些感觉又是为什么呢？我不由得找借口。可能是因为马沙奥真的去了的缘故吧。

车子正往医院方向开去。我想起了马沙奥的灵前。没人光顾的寂寞的地方，我可不想重新回到那里去。那里积淀着太多的悲伤。我腻味那悲伤。我倒害怕载天要去那个地方了。

正在思量间，可能跑了一百米吧，车子突然停下了。还好，不是医院。是医院后面的静谧的小胡同。载天只留下对过开来的车勉强开过去的空儿，下了车。警察开的车在后面停下了。

冷丁一看像是平常人家的大门，挂着一个几乎看不见的白色的牌匾，上面写着一个字"夕"。而且，屋里也没有点灯。

"进去吧。"

这帮玩意儿，全他妈在酒后开车呢。我仿佛成了乖乖遵守条条框框，但也不时地被揭发，动不动官司缠身的普通民众的代表，感到很冤枉、很委屈。

"哇，嫂子！"

开门走进去，警察咋咋呼呼地大声叫着，差点把房盖儿掀起来。接着，忘乎所以地朝一个女人跑过去，仿佛要投入她的怀抱一般。到跟前，却握住女人的双手，毕恭毕敬地行礼。我这才注意到女人的脸。我的眼睛瞪得溜圆，接着眯缝起双眼重新打量起她来。

"欢迎光临。"

那里，站着白得耀眼的世姬！身穿白得耀眼的衣服，沐浴着耀眼的白光，有着耀眼的白皙面孔，经历过耀眼的短暂的时光依然美得耀眼的世姬，竟然在那里。

那是我们二十二三岁的时候，也就是我念地方大学二年级时，由于当年下达的停学令突然变成混混，而念中央名牌大学的大庆也因为停学令沦为混混，载天呢原本就是混混的时候。我们三个无业游民依次跟世姬发生了关系。

第一个被世姬迷住的是大庆。说起来大庆的爱应该说始于高中时代。当时，在城里上学的大庆放假回来，只看了世姬一眼就堕入了爱河。其实，那时正是世姬陷入以后总折磨她的怪异的艳闻——跟昌勇夜半私奔事件发生的时候。

说来奇怪，世姬身上总跟着污七八糟的传闻。其中人们最不屑的传闻就是她曾经用全身心爱过昌勇。出处肯定是昌勇之口无疑的这个传闻，至今没得到证实。这么敏感的问题，谁又敢开口问呢？不管怎样，上高中的毛头小伙子大庆，偶然碰上市场鱼摊家的女儿世姬，一见钟情如痴如狂，害过相思病却是真的。

自打那天看过她一眼，整整一个假期大庆几乎泡在市场街上。为了等待有可能出来帮忙的世姬，大庆一天到晚坚守在世姬家和鱼摊跟前。可惜，世姬火炬般亮丽的倩影并没有显现在白天黑夜都黑咕隆咚需要开灯的鱼摊，或自家的大门口。大庆就跟有可能成为未来丈母娘的世姬妈妈买稍微变质的鲅鱼、没了眼球的鱿鱼等，全力打探世姬的消息，可万难如愿。世姬妈妈一提起世姬就要别过脸去，大庆只好心痛欲裂地回到城里。当时，倒是有过传闻，说世姬没法现身，就是因为跟昌勇私奔了的关系，可世姬的母亲既没确认也没否认这种传闻，就撒手而去，离开了人世。

人虽然回去，但从那天起，大庆的信几乎天天要送到世姬家。内容无非是请求她跟自己见面，哪怕是一次。大庆以惊人的气势，抛洒出数不清的情书，及至他回过神来，已经高考落榜了。但凡世姬读过其中的十分之一，他们俩的关系就会有所不同。可惜世姬竟连一封都没看。

先不管世姬是不是真的夜半私奔，我们先追逐一下传闻的结尾吧。因为,大部分情况下传闻比事实、野史比正史有趣得多。

　　由于某种契机,影剧院的黑社会小子昌勇却轻而易举地征服了世姬。至于他对骑着自行车往返于堤坝的世姬做了什么手脚,怎么利用浸透在自己瘦小躯体的天生的狠劲,以及怎么动用日后平定地区组织的手腕料理世姬等,这些都不大重要。

　　不管怎样,世姬堕入了爱河……不是一流的大庆、帅气的我,而开始爱上双手空空、只有两个蛋的昌勇……世姬涕泪交流地哀求道:自己还小,无法在这众目睽睽的老家跟昌勇交往,举行婚礼或一起过日子,所以,就得离开这个地方……就因为这个两人才夜半私奔,跑到城里。到了城里,世姬送牛奶,昌勇送报艰难地过日子,可后来昌勇竟然跟报社的分局长干了架,砸锅了……命里没有个“勤”字的昌勇,为了送报一大早就得爬起来,可他一边送报一边叼着烟卷,居民们多有非议,分局长就说了他几句。可是,昌勇没念完初中就辍学,偏偏就因为一个总爱唠叨的老师,但凡分局长对昌勇的过去有一点点了解,也不会发生如下的事态……可是,分局长上哪儿知道这些陈谷子烂芝麻的事儿啊……也没人把这些记入履历表,更何况昌勇压根就没填什么履历表。因此,看见昌勇碍眼就打算好好训他一顿,分局长喊住昌勇骂骂咧咧的,没等骂完就让昌勇的铁拳打出了鼻血……因为分局实在没人能对付昌勇,分局长就喊来小弟弟的朋友——一个真正的黑帮来修理修理昌勇。昌勇在那个真正的黑帮面前,倒是使尽了从小学会的十八般武艺,诸如拳打脚踢,转风车儿之类，可不幸脑袋挨了一斧头，当场晕过去，被送进了医院……世姬几次想寻死，可最终没能痛下决心，只好一个人回老家，在家和鱼摊之间徘徊了一夜，又饿又累又晕眩，倒在了家门口……这样，她人好歹回来了，可心已经千疮百孔……

假如这种状况下接到大庆的信，世姬能拆才怪呢。油腻般黏附在传闻的盘碟上的后来的故事是这样的：

昌勇一出院，就去找黑帮报仇……黑帮用熟练的手法再次修理了昌勇，昌勇第二天又去踹黑帮的大门，挑衅……黑帮再次把昌勇送进了医院，可昌勇出院再次找上门去，这次黑帮觉得不可理喻，没有理他……昌勇不战而胜却不知满足，天天去骚扰，使黑帮和他的家人睡不着觉，吃不下饭……黑帮不得不承认昌勇是个人物，就把他接纳到自己的组织当中……昌勇就给世姬打电话，说自己不拼出个人模狗样决不回老家，让她好好读书，找个好女婿……要是还想找个使拳头的，就不要找土包子，干脆找个使唤斧头、铁链等工具的人吧，怎么也得为后代考虑考虑嘛……最后说了句跟你在一起的日子很高兴，就狠心切断了关系……

以上就是传闻的梗概，因为传闻原本就是琐碎的事实和巨大的谎言的混合体，其中报社分局被砸得一塌糊涂、昌勇加入黑帮组织的经过等有可能不是事实。

啊，这些是不是事实没什么打紧，要紧的是私奔之类也有可能不是事实。

大庆复读，终于考上了名牌大学，他发誓一定要用读书光宗耀祖，重新复兴像久卧病榻的父亲般每况愈下的家门，靠读书出人头地，靠读书揽万贯家财。可是，他上大学没摊上好时候，当时每家大学都闹学院自由化、民主化，睁眼就是示威，闭眼就是停课。这当儿，突然下达了戒严令、停学令，大学竟然关门了，大庆只好悻悻地回到老家。

由于妈妈不幸离开鱼腥味儿刺鼻的阳世，世姬只好接管了妈妈的位置，坐到了鱼摊上。长成大姑娘的世姬，被鱼摊的墨斗鱼、乌贼鱼簇拥着，仍是那样地耀眼、靓丽。停学令下达后回到老家，偶然经过鱼摊前不期然发现世姬，大庆没用上一秒，昔日那要命的相思病就复发了。

大庆重新开始天天写信。可能是写信最符合当时名牌大学学生的脾性和水平吧。可他没有像高中时那样寄到邮局里，而是天天亲自送到鱼摊上。世姬倒是照单全收，可打烊回家的时候就将那封信混在鱼头内脏之类中扔进了垃圾箱。万般无奈，大庆就想起了非常戏剧性又非常传统的、古往今来无论东洋西洋屡试不爽的方法，就是动员黑帮调戏回家的世姬，自己再闪亮登场充当拯救者的方法。

就因为这，我才能得知大庆的单相思、苦恋。大庆找了自己弟弟学弟的朋友，袭击市场打烊后回家的世姬。按着脚本，他耐心等待着黑帮们出现调戏世姬，世姬吃惊万分，哭喊着救命的瞬间。可是，世姬没有吃惊也没有哭，更没有喊救命。可是再怎么样，大庆怎么能什么都不干呢？这就是一流们的弊病。要么干脆别编什么脚本，要么就要付诸行动。既然一流只编出二流的脚本，就要像三流那样演出来，还考虑什么起承转合，扭扭捏捏呢！

就在大庆犹豫的当儿，恰巧站在胡同的我撞见了那场光景。我原本就是二流，也就没那么多顾忌，当即抓住小东西们狠狠教训了一顿。我教训孩子们的时候，傻大庆还在胡同的厕所前急得直跺脚呢。地方二流大学生的我不幸掺和大城市一流大学生编的三流闹剧，都是因为地区太狭窄引起的。

那件事发生之后，大庆用刮脸刀片划了自己手腕的静脉。当然了，只是轻轻地划了划，刚够这件事被当成事实的程度。接着，为了让更多的人知道自己为爱情企图自杀这个骄傲的不在现场证明，就按住手腕离弦之箭似的跑到了医院。在市场洋铁房盖上雨声嘈杂的那天，载天、希安和我不知什么事儿先后去过成华医院急诊室，我在那儿偶然碰见了流了血正在输血的大庆。可那天，我因为已经被抽了好多血，就没法跟大庆打招呼。可是第二天，善良的我总觉得心里过意不去，就去了医院。

大庆跟我讲自杀的瞬间，血液慢慢流逝，浑身慵懒产生幻觉的甜蜜经历。然后，大庆就哭了，是听了教堂的钟声开始哭起来的。看见我削着自己带去的苹果吃，就掉了泪，看见我带着伞又哭了。我开门他哭，关门也哭了，我要回去了哭，说那不走了也哭。我说那咱们一起死吧就哭，劝他不要哭了也依然在哭。真是没法劝阻的哭泣，流不尽的泪水。

我终于腻烦了，打算真的离开，大庆像寺庙的风铃叮咚，低低地喊着"世姬，世姬"，就泪汪汪地望着我。我没问他怎么啦，装着不知道转身走出病房。在门口我再次听见那声音。生怕我忘掉那个名字，大庆再次提醒我："世姬，你让我流泪，世姬！"

我后来听说这是歌曲《春雨》的歌词，就哼着春雨走着，去看世姬。作为朋友，这是应该的吧。见到她没费什么事儿。真不知道大庆为什么那么难以见她，以至于要豁出生命。

我上鱼摊找她的时候，世姬正用白皙的胳膊上长着的修长纤细的手收拾着鱼头和内脏。她活像跟周边格格不入的深深的洞口。可是，那深深的洞口却不是黢黑的，而是从内部发出光芒的。蓦地，我好像能明白大庆企图自杀的，不，沉迷到假装自杀程度的理由了。虽然没法用语言说明，但我直观地理解了这一点。

在看见她的瞬间，我的头脑为了琢磨可跟她的各种模样相对应的单词、句子和标点符号而乱成一团麻。感觉到我头脑的什么部位啪地亮起了灯，在灯光闪烁的当儿，好像瞬息间回到十余年前的童年。接着，再次亮起了灯，再次闪烁，这个感觉又勾起了另一种感觉，因那个感觉浑身慵懒，竟至于一动都不能动。多亏那个刺鼻的腥味儿把我拽回了现实。突然感到很饿，还很渴。饥饿和干渴给了我莫大的勇气，使得我的嘴能够动起来了。我就向世姬提议，喝点东西谈谈。

是不是我痴迷的样子引起了注意，世姬居然跟着我出来了。

请旁边菜摊的主人帮忙照看一下，脱下了围裙，捋了捋头发就在前头走着。她说话的样子，转身的模样，还有捋着头发轻轻地叹口气的动作，镌刻在我心底，变成终生难忘的东西。

世姬就那样走在暮色笼罩的胡同里，走在我前面。她修长的腿、修长的腰和颀长的脖子，总体上修长的身材，活像冲向暮色的美的大炮。因此，走在前面的人、走在后面的人和迎面走来的人和站着的人们，看见灿烂如火炬的她走过，为了多看她一眼，无论男女老少都要驻足、回头，那个光景真是蔚为壮观。我不由得感谢起能够让我见到世姬的世界、时间和老家，甚至想对晕晕乎乎躺在病床上连连叫着世姬的大庆表达一丝谢意。

琢磨这一切的当儿，有关世姬的一些不好的传闻——譬如跟什么人私奔啦、曾经怀过谁的孩子啦、她妈妈因为她而生气、过早去世啦等也浮现在脑海里。因为造物是公平的，它不能只给你美丽，一定要搭配一些传闻。

"咱们进去吧。"

她停下脚步的地方是一家扎啤店，是用电烤的整鸡和蚂蚱当下酒菜的地方。可是，我的口袋里连自己喝啤酒的钱都没有。我犹豫着，她却抢先进了店，径直走上二楼。管他呢，会有办法的，我只好跟在她后面。

我们找个窗口位置落座了，隔着窗能够望见行人寥落的夜晚的大街。窗户上蒙着粗糙的蓝色塑料布，仿佛整个世界都变得青紫。原来，她认得我。还记得我呢。当唠到看见过我的那栋房子，小溪边，还有棉白杨树下发生的事情时，服务生过来了。

订餐的时候，我赶紧坦白了我虽然有喝扎啤的能力，但现在没带钱的事实。她饶恕了我，还鼓励说今后也尽可能多喝点这种不要钱的酒。我们考虑到她钱包里的数额，达成了两人合起来就着一只电烤鸡和一个饭盒的炒蚂蚱，喝下两万毫升范围内的啤酒的共识。

跟十年前不同，她并没有使用卑称。不用卑称意味着能够客观地观察对方的合适距离，对二十刚出头的青春男女而言，再也没有比这个更具官能性的距离了吧。同时，再也没有比一点点缩短那个距离更心惊胆战而激动莫名的事情，而世姬非常贤明地预先保持了这个距离，仅用不说卑称这样简单的技术。而我呢，则出自尊重她的技术的意味，为了使她的技术更凸显，决定坚持使用卑称。

"你知道大庆吧？他昨晚上企图自杀了呢。"

世姬抿着嘴，直直地盯着我。

"那又怎么啦？"

"现在躺在医院，我希望世姬你能去医院看看大庆。我那伙计……"

我本想说人家就像找母牛的小牛，哀哀地叫小姐你呢，但却吞下了话尾。因为，觉得"小姐"这个词有些别扭。我们是阔别十年重新见面的。十年工夫，是那样漫长，是足以让刚刚鼓出酥胸的少女变成成熟姑娘的。还小姐呢，干脆叫亲爱的得了。

"是吗？我没兴趣。"

"大庆这伙计，打死他也说不出让你过来的。可是，世姬要是不去，大庆说不定还要自杀呢。"

"随他去吧。希望下次可别再来什么未遂。不，这种话都不用说。我不会去的。没有去的理由，也没有那个时间。"

"死人的心愿都要满足，更何况活人的心愿呢，你就满足他一次吧。"

我像个傻子，竟然说出老掉牙的话。我什么时候那么关心过大庆啊。我怎么对眼前这个美丽的姑娘说出这么没味儿的话，浪费我宝贵的人生呢？我真是大傻瓜。扯这些淡的当儿，扎啤还在源源不断地上桌，两人一起喝的量很快超过了七千毫升。没想到她是真正的海量。

"快别说傻话了。该说说来找我的真正理由了。"

她歪着脑袋，捋了捋头发，好像要揭开遮住自己脸庞的窗帘。蓦地，我感到某种东西喷泉般冲向脑门。她身上散发出相似于马沙奥的女人散发出的气味，仿佛从马沙奥的腋窝伸出来的白皙的胳膊，不，应该说比那些更强烈的感觉。仿佛伸手可触的她的手，脖颈显得更修长、更纤细、更白皙，同时更威严。

"你是来讨债的吗，在胡同救过我的债？"

"胡同？"

"前几天下雨的时候，你不是从孩子们那里救了我吗？"

"啊啊啊，原来那是……那算什么呀。"

我有些难为情地嚼着香脆的蚂蚱。原来因为这，才乖乖地跟着我的，还给买扎啤。通常，正义的使者在人们道谢的时候，最容易感到害羞。因此，他们就没法更多地流连在自己搭救的淑女和少年身旁，而会骑马消失在夕阳里……虽然，心里头渴盼着跟那个淑女在一起过上千年万年，简直要疯了。

"其实，我那天没什么。他们，是我弟弟朋友学校的学弟呢。更危险的是你呢。我看见他们挨了一下，悄悄地捏削铅笔刀来着，我差点说出我弟弟的名字呢。"

这么说我这正义的使者在那个夜晚，差一点被孩子们的小刀捅上，被输上他人的血啊。或者，有可能在另一个世界上跟无数个为了搭救女人无谓地搭上性命的无名男子汉亲切地握手了吗？在产生这些结果之前，我为了拯救自己，在跟一个女人见面呢。

从这个时刻起，我突然像真正堕入爱河的人写的毫无头绪、朦朦胧胧的情书那样，无端地口吃起来。

"我是傻子。就是傻。傻狍子。石头脑袋。"

"你要跟我说的就是这些呀？真叫人失望。"

我可不想让她失望。我这个人对朋友是非常讲义气的，我想让她认识到这一点。

"假如世姬不去，大庆有可能再次企图自杀。是啊，你去一次，他就能满足吗？就是这样，还是应该去的吧？他要是觉得你只来一次心里过不去，再次企图自杀呢？是不是还不如不去呢？好吧，我们好好研究研究，我们究竟能为那个伙计做点什么……"

她张开了通红的薄薄的嘴唇。在白白整齐的牙齿里侧，嚅动着红色的火焰般的舌头。

"哎呀，你让我跟那个左右要寻死的不懂事的小子说什么呢？你到底希望我做什么？是让我去一趟医院吗？还是想跟我一起研究去还是不去呢？"

"我希望你去一趟。不，希望你不要去。在经过研究、找到确切的办法之前，你可别到医院去。"

她的眉头又皱起来了。我这才得到了反省的时间。你对躺在医院的朋友、爱着的女人说什么呢？你这个傻瓜，疯子！这时，通过我们俩食道的扎啤的量已经接近一万毫升了。

突然，她朝着我灿烂地笑了。我感到我的胸骨被拉成了弓背。企图自杀的人，是不配谈爱情的。爱情是争取来的。我是懂得争取的人。这时，她开口道："男人们都因为相似的事情来找我呢。都让我跟着去。甚至还有说跟着去就给钱的。"

难道那些传闻真的是事实，我面对的是个破女人吗？我竭力想扮出大方的笑容。

"难道真有这样的事儿？"

"当然了，昨天就有过。"

我想笑着问，那你怎么样了，可惜笑不出来。我正在品尝嫉妒的苦味儿呢。她那红红的嘴唇动一动，仿佛冒出滚滚的香味儿。

"都十年了，你给我带来什么？不是钱，难道是蚂蚱？"

"我是个傻透了的穷光蛋！"

"有个男的说了，只要我亲一下，就给买辆新自行车。"

"去，别拿自行车调理人，人家快疯了。"

亮闪闪的崭新的自行车，不沾一点灰尘的轮子、脚踏板。链条上滴着乌青的机油的新车子。这真是我梦寐以求的东西啊。

"你今天骑车子过来的？"

"现在我没骑车子。要是摩托车，我马上就能跟朋友借呢，就是那个叫梁希安的朋友……"

"可我现在就想骑自行车呢。"

"现在可没有。"

"那我借给你新车子，好不好？"

扎啤店简陋地隔成一个个小单间。那个隔板薄得用烟头就能烫出窟窿，也有一些烧穿了的洞眼。

"你拿走我的自行车吧，我借给你。"

我闭着眼睛想象着骑新自行车。骑着亮铮铮簇新的车子下坡。哇噻！太棒了！

这时我感觉到秃秃的湿润的什么东西，触及了我的嘴唇。很烫。

"到此为止。"

当我伸出脑袋，本能地张开嘴唇的瞬间，落下了香甜的宣言。我眨眼间从车子上滚落下来。一句话都说不出来。慵懒，朦胧而幸福。血慢慢从手腕滴落时的感觉就是这样的。

再次捋捋头发，世姬的眼睛在昏暗的灯光下像是闪闪发亮。她的眼睛充着血，脸庞红彤彤的。不知怎么，她看起来像在生气。像火车那样开过我们食道的扎啤的量，已经超过了一万五千毫升。世姬去了一趟卫生间，似乎平静了些，就让我还刚才借的自行车。

我乐颠颠地还给她一辆新车子。短暂的工夫，她的嘴唇似乎鼓出来一些。先是温吞吞，很快发烫了。是滚烫的。我极其缓慢地还给她刚刚借过的自行车。那味道很甜蜜，但它却很滑溜。我用全身心感觉到这个。心口上好像同时奔突着白马、黑马、灰色的马和斑马。

为什么会发生这种事儿呢？这是命运对活着的存在的戏弄。纯系偶然。是酒精的作用。可能，那天她突然想玩玩这种把戏吧。即便是这样，我还是忘不掉那个瞬间。要说是太荒唐的买卖也无所谓。说我太渺小，就像偶尔触及圆月的萤火虫也没有办法。

在没有人迹的半夜，我们在连接两条堤坝的桥上分手了。我站在枳子树篱笆旁边，为她唱歌，为了使她不害怕要走过去的夜路为她唱歌送行。

春雨啊，让我流泪的春雨。你要下到什么时候？你让我心里滴泪，春雨啊。

整整两天，我白天黑夜地只是琢磨怎样再次跟她交换自行车。我根本没法睡觉。一闭上眼睛，就会浮现出脸庞。想要吃饭，汤水里映出自行车轮子，哪怕打个喷嚏，盈眶的泪水中显出她通红的嘴唇。我在医院和鱼摊之间来往不下十次。大庆依然在哭哭啼啼，离老远望见的她正为顾客剖鱼肚、掏出内脏、剁成块儿。

不住地来来往往，腿疼、胸疼、脚板也疼。我到鱼摊找她。她正接待顾客。我就等着顾客离去。世姬只是瞥了我一眼，照常收拾她的鱼，卖她的鱼。我稍微凑到她身边。

"忙吗？"

"你怎么来了？"

那口气就像是第一次见到我。冷冰冰的。像干冰冒着冷气。我没话可说。

"我只是路过。"

"那你就过去吧。"

我只好走过鱼摊。走过菜摊。还走过鞋铺、厨具店。快步掠过时装店。走到她看不见的地方，我开始捏着拳头跑起来，边跑边大嚷着。我再也不会去的。谁去谁就是疯子！实在喘不上气，我只好停下脚步。我不禁想到，说不定大庆就这样疯掉的，才割了自己手腕的。割手腕什么的，得非常小心啊，割完得赶紧去医院，一不小心会真的死掉的。原来，所谓的小伙子鬼就是这样产生的啊。

你算什么呀，你是个风流娘们。那些烂传闻人人皆知，还若无其事地坐在那儿，脸皮真够厚的。厚脸皮公主。半夜私奔的婊子。我不停地骂道。接着整天来来往往练跑。第二天，我找到她开口说出了几个字。

"鲜鱿鱼两条，秋刀鱼一条。"

这台词，我练了不下数十次，可真正说出来的瞬间，嗓门不禁提高了八度，最终撕裂，还颤抖如老鼠胡子。我恨不得死掉。她默默地望着我。我好容易忍受着双腿发颤，等待着发落。世姬没有拿秋刀鱼，而是解开了围裙，照样跟邻居菜摊主人拜托照看一下，就走了出来。

我见世姬的鱼摊光顾的顾客特别多，发现了一个秘密。凡是到她的鱼摊买秋刀鱼的人，认作情敌该是错不了的。来买黄花鱼或鲅鱼的男人们，也很可疑。来买鲜鱿鱼的孩子们当中，男孩子也摆脱不了干系。在市区跑步的小子们就不用说了。那天晚上，凡是路过的人都回头看了她，服务生失误连连。

"你知道我的梦想是什么吗？我想当总统。上学的时候，不是有填未来的理想一栏吗？我填上了想当总统，闹得大家都笑了。"

"我填的是巴士司机，叫老师给剋了一顿。老师说梦想小，成就也小啊。没办法，硬给改成了儿童文学家来着。"

"是真的，我真想当总统，我一定会当上的。"

我像个有学问的人，免费辅导了她一下："总统英语叫president 呢。"

"我要做女 president。"

"我国没有女总统，全世界也没有啊。"

当时，是我孤陋寡闻了。其实，阿根廷总统胡安·庇隆的夫人伊莎贝尔·庇隆就是女总统。而世姬却知道，因为她渴望当总统。

"伊莎贝尔·庇隆能当，我也能当。"

"再怎么样，在韩国是不大可能的吧。我国历史上倒是有过女王的，可是想当女王，得先是个公主啊。"

我想，只让她想一想自己的出身就可以了。可是，她却不一样。

"我讨厌女王！我要当女总统！"

是的。在民主国家人人都有可能当总统。可是，女人当总统却有着看不见的限制。不，男人就那么好当吗？首先，要有一颗当总统的心，还要具备能当总统的学问、教养和经历，然后呢，还得一步步踏上必要的台阶才能当上总统。在这每一级台阶，都需要耍权术、耍阴谋，还要拉党结派，无情地打击政敌。而在这样的过程中，也不能完全忘掉自己是一个人。这是多么艰难的一件事啊。游说、谎言、公约、谎言、政策、谎言、激励、谎言、指出希望、谎言……就像粘在抹布上的污垢，要带着掺杂着谎言的世界观生活在世界上。这又是多么累的事儿啊？我同情总统，更何况女总统呢……

"把目标稍微调整一下好不好？做首相或党代表倒还差不多。不久前，好像是以色列吧，出了个女首相，我们国家也有女人当过在野党党代表嘛。这样的例子肯定很多。可是，女总统总觉得……"

"怎么？你觉得不可能？"

不知道她什么时候开始不用敬语的。我好容易压下了像小时候那样跟她说敬语的冲动。

"倒不是不可能。我是说不论男女都是很难的。你想想世界总统柳新潮吧，他的日子过得多么艰难啊。"

我只是盼望这个无聊而没有现实可能性的话题赶紧结束。哎呀，赶紧结束，玩玩自行车吧，可是，她却不像要结束的样子。这个晚上，我能左右的事儿可说一件都没有。

"我要让所有的人都不敢朝我笑。让他们尊敬我、服从我，让他们再次选举我当总统。我要让全国民幸福。"

哇，真不是笑话呀。那你就没有时间啊。得立即把鱼摊整理掉。你有的只是漂亮啊。你现在已经有好多丑闻了。我真搞不懂是什么让她生出这种夸大妄想症的。

"你这种想法是什么时候开始的？"

"小学六年级的时候，因为我的班主任，就是朴朝龙老师啊。"

"啊，那个老师啊，还以为总炫耀拳头给撵走了呢，原来调到你们学校了。"

"那个老师跟我说，下课以后留下来。"

当时，世姬是副班长。当班长的男孩子和另一个副班长男孩

221

子出去踢球去了。世姬一个人留在教室里，整理那么多的班上的零碎。老师趿拉着拖鞋走了进来，跟她说为班级辛苦了。世姬说没什么。男老师就说，男孩子们也不帮帮女孩子，还出去踢什么球，明天一定要好好训他们。世姬再次表示没什么。这时，老师就跟世姬询问将来的理想是什么。世姬就回答说想当护士。

老师说自己小时候的希望是当总统。还说，人的梦想就应该大。说你看我想当总统，结果当上了老师，世姬你不如想当医生呢。护士这个梦太小了。你要是有这么个梦想，到头来只能摊上比护士还不如的职业。世姬默默地听着，没有作声。她是因为自己身体很弱，才觉得当护士也不错的。

老师接下了话头："再怎么样，女人还是当贤妻良母为好。还是赶紧结婚，生下二男一女，顺从丈夫，好好养大孩子。"说着，老师不知怎么的还叹了口气，世姬从他的叹气中闻到了酒味儿。世姬哎，老师叫了一声，可世姬一动也不动，只顾盯着需要贴在教室后面的东西。世姬哎，老师再次喊了一声。世姬闻到了从很近很近的地方散发的大蒜味儿、酒味儿和烟味儿。那是男人的气味儿。

"我当时以为那个老师要强奸我呢。"

"学校并不是一个人没有啊，踢球的孩子们也会回来的。"我这么说了一句。

"那个老师其实能把我带到别的地方去的。譬如值宿室或医护室。要是老师让我走，我只能跟着。"

世姬那天晚上去了值宿室或医护室么？假如不是那天，那之前或之后是不是去过那种地方呢？于是，知道了那种想法是对的么？于是，在未来理想栏上填写了总统，还把那种希望升华为强迫观念呢！

我真是太讨厌这种联想了。于是，将话题转向怎样才能当总统这样的实践性的主题。

"首先，我要选一个有可能当总统的人。然后嫁给他。我要把他缔造成总统。要是他能当上总统，我也肯定能继承他当总统的。我要让任何人都无法小看我。让那些想要揩我油的臭小子们到死都要仰望我，尊敬我。"

我这才感到她的梦或许有可能实现。她不是很美丽吗？现在只需挑选有可能当总统的人就可以了。

她用长着又白又长的手指的手，轻轻地抚摸着我的手背。那手指和每个指甲仿佛都在殷殷问我：你能像阿根廷的什么人当上总统吗？只要她愿意，我倒是想当啊，问题是当不上啊。

实际上，在遇到世姬之前我什么都不想当。在刚跟她交往的时候，倒是想开一家自行车铺或香水店。可现在，世姬却劝我把人生献给争当总统的伟业当中。可能是当时世姬接触的人当中，我算是最有可能当上总统的人了吧。这该是毋庸置疑的。至少，在她遇见载天之前是这样的。

而我却没有将政治当成职业的想法，更没有那种素质。因此，世姬虽然在某种程度上改变了我，可我一开始就没有打进官场的打算。

大庆对她倒是拥有强烈的欲望，以至于得不到不惜割腕。他从小在各个方面都是一流。可是，即使表面上是一流，对女人却毫无用处。要是说男人的世界要用拳头或打球踢球或死记硬背比出一流，女人的本能则更精巧地广泛地发展性地评价一个男人。

那我呢？平心而论，我比那个鬈发、精瘦、眼睛像耗子般闪闪发亮的大庆帅气得多，且更善良。

世姬并不认为我比世上所有的男人更出色，有着出类拔萃的素质或头脑。她也并没有选择我。只是在我靠着对爱情的渴盼，将天生的容貌、热情和狂热，改良得比世上任何人都出色的那段日子里陪我玩了玩。

我不禁琢磨着，她选择载天的理由。载天办事果断，还有闯劲，也有眼光。还有着强烈的欲望。最重要的是他是个实干家。

有一天，在酒吧偶然碰见我，载天发现坐在我对过的世姬，就请服务生把我叫到卫生间。

"你，跟那个女的什么关系？"

"朋友嘛。"

"男女之间哪有朋友，小子！说，你干掉了，还是没干？"

"还没有。"

载天突然像用匕首顶着一般，将口臭熏天的嘴对准我，把我顶到了臭烘烘的卫生间墙壁里。

"喂，那小妞盖了帽了，我怎么没看见？你给介绍介绍吧。

224

你小子是学生，时间有的是。有时间就能找到别的妞儿。可我不是学生，那小妞也不是学生。我们得拼着命，知道不？她那么放着，就会成为别人的。你马上把我领到她跟前吧。"

载天当晚就把世姬带走了。夺人所爱。插了一脚。诱惑勾引。会有好多说法，但那些不过是失败者的辩解。不管怎样，受到双重背叛，我落得很惨。

十二

　　"这世上还有比朴老板更重义气的人吗？别看他年轻，为人办事我不时地惊讶呢。他这个人太老套了。但凡当地老的少的家里有什么事儿，最先跑过去的就是朴老板啊。我来到这儿后能说上心里话的人当中，没有一个人骂朴老板啊。虽然是老弟，想不尊敬都难啊。"

　　我揣摩是军人的汉子，原来真是军人。他像座中的年长者的样儿，转着圈夸着别人。好事儿啊，好啊。

　　转圈夸别人，自是不会有人不愿听或心不在焉吧，在座的都像在倾听那个军人的话。多亏大家集中，使我可以放心地观察世姬。白天看见的时候还没觉得，可现在看觉得她瘦了点。不，好像身材还是老样子，只是脸瘦了点。说不定是因为化妆的关系。要不就是岁月的关系。男人上岁数了，大都要发福的。我本人也是，好像比白天见世姬的时候起码胖了一斤。可是世姬竟然比那时瘦得多。仍然很美。

　　这种美丽，不见得就是过去的美丽。因为人活在世上，是要

226

不停地变化的。譬如说皮肤这个人类感觉到美感的一次性的器官，同时又是人体最大的器官，就要不停地在脱落，平均每四周就会换成完全的新皮肤。这样，一年就有十二次，十年就要变一百二十次，这样不停更换的天然外皮了无变化，那才是怪事呢。皮肤是这样，皮肤底下的骨头何尝不是这样呢？其粗细、强度、韧性和不变性等又是怎样的呢？骨头倒是能持久一点，但也是每七年就要更新一次。手指甲和脚趾甲更不用说了，大约六个月就能从指甲根长到可以用指甲刀剪的部位。也就是说，不变的东西是没有的。

美丽的标准也是变化的。虽然不能断言隔多少时间变一次，但有时一天都要变十几次，也能以几个世纪为周期循环一次。以世姬为例，竟然不顾可改变江山的岁月强力的磨砺，好像总是按照符合我的审美标准的方向来戏剧性地变化的。无论是十年前，还是二十年前，抑或是现在，世姬仍然是美丽的。

簇拥着美丽的世姬和四个男人围坐在一起。她跟席上的任何一个人都保持着一定的距离。她这人好像有着天赋的距离感觉。能够撩拨男人的不远不近、不即不离的距离……要是有人想抓住，什么时候都可以逃离……可要是自己情愿时任何时候都可以用美丽和魅力加以征服的单方面的距离。懂得这个距离的就是不断改变历史的女神一族。

世姬似乎在享受着围绕着她暗暗实行剧烈角逐的雄性们的偷觑、逗笑、散发气味儿、轻微的荤话、表现、炫耀和诱惑等。我虽然跟那一群相隔一步，但有时候不得不裹挟到里面，同流合污。

载天郑重地把酒杯敬回军人，深沉地应道："咳，大哥看您说的。我们互相不关照，谁还会关照我们啊。既然您提起来了，跟大哥您相比，我那点算什么呀。你们知道吗，上一次，就是我开一家小小的酒吧那次，大哥打发闲着的防卫兵过来，将十天才能干完的活儿三天就完事儿了呢。那是把整个的超市拆掉，安装酒吧设施的活儿，哪个角落不需要人手啊。你们想想，那得需要多少人啊。真的，大哥的大恩大德小弟终身不忘。"

载天仿佛要征求同意似的回头望着我。我识相地微笑着点头。你去军队监狱看看，个个都是为了义气蹲监狱的。

"我也有话说呢。上次监察过来那次，差点把派出所翻个底朝天呢。当时正好是三伏天，我们职员就在所里喝酒来着。喝着喝着大家一时兴起就唱了唱歌，有人告到局里了。说派出所招茶座的小妞们，在所里开了练歌厅啦什么的。其实不是那么回事，是隔三岔五给我们送咖啡的闵小姐，说大家辛苦，喊来朋友们唱了几支歌……你看看，现在的警民关系就是这么不协调，太不像话了。反正，那天监察下来了，大家都喝醉了，让人突然袭击，跑不了全部都要挨惩戒。这时，大哥正好路过，就拉住了监察班长。我大哥是什么人啊。其实，我们警察之间啊，钱啦什么啦统统不管用的。除了面子还有什么呀？多亏大哥面子大，不然真要出大事儿呢。大哥，我再次感谢您。"

警察为载天表功，一半冲着我，一半冲着世姬讲。工作时间喝大酒？我就用差点出大事啊、多亏有人关照的表情，睁大眼睛望着世姬。世姬只是面带微笑，静静地坐着。

　　"咳，你呀，有那样的事儿首先得给我打电话呀。总局监察班那种级别，还不是小菜一碟，都在我手心里呢。我说一句话，连局长都要点头哈腰呢。要是那时候朴老板不打那儿过可怎么办？今后有了那种事儿，先跟我联络吧。要是我不在，哪怕跟值班的说呢。五分钟之内就会跟我联络的。"

　　"对不起大哥，当时我还想自己处理处理，没想到那个监察班长是个认死理的。下次一定小心。"

　　"是啊，你当心点。老弟，其实我们这么相聚是为什么呀？是没酒喝呢还是没朋友玩？都不是。为了地区的发展，大家都要尽全力。我能干的我来干，不能干的就请大哥老弟帮一把，不就是为了这个吗？谁有了难处，我们要是不互相拉一把，那我们何必这么聚呢？下次注意点。"

　　"明白了，对不起。可大哥，刚才听说你这位朋友好像在城里搞大买卖？"

　　冷不丁对我表示了关心，弄得我一时慌了。

　　"哪里哪里，开个小店罢了。"

　　"你可别小看我这伙计。别看我这老伙计不大起眼，大哥，首尔市内大百货公司卖高级皮货，全都出自我这伙计手呢。所长，那个叫什么来着？就是不直接制造，也贴上自己的商标卖的那种？"

"叫 OEM 吧，好像是。"

不是所长，是旁边的年轻警察见机插了一句。那个小老弟这么个大热天也不脱西服，叫我很是纳闷，可他边回答边弯下身子，令我疑惑顿解。揣在里口袋的一个信封拱出来了，活像外星人的耳朵。

"哦，我对外国话没把握。哈哈，就是啊。要是我这老伙计撒手不干了，我国的皮货马上就要断档，得闹翻天啊。"

纯粹是抬举话，存心的。但是，跟我真正的营生没一点关系。我都多少年没见过皮革啊。

"哦，这么厉害呀，没看出来。"

军人伸过厚厚的手掌。我来不及多想就拉住了他的手，是温暖又柔和的手。

"啊，谈不上厉害，小小的买卖，刚够吃饭。"

"大哥你的朋友怎么都跟你一样谦虚啊。据我看，用不上十年会诞生一位财阀的，就在在座的几位当中。"

"我这伙计也快回来了。不是当地出身吗？在外地赚了钱，就该投资到老家啊。是不是啊，大哥？"

"那倒不一定。当然老弟的朋友当中不会有这种人，但是世上就是有想靠钱胡作非为的家伙们，那些家伙就是带亿万金过来谁能待见啊。"

原来是这样。突然，我从载天身上感知到绝对无法捉摸的一股力量。他所显示出来的到底是什么呢？跟权力的握手，我算是用皮肤感知到他所说的处世到底是什么东西了。面对这股力量，我算是什么呢？一直压在心底的话——"喂，朋友，赶紧逃命吧，皇甫过来杀你了"，好像从心口出溜到肚脐部位。好稀奇的感觉，似乎痒痒，又像可笑。我沉浸在这种感觉当中，发了一会儿呆，世姬问道："公司叫什么名字？"

在她面前，我一如既往地变成乖巧的羔羊。

"叫飘柔，飘飘然和柔乎乎的复合词，搞的就是纤维布料，就用这种……"

"来来，咱们为张代表事业兴隆干一杯。"

"也得祝大哥武运长久吧？下个月不是有晋级审查吗？"

"那玩意儿能随心吗？"

"大哥，您不用担心，不是有柳将军吗。大哥您抓牢柳将军就可以了。等我见着他，一定好好拜托拜托，他老人家得听我一次的。"

"不劳老弟大驾，得靠自己打拼打拼啊。"

"哎呀大哥，一个篱笆三个桩呢。您以为柳将军能老死在部队吗，退伍了大家不都一样吗？柳将军上次托我看看土地来着，看来有定居在咱这儿的打算。"

"你好好给他办吧，那可是没有法都能活的君子啊。"

"所长这次调到总局了，要去情报科了。"

"恭喜，是晋级吧？"

"不好意思。我还想呆在第一线，为民服务呢。"

"服务精神这么彻底，不叫人发现才怪呢。你再想这么做，也得听上头的，知道不？"

"干杯！"

往后的记忆断成了一截一截的。

"世姬，你可一点没变啊。"

"你都说过一次了。"

"白天到丧家忙乎，夜里经营酒吧，你真是里里外外一把手啊。这行吗，能受得了吗？"

"不是也有白天到丧家，晚上到酒吧的人吗？"

"嫂子你什么时候都这么漂亮啊！"

"朴老板绝对不敢风流的。"

"大哥，你是大哥的朋友，我就叫你大哥了。哪天我去城里，一定去看看大哥。"

"当然，你不来我会生气的。"

"说皇甫怎么来着？那小子昏了头了，还懂不懂舆论！"

"舆论，我们决定的不就是舆论吗？按我的想法，真想统统给关起来，可总局从科长开始脑袋都进水了。"

"得好好收拾收拾。得什么好处了？"

"皇甫那头儿，将用得着的小年轻儿统统拉走了，也不管高中生还是初中生。这行吗这？是不是想统统变成黑帮？这在治安上也是大问题呢。"

"百分之九十的名单已经掌握了。"

"这阵打架的都是孩子们。不知天高地厚打前锋，挨刀子的也是孩子们。"

"挡箭牌嘛，到底为什么？"

"答应给钱给女人，还给摩托车、小轿车，拿这个勾引人嘛。打架都不问理由呢。在黑社会二十岁以下的比例占百分之六十以上呢。这不是一般问题啊。他们要是进监狱了，剩下的只有刺青和刀疤呀。"

"进监狱还算不错呢。稍微不慎就会残废，还丢命呢，一辈子都完了。"

"得掐掉萌芽呀，从教化的角度考虑。"

"暴力是疾病，得有大夫治啊。"

"可听说马沙奥死了？"

"是啊，听说自杀了。"

"那是有人故意散布的，他没有理由自杀的呀。"

"你又怎么啦？你知道什么？"

"错不了。散布自杀的传闻，谁能得利啊？到底是哪个？是你吗？"

"您醒了？"

这是什么地方？我居然说不出话。黑暗中有个女的问我呢。好像是钟表紧急刹车，停在了那里。漆黑一片。顺着开裂的缝儿，泻进亮光。借着那点亮光，好像能看见女人的侧影。

世姬，要是你在身边……假如能搂抱你，甘愿跟整个世界换。

感到干渴。

"世姬?"

喉咙火烧火燎。嗓子眼仿佛在冒火。还是说不出话。钟表急剧地后退，往后转，往后转。往后，往后，日历也倒翻着。觉得一发而不可收。三十一岁，结婚。

"世姬?"

二十九岁，变成了外人。我是外人。二十八。成为人家的脚底板。成功。二十七。到了人家底下。失败。二十六。公务员考试。愚蠢，愚蠢透顶。二十五。逃避。离开。二十三。回避。忌避。忘却。伪善。小心翼翼。传闻。鱼摊的天使。

"世姬，你在那儿吗?"

二十二岁。二十一岁。世姬出现了。耀眼的世姬款款走来。灿烂得不敢仰视。停下，停下吧。

可钟表没有停下来。还是唰唰地往后转。打住，打住吧!

十七岁。十三岁。光子。她让我躺在膝盖上，为我唱歌。夏夜。溪边散发出异样的气味儿。很滑。我进了她的树林中。她在唱歌。歌声越来越小。她的身子越来越烫。浑身滑腻腻的。

打住吧，打住!

我竟然变成孩子。

再也长不大的孩子，可我相信那时我三十岁了。

光子。

世姬。

光子。

世姬。

光子。

世姬。世姬。世姬。世姬。世姬。世姬。世姬。世姬。世姬。世姬。世姬。光子。

我挣扎着。呼唤着世姬。把我掏出来吧。我脚麻了。疯狂收缩着。回到孩提时代。你脑袋瓜到底装着什么呀？你小子好像不是孩子。你爱我吗？你小子知道我几岁了？那你几岁呀？那我也三十岁！我才不当十三岁呢！

你冰冷的嘴唇。光子。很滑腻。

"世姬！"

"给您拿水吗？"

灯开了。眼前站着胖乎乎、长相伶俐的女人，手里拿着杯子。

"拿来。"

"我一夜没合眼呢。您没事儿乱扑腾什么呀？"

环顾四周，这不是风尘世界的旅店吗？

"你是？"

"您昨天过来的店啊，我是那个店里的。"

"是我叫了小姐吗?"

"大叔你昨夜喝了炸弹酒,就打了警察所长呢,让他叫来女的。大姐就让我跟您来的。可您记不记得,在半道上给部队长大哥磕头的事儿?"

"简直疯了,后来呢?"

"后来,在澡盆上打开水睡着了,是我拽出来的。要是我不管,您肯定淹死了。"

"几点了?我的裤子呢?"

"可能九点多了吧。"

"什么?"

我套裤子的当儿,小姐拉开了窗帘,阳光像瀑布般倾泻下来。

"天啊,坏事儿了。"

"什么呀?"

"今天要出殡,我像个傻瓜……该给多少钱啊?"

那个可爱的女子半转过身,轻轻地摇了摇头。小屁股也跟着动起来。

"谢谢,那我走了。"

哪来的好事啊,我赶紧抓住门把手。

"大叔,您跟大姐熟悉吗?"

"哪个大姐?"

"老板娘啊,世姬大姐。大叔您喊了她一夜了。大概相隔五分钟吧。"

"我叫了吗?"

"您要是跟老板娘喝酒的时候叫出来,可就没命了。您得当心着点。"

"我没叫啊。"

"不是干脆不能叫,我是说光叫名字不行。不是叫老板,就叫罗世姬太太。不听我的话,多少人被打死了呀。"

"谢谢你的忠告,你真的不要钱吗?"

"大姐她已经给了。"

马沙奥病倒之后,我内心真盼着希安能接上马沙奥的班。说起来,他俩颇有共同点。首先是谁也无法否认的强有力的拳头,还有手指头的粗细,坚决不用刀或打麻雀的枪之类也相同。另外,不计较鸡毛蒜皮的事儿,挺讲义气等也很相似。最重要的是两人的为人都有着很多弱点,却显得一点都不弱,真是一模一样。

真正要做大王的人,可不能在任何方面都完美无缺。完美无缺的人自是用不着别人帮助的,而不需要帮助也就不会需要帮手。没有帮手不就等于身旁没有人,那就没有可治理的百姓,没有百姓何王之有?愚蠢的人当上大王的机遇比精明的人多得多,就是这个理儿。脑袋好、没缺陷、长得帅气的人,顶多能当个好参谋。谁胆敢在背后嘲笑愚蠢的大王试试,不把你烹煮了才怪。

当希安像肥皂泡虚无之极地消失之后，我备感痛苦的是在老家处处可见他留下的痕迹。当然，了解希安，单恋希安的人并不只是我一个，要是因为不想忍受碰到他的痕迹的痛苦，而一个接一个离开这个伤心地，那么老家霎时间就会变得人去楼空，但是我要离开的理由，除了希安留下的痕迹还有一个。

当时，我得知载天被昌勇招安的消息，也没作出什么动作。因为，那是载天自己选择的道路，原本就不是我这个外人指手划脚的事情。因此，这不会成为我离开的理由。

载天还把世姬领到昌勇经营的酒吧，让她站吧台。可是，我也不是因为这个才离开的。

载天像个二傻子，把心肝肺统统摘下来，把世姬领到酒吧的时候，曾经留下跟世姬怎么怎么样的艳闻的昌勇会说什么呢？

"你，一点也没变啊。要是放开你不管，你就会变成别人的女人，今后就由我照顾你好了。往后，你只准给我一个人倒酒，知道不？"

世姬肯定像在鱼摊处理一条秋刀鱼，大概考虑三十秒钟，然后就点头愿意了吧。于是昌勇就说你小妞想得好，当着载天的面拍了拍世姬的屁股吧，就像过去那样。即使这都是事实，我也不是因为这个离开的。

世姬骑着一辆亮锃锃的崭新自行车来到市场街上，碰见了踯躅在鱼摊附近的我。鱼摊上坐着长相跟光子一样难看，却比光子死去的娘还老得多的老太婆，摆着新老板的派头，无聊地拍着苍蝇。世姬让她包上鲅鱼，绑在自行车后座上，冲着因自己的突然出现、愣在那里发呆的我甩下了没头没尾的一句话："你小子想懂事还差远了！"就撒下玫瑰香跑掉了。可是，我绝对不是因为受到这个刺激才离开的。

我这个人原本就没法忍受一个人无聊地呆在没有任何希望的地方。于是，就把病倒的马沙奥、鲜活的世姬、健康的载天、死去的希安连同我的童年、少年和青春的记忆统统留在老家，穿过雨雾蒙蒙的帐幕，奔着金色阳光灿烂的地方而去。迫不及待似的部队张口吞下了我。

不往肚子里填点东西，好像哪儿也不能去。想起了老汽车站附近的解酒汤店。价廉物美而闹哄哄的店。

就像五年前，十五年前，说不定是一百五十年前一样，解酒汤店里挨着排坐着一些老人，像落在晒衣绳上面的蜻蜓。他们大清早就聚到这里，要上一碗汤饭和一碗米酒，唠着世上万事、目前的时局和谁谁死去的故事及陈年的老古话。碰到我这样的过客登门，他们就装着喝酒吃饭，一边偷眼观察客人，要是客人剩下点酒菜或饭，就眼疾手快地拿过去倒在自己的饭碗或酒杯里。这就是他们的营生，他们都是行家。

我撩开门帘走进去，他们的目光依次扫视我全身。对这种目光，用不着太在意。

"一碗汤饭，鸡蛋拿掉。"

我点菜，等待的工夫，他们谁都没有说话。我也观察默默地观察我的他们，不禁感到有些别扭。按理说，一方观察另一方没能察觉才是正理儿，可是我的主要特长也是观察，也就不遑多让了。他们和我之间，流淌着不想露出破绽的紧张和沉默。仅仅一天工夫，当地的习惯、生活方式在我身上复活了。

俄顷，汤饭上桌了，我一时摆脱了俗世的一百单八种烦恼，沉浸在热腾腾的汤饭的世界当中。他们也渐渐沉浸在自己的世界里，就是杂谈和传闻的解释当中，今天的话题自然是马沙奥的葬礼和马沙奥为当地的政治、经济、社会、文化、自然、医学和外交各领域建立的业绩。虽然这一切全都是非正式的、非制度的和非合理的，但是仅用正式的、制度的、符合情感和事理的东西，是满足不了当地人讲故事的需求的。那些只需相关人员之间谈谈就可以了。有一点很明确，那就是马沙奥死去才三天，已然变成了历史人物。

"就在四天前，我碰见过马沙奥从南山下来呢。简直瘦得不行了。喂，老伙计，下雨呢你去哪儿？我一问，他答道刚刚做完运动，正要下去就碰上雨了。我们就共打一把伞下来，唠了流逝的人生的故事来着。浮生如梦，既然我们都是梦一样漂浮的人生，正适合下雨天唠不是吗？马沙奥那个人，才叫真正的人呢。老大爷您走好，谢谢您的伞，竟然弯腰九十度跟我鞠躬呢。那么文质彬彬的人，是怎么在这险恶的江湖走过来的呢？真是的。"

"哎，你撒谎吧。那天是农历初八，是星期二，根本就没下雨。原来说好一起坐船去钓鱼，可他没有来。我拿着钓鱼包到河边，他拿着哑铃过来了。我俩就在河边坐了三四个小时了呢。"

"不是那么回事。是我暂时记差了，那是后来的事儿，那天的前天他跟我一起去看看有没有合适的地可买来着。他说想过过安静日子了。我好久以前就答应给他介绍地来着。啊哈，我俩就去了上山后头的柿子地，他揉搓着黑黑的土，连连说你看这色儿，多好哇。可你说什么？坐船？你小子哪来的船啊？"

"你小子才撒谎呢。死小子，你小子一辈子当混混，把假话当饭吃，现在还要出卖死人编瞎话呀？"

"你小子过去在满洲卖狗，学了点十八般骗人伎俩，想在这儿夸耀夸耀，其实我知道你就是个中国餐馆掌勺的。臭小子，往哪儿插筷子？"

坐了一会儿，我听明白了他们往年都是搞独立运动的，参加过白马高地战斗，个个都是赤手空拳打死野猪的大力士。进而明白了看起来像芸芸众生的老家的张三李四，其实都是些身怀绝技、蕴藏着传奇的奇人，连他们踩着的一根草、一块石头无不是有着故事的。

走出世外高人们的聚集场所，我往医院走去。今天好像又是个闷热天气。那么肯定也是像昨天似的漫长的一天。可我为什么会有这种异样的感觉呢，仿佛长着尾巴，什么人跟在后面。回头一看，人们或站着或在走路，无一异常。我不免加快了脚步。

太平间已经空无一人。向日葵勉力抬起脑袋。一个老人正往院子里洒水，给我指唤西方。

"人家刚走，你快跟着去吧。"

躲避他满含指责的目光，我转身迈开脚步。马沙奥的墓地就在离城十来公里的上山。我上了停在医院门口的一辆出租车。无巧不成书，开车的正是昨天下午把我带到医院的那个司机。

"去上山。"

我紧着回头看，没发现什么车跟着。简直是神经过敏。我算什么，谁还能盯我的梢啊。我不过是一个异邦人，连脸都没洗的忧郁的汉子。

跟昨天不同，我坐在后座上，司机好像非常惋惜不能尽情地跟我唠嗑。我知道他连连通过后视镜偷看我。我看的镜子里有司机，司机看的镜子里也会有我吧。就那样没对象地交换了几次目光，他终于沉不住气，先开口了："上山什么地方啊？"

"今天出殡的公墓啊，就是马沙奥。"

"啊哈。"

他大大地点了下头，表示自己明白了。我知道他肯定想问，昨天还说是没关系的人呢，怎么突然变成熟人了？于是，我做好了应对的准备。不是熟人。不是熟人怎么还跟着去墓地啊？我只是闲着无聊，去看看。马沙奥不是值得记入地区史册的人物吗？

可是，司机却没有吱声。仅一天工夫，你可懂事多了呀。当然了，不是说五六月的阳光最让人懂事吗？

"十三号车，十三号车。"

响起伴着杂音的无线电声音。司机拿起驾驶座旁边又脏又旧的麦克风。

"我是十三号。"

"现在的位置?"

"去上山的溪边,正往公墓走。"

"知道了,结束。"

这叫什么呀?听那内容和口气,仿佛就是自己去赴葬礼似的。墓地不是我这个客人要去的吗?你怎么那么回答,我真想这么问他,但真要问还真不知道该怎么措辞呢。乍一看,这个出租车司机和解酒汤店的老人们,还有太平间的老人,旅店俏屁股小姐、警察、军人……包括他们在内的我所不认识的人们,正在围着我演着什么戏呢。可又一看,这些对话好像跟我没一点关系。

忽而难得地感到自己处于世界的中心,忽而又觉得难得地碰到好时光,能够跟所有的人沟通呢。可忽然又觉得自己像是堕入夸大妄想,继而感到爱咋的就咋的,随他去吧。那我干脆问问他?你看,我现在是这个样子,你觉得怎么样?可司机正全神贯注地开着车,我只好放弃。我们这儿像个瓮底,是非常狭窄的一个地方,只能这样吧。人们都会盘根错节连在一起,不管是偶然还是必然。

出租车拐上了堤坝上面的土路。远远地矗立着马沙奥故居。哦,不是矗立着,应该说倾斜着。是座空房子。可是,围绕着房子的白杨和柳树,还是那么郁郁葱葱。溪边很脏,长着像柳新潮

243

的头发般参差不齐的水草。堤坝上面的路依然那么白，长长地延伸到远方。我忽然沉浸在想要跑到底的冲动当中。跑到地球的尽头。不，据说地球是圆的，说不定还会回到原地，真想跑到宇宙去。

对面驶来一辆轿车。堤坝上面路太窄，两辆车无法错过，不管是哪头，得找个能错车的地方等着才行。可我坐的这辆车的司机好像一点都没有等待的意思。他好像不知迎面过来的是什么，依旧那么全速跑车。迎面过来的轿车也是一个德性。两辆车越驶越近。

"那小子，该死！"

出租车司机在骂街。看得见对过的车的司机也在嘟囔着，还能看见坐在旁边黑着脸的人。没想到那人竟然是印象和文章中的大家朴朝龙。

"我说，你小子这么冲上来找死啊！"

"还说呢，你才找死呢！"

"往后退，退呀！"

"你小子退呀，那后面不有个宽敞地方吗！"

老家开车的人们，好像订了什么条约，就是互相说粗话。就这么骂来骂去，果不其然性急的朴朝龙开门下车了。

"我说，你怎么这么不懂事！哪有眼睁睁这么冲上来的？"

"你个他妈的，这活儿真不是人干的。"

出租车司机也下车了。俄顷，两人开始指手划脚了。等一会儿该扭住脖颈，接着会扭打在一起，一不小心会滚下堤坝的吧。我坐在车上等着。虽说还是上午，阳光还挺烫的。

干掉了马沙奥，昌勇就像是喷薄而出的太阳，一天接着一天升腾在老家的上空里，开始向世界展示威容。不管怎样，昌勇算得上第一个在地区引进暴力组织，并让其生根发芽的人物。他像个真正的暴力组织成员，并不对民间人士直接动手。算起来，当地的人们根本没有仇恨或害怕他的理由。可是，当地人心目中昌勇最大的错误就是他居然替代马沙奥，像大王一样君临在地区之上。而且，身为大王，他却没有撰写出理应给自己臣民的神话，未能展示出威严与慈悲。

他只是给那些恨不得走上歪路的孩子们提供尽情地走上邪道的条件。而且，让那些恨不得家破人亡的人非常气派地家破人亡了。

明面上，经营酒吧是昌勇的主业。那些酒吧的相关业务，譬如说供应女人和酒什么的也属于昌勇的业务范畴，及至他明白了这些跟自己的位置不大相称，就把这些事儿交给了载天。说不定这就是使载天荣升二老板的理由。至少在酒吧里，载天可是地地道道的二老板。

可是，昌勇业务的大头却在赌场里。昌勇听从都市组织老大哥的忠告，改造仓房，开了几家彻夜营业的赌场。这些赌场虽然是非正式、非法的，但只要有手持大棒子把门的孩子们和关系不

245

错的警察，这营生堪称是世界上营利最高的买卖。

皇甫进到昌勇麾下之前，赌场业务也归载天管。据我所知，载天把这桩业务办得挺漂亮的。借钱给赌徒，跟欠账的人追讨，监视和管理赌场里的行家们不把钱卷走或跑到别的地方去，这些就是他的主要业务。

赌场上，有人赌着赌着没钱了，载天他们就会收下他们的房产证或农田证。这个买卖真是比开旅店或温泉旅馆合算得多，还不费力气。而且，对当地那些有点钱又爱找乐子的人们来说，堪称是比温泉滚烫、比旅店隐秘的好去处。

据我的想法，好像是载天干这事儿太出色了，昌勇才想到起用皇甫的。皇甫这家伙仅凭着脑袋笨，没学问，而且是最后一个降服于昌勇的理由，一到昌勇麾下就捞到了赌场经理的位置。昌勇肯定有着用皇甫牵制载天的打算。

同时，他们的组织不断地吸收进来新的行动队员，也需要人去管理和负责。正如马沙奥早已预见的那样，皇甫这人手下的追随者越来越多，活像溪畔的沙粒儿。皇甫这个人对搜罗和收买对其忠心的人就是有一套。爱手下如手足，还打磨他们、笼络他们，不是外人看得出来的技术，是别人没法模仿的。更不是沾上独角大王希安的光才得以涉足昌勇的组织、顶多有两三个手足的载天能够企及的。

两人争执的结果是，直到两人的脸蛋被五六月的艳阳烤得半熟，吃够了苦头，也从中懂了点事儿的时候，两辆车才通过了堤坝。从结论上说，这也算得上是一种新式日光浴了吧。

　　反正，经过一段曲折，我总算被拉到望得见马沙奥墓地的原野的一角。只见挖土机轰隆隆转得欢，人们像高速放映的胶片忙碌地走来走去。因为高挑的身材，我一眼认出了世姬。倚在世姬身上的女人，该是往年的"白胳膊"吧。因亮闪闪的秃脑袋认出了撞头大王，一帮人围坐在他身旁喝着酒，认出了都是些往年叱咤风云的混混。

　　　哎哟，哎哟

　　　这一去何时才能回来

　　　哎哟，唉唉唷

　　　北邙山川太遥远哎

　　　叫我一人如何去得

　　　哎哟，唉唉唷

　　依稀传来抬丧舆人唱的哀歌。仿佛那哀戚的声音形成了什么壁垒，我就是迈不动步。望得见墓地的地方长着一棵老朴树，我的脚步就停在了那里。聚集在墓地的三十来个人当中，找不见看起来像是载天的人。

　　要是见着载天又该怎么样呢？

　　——哎呀，你很危险，快避一避吧。你现在还有什么闲心来这种地方啊。

——马沙奥老大哥要走了，我怎么能不来送一送呢。我今天要是死在这里了，你不要对别人张扬，只请用盾牌遮盖我的身子。

——是啊是啊，你对马沙奥老大哥可是欠了一笔债呀。你在鸡叫之前三次背叛过老大哥嘛。

——还说我呢，你不也背叛了他吗？

——那时实在是没有办法呀。而且，我一点也没有背叛的感觉。我只是出于帮你还帮助马沙奥大哥的动机，告诉了你他的行踪。结果不是你活了，马沙奥大哥也活下来了吗？

——我也是一样的呀。

——那么，我俩就是并无背叛之心而背叛了的同道啊。那咱们一起躲躲吧。

会是这样的吗？太阳升得越高，树荫变得越小、越浓。真想睡上一觉，离开纷纭的俗世，假如我能做到的话。

十三

上头宣布"对犯罪的战争"已打响。总统亲自出面，大肆鼓吹要在这块土地上扫荡犯罪，全国国民要同心同德打击犯罪分子。要是以全体国民的名义驱逐犯罪，岂不是说犯罪者就是外国人呢！更有这样的舆论，就说总统本身在过去当兵的时代，为了掌握政权，曾跟几个战友合谋犯下了某种滔天大罪，那他现在居然说扫荡犯罪，是不是为了掩盖当年的罪行啊？好哇，虽然不知道犯罪这个坏蛋到底住在那里，成长环境到底怎么样，但要把他揪出来，还要战斗到底，动机总算是好的吧。

没想到这对载天并不那么好。因为，当地警察制定了本次跟犯罪的斗争中按顺序要打击的犯罪者名单，朴载天的大名赫然排在第二位，昌勇名列第十一位，皇甫在正式公文里列举的三十人大名单中甚至找不到名字呢。而列在第一位的竟是不知道行踪，也不知道生死的独臂拳王马沙奥。

"哪有这样的糊涂账？我怎么是老二？大哥他怎么连前十都排不上？肯定要生气了。"

载天在远远望得见国旗飘扬的警察署前院的酒吧二楼的办公室，拜会了昌勇。

"你觉得心虚，先躲躲吧。酒吧就交给皇甫吧。"

"那可使不得，那小子是石头呢。再说了，我比皇甫位置高多了，要是去逃命那不是让人笑掉大牙的吗？一次被人笑话，以后在本地就没法抬头做人了。"

昌勇一如往常，像赌气的小丫头冷冷地打量着载天。

"你一定要这样，就没办法啦。我不在的时候，好好看家吧。"

"那大哥您打算怎么办？"

"我想到国外考察考察，权当开阔眼界。"

这次，昌勇可真的走了。没人知道他是真正出国了呢，还是藏在国内什么地方，但正在此时真的出事儿了。这就是后来被称为载天与警察一个中队的所谓决战事件。

当时载天就观风听声，利用晚间巡查当地的赌场和酒吧。其实，警察内部也有很多喜欢喝酒和赌钱的人。要是有自己管不了的上级机关或其他地区出动，那些警察朋友就会跑到警察署内部的公用电话那儿。说老实话，警察署安上公用电话，似乎就是为了派这种用场的。几乎相隔不到一分钟，接连打来同样内容的电话。

"现在要出去取缔，赶紧送走客人关门吧。打穿的地方是西南方，人员十六名，车辆四台。"

问题是跟犯罪的战争开始后，这种亲切的便民服务消失了，弥漫在警察内部的只有你死我活的竞争。因为，他们都需要完成任务量。尽管这样，载天还是要尽最大努力，想跟警方协商协商。

警方想要的人数是七人。说是达到这程度，才算有脸面，而且上头也不会直接插手。可是，假如达不到这个数字的话，简直没有脸往上报。警方将这种意思通报给他们。假如地区地盘大，可以告其他组织的密，让他们完成任务量，会落个皆大欢喜，可惜当地只有一个组织。而组织以外的人员，都是单打独斗的浪人，警察都懒得抓他们，就像是——拣出鱼刺才能吃的鱼干吧。

"这阵场子都没人光顾呢，还是你们那里多挑几个吧。"

这里的"场子"是赌场的缩略语，可能世界上用这个词的只有载天和皇甫两个吧。两人为了协商，在金门桥上碰了面。赌场挑五人，酒吧挑两人，这是载天的主意。

酒吧的生意依然很忙。光顾酒吧的客人，比宣布进行"对犯罪的战争"之前还要多。人们好像认为打击犯罪，混混就会绝迹，不想付酒钱的、损坏东西的比过去多得多，闹得服务生们跑前跑后应付不暇。据载天的想法，从他们这里挑出两人，简直就是杀身成仁呢。

"别搞笑了，笑话！你们出五人！"

皇甫毫不相让。跟载天不同，皇甫把那么多的手下都当成自己的亲人呢。这样的皇甫，让他挑出一个人也是要命的吧。

"闹着玩啊你？你不知道这阵吧酒多么忙吗？你想让我们关门啊？到明天为止，你赶紧给我出五个人，察警们快疯了。"

"吧酒"是指酒吧，"察警"是指警察，这词只有载天一个人用。

"这绝对不行，实在没人我去。"

"你去顶个屁用，你小子不是排都排不上的人吗。动动脑袋吧，脑袋瓜！"

"你脑袋好，你小子去吧。"

会谈就这样宣告破裂。是不是一语成谶，那天半夜时分警察机动打击队围住了载天的酒吧。

"你们被包围了！不许动，投降吧！"

一直到这时，酒吧里还剩有不少顾客。

"笑死人了。能动才能投降不是吗？应该说先投降，再不许动才是正理嘛。可这是闹什么乱子啊？"

客人当中好久才回一趟故乡，顺便过来喝一杯的当年那聪明的税务公务员嘟囔道。载天品尝的可是极度的绝望感，仿佛天快塌下来了。

"外边来了奇怪的警察呢。"

一个小喽啰报告道。这孩子生在当地、长在当地，虽然当上了混混，可还从来没见识过什么机动打击队。那是用毒气枪和警棍、防石服、催泪弹发射器、无线电和巡查车全副武装的五分待命组。机动打击队的出动，在当地历史上可是破天荒的事儿。这么大动作，只是为了拘捕一个人。

"上当了，上当了！"

载天慨叹自己的身世，这不活活儿成了瓮中之鳖吗。那么，究竟上了谁的当呢？是警察吗？别人？酒吧？如梦的人生？

"再次重复一遍。你们被包围了，快投降，出来吧！"

其实，机动打击队也是第一次出动，不大清楚这种时候该做点什么，只好重复着投降这句话。可世上有哪个傻子，能向只会咋呼的机动打击队投降呢。载天绞尽脑汁，闹得脑袋直冒热气。他后来说，自己一辈子都没这么用过脑筋。

"你们，在这里别动，只需看前面。我们没有罪。可是，一不小心就会被误会而死，出去也会死的。"

载天这么叮嘱不知所措的孩子们，自己开始动手搬堆在后门口的东西。

机动打击队员出动前，曾经听取过有关他们这次行动的说明，知道拘捕的目标。传说的暴力团伙头目、通缉令上的二号人物、据未经确认的情报曾经砍断过支署巡警胳膊、体重一百公斤、身长一米九、有可能挥舞斧头剧烈抵抗的大鱼。照理说应该进入建筑物，但使他们踌躇的正是因为上述说明。

"他不出来呀。"

"那我们进去吧？"

"太危险了！得让他自己走出来。"

"不是不出来吗？"

"那打一发催泪弹，好不好？"

"那就试试？"

指挥官作出示范，真发射了一发催泪弹，酒吧里面顿时乱成了一锅粥。接着，戴着防毒面具，活像外星人的机动打击队员闯进了室内，出于彻底镇压的考虑，每人又发射了一发催泪弹，酒吧真正成了泪水的地狱、鼻涕的海洋。

"不许动！"

虽然喊了不许动，可里面的人为了活命，全部聚集到门口。趁着互相践踏、晕倒、哭天抢地闹得不亦乐乎之际，载天涕泪交流地钻出后门，顺着火灾时使用的应急梯子逃跑了。

那么，到底是谁告发了载天在酒吧的呢？警察又不是拥有单单探测通缉犯的雷达，也没有招聘算命的来个神机妙算，所以绝对不会是自动出击的。事前居然没有一个人通风报信也加大了载天的疑惑。要是搁在往常，警察内部早有人联络，可居然遭到偷袭，这本身就怪异得很。这意味着警察竟然背着自己安插在警察内部的情报员行动，使得情报员没法通风报信，那么连哪个人是载天的眼线都清楚的人到底是谁呢？既密告载天现在在酒吧，又让警察背着情报员出动，这就是载天分析的结果。

皇甫那小子有这么鬼吗？绝对不是。整个地区，能有这程度心机和花招的满打满算只有两个人，就是载天自己和昌勇。

而载天没有密告自己是事实，那么剩下的只有老板了。可是，昌勇出去考察去了。那么该是有着昌勇的脑袋和皇甫的动机的某某人所为，那这个人又是谁呢？可惜，载天的脑袋没有好到这个份上，能看出这个人是谁。于是，他就上门来找我，为了借用我的脑袋。

那时，我寄住在市内一角的地下室，只有一只简易衣橱和一口电饭煲跟我相伴，有一天载天突然登门造访。他为了慰问在臭气熏天的城市后街为穿衣吃饭而拼命挣扎的我，提来一斗烧酒和十片鱼干。不愧是前来慰问的人，穿着洁白的衬衫和高档西服。好像钱都花在购置高档衣服和慰问品上了，连一把伞都买不起，竟然淋着大雨活像一只落汤鸡。而且，不愧是百忙中抽时间过来的人，竟然在凌晨两点钟造访。好像到处慰问，疲惫之极，连门铃都来不及按，翻过大门闯进屋里，推醒了在地下室浑然入睡的我。他的拳头上滴着血，两眼充着血。我看出他已经醉了。

明白人都知道，被警察追赶是多么不安的一件事，不管有罪没罪。我不免有些不安，忙着问他有没有尾巴。

"我才不会被察警追赶呢。那些察警玩意儿，我什么时候都能甩掉。"

那么，除了警察还有什么人追捕无辜的市民呢？

"有把察警送到我那儿的家伙。那小子在追我呢。"

我就问他，那个家伙到底是谁？是总检察长还是法务部长官？

"内部有叛徒，我要杀死他！"

真要这么做，那时可得真的要被警察追捕了。随便杀人是要被警察抓的。这不是活在世上要懂得的常识吗。先别说这个，到底哪个在追你呀？

　　"就是皇甫那小子啊，他背后好像有赵昌勇。"

　　顿时，我浑身起了鸡皮疙瘩。那个赵昌勇不是让马沙奥倒下去的元凶吗？而皇甫是个无知、残忍、心狠手辣、拳头不知轻重的人物。这样的家伙一个就够了，你竟然得罪了两个。你这人到底怎么啦？你这个德性还来找我，想让我陪葬啊？我不禁发火了。

　　"你是我朋友，对不对？我相信你。我们不是同年同月同日生的一个村长大的总角之交吗？朋友啊，我们总是生死与共，并肩战斗来着。我们什么都分享，不管是欢乐还是痛苦。世上再没有比你更懂得我的人了。当然了，也没有比我更懂得你的人。我们是朋友！"

　　不，要是这么容易就成朋友，世上还有什么人不是朋友呢？我反问道。在载天沉默的当儿，我心里在准备着如下的话：

　　亏你还有脸说总角之交……你夺走了我心爱的女人……我把整个世界都让给你了……可是，你竟然没能保全那美丽的世界，那美丽的女人……你竟然把那个女人又献给了你的头目……你玷污了她，也玷污了我的名誉……你还有脸说是朋友吗，你这个坏蛋……

　　可惜，我没能说出这番话，因为他开始哭天抹泪。载天小子挤出了跟大块头一点不配的数量极少的泪水，感到水分不足了，就吞下一口烧酒，每逢这时我就要机械地跟他碰杯。习惯真是可怕的东西，说起来我们那时候有什么值得碰杯的？

"我会死的。"

哭着哭着，载天抬起头说道。我就说是人都要死一次的。因此，问题不是怎么死，而是要怎么活下去。听了这话，载天又哭了。我没有心硬到放着哭泣的家伙不管，一个人睡觉。

"我要是叫棒球棍打死，哪怕脑袋的血流尽，也会有意识的。要是叫匕首捅死，也会捅破肾脏、肝脏，痛苦万分地死去。太可怕了，我真的不想死，我不想死啊。"

"那你报警啊，警察署就是通过国民税款运营、用来对付这种情况的机构。"我忠告说。

"那可不行，万万不行。这也不行，那也不行。我是不行的。"

说完这话，载天就一五一十地跟我说自己为什么会被追捕，为什么假装慰问，身穿大牌间谍般的衣服，凌晨二点造访我这个地下室，这世界为什么折磨他等等等等，一股脑儿说出了一切，是的，竹筒倒豆子般说出了一切。那夜，我明白了世上真的存在恶人，坏蛋。要是我能确认载天不会反抗的话，我哪怕从邻居家借来锤子也要把他打死的。

虽然没能打死他，我却趁着酒劲儿咆哮道。你是个狗崽子！不，冤枉了狗，你连狗都不如！原来是你啊！你这个打死都不够偿命的家伙！你不仅夺走我的爱，还夺走了我的大王！你这个犹大，不，比犹大还不如的东西！

"是我错了，是我不对！我真是个坏蛋！我真该被打死！"

载天小子竟然开始用拳头砸墙。他的拳头开始流血，那血珠迸到了我的脸上。假如我当时稍有一点理性，假如醉得稍微轻一点，我就会视而不见，任载天小子擂墙擂到筋疲力竭而死。可是，我却沉浸在莫名的激动当中，拉住了载天。

我就把赵昌勇想趁此机会除掉载天说成了既定事实。赵昌勇绝对容不得你的势力壮大。再怎么考虑有人贿赂的因素也是，你排在地区的老二，在赵昌勇眼里你实在是过于巨大了。你得豁出一条命，争个鱼死网破，哪怕咬掉赵昌勇一个脚指头呢。

你知道忏悔就行了。其实，你也没想到赵昌勇会干得那么绝吧？是不是啊？你也不知道吧？你就当是这样吧。你要是豁出来被打死，可不能被赵昌勇打死，你得死在马沙奥拳头下。可是，正如你自己知道，号称世上最强的马沙奥的右拳头已经没有了。马沙奥的左拳还是可以承受的吧。而且，人家已经上岁数了，哪能就强到打死人的份儿呢。去找马沙奥吧。跪下跟他求情吧。就算你在那里老死，你也要跪到他饶恕你为止。你求他救命吧。求到他能饶恕你为止。

"求就求呗。"

载天居然面不改色地应道。我真是不知道我怎么会说出那么一番话。因为同年同月同日生的缘分吗？因为我俩的八字相同，他倒霉我也要倒霉，他被抓我也会被抓的关系吗？

第二天早晨，载天跟我要了光子出家的寺庙的地址，用雨过天晴的脸色走出我的地下小租房。当时，马沙奥就寄住在姐姐所在的寺庙里，吃着姐姐做的饭过活儿，一如几十年前一样。我离开老家考公务员的时候也在那家住过一段日子，跟过去马沙奥的老宅一样安静，除了没有叫"密斯高"的纤弱而颤颤的声音。

"这是男子汉跟男子汉的约定。我们的秘密你可得保守到死。我也会为你严守秘密的。"

秘密？什么秘密呀？我都没来得及理解话中之意，竟然懵懵懂懂答应了他的约定。直到我送走载天，目送走出大门大步流星离开的载天魁梧的背影，才醒悟到以下几件事实：

载天买来的酒，大部分都是我喝下的。而载天那家伙的酒量原本就比我大得多。载天小子心里其实早明白自己能活下来的唯一途径，我却像施多大恩似的，仿佛自己突然变成诸葛亮似的提议他去见马沙奥。要见到抛弃家人和朋友、背井离乡远走高飞的马沙奥，只能先找到光子，而要见到光子，得先找我。知道这个秘密的人，世上只有世姬一个。而知道光子是我的初恋的人，世上已经有了四人之多。我要是把载天曾经背叛过马沙奥的事情捅出去，载天也要把我和光子的关系公之于众。

咳，你说这算得了什么大事？要想证明这不是什么大不了的事儿，或证明它确实是个大问题，得分别写一大本书才行。光子是从肉体上教导年幼的我，女性到底是什么样的人。那天，我蒙着被子整整病了一天。也正是那天，我摆脱掉我心中永远的大王。

十四

　　昌勇终于结束了考察，回到了家乡。皇甫前去迎接，可载天
没有露面。昌勇被载天在自己不在的时候放任孩子们一串串被抓
走而自己一个人逃命激怒了，下令把他抓来。这是明面上的理
由。这时，整个地区都在传颂着一个新的神话，就是只身击退一
个中队警察的神话，而这个故事的主人公就是载天。好像是这个
事实，让昌勇作出这样的决断的。当初，是谁密告了载天，已经
不成问题了。到底是不是真的有人告密，弄清真相是好奇心重的
后世人的份儿。前提是，有朝一日地球以载天为中心转动的话。

　　以马沙奥为首的过去联谊会的成员们，这阵儿几乎跟退隐差
不多。他们当中的大部分正在备受年轻时代坎坷生活留下的后遗
症折磨，他们不仅个个穷困潦倒，而且还是一盘散沙。

　　至于马沙奥究竟在哪里，没有一个人知道。他撑着没有帆也
没有橹的一叶扁舟，顺流而下离开了当地，没有留下一点踪影。
可载天居然寻到了马沙奥。那小子搜人真是赛过神鬼呢。为了让
马沙奥出山，载天派遣了密使。密使们喋喋不休地历数昌勇的残

暴、自私、贪婪、残酷和背信弃义，煽情地鼓吹为了扫除这种垃圾，就得靠马沙奥这样的元老出山。

就这样话赶话，生出无数传闻的当儿，世上某个地方母马真的生下了马驹①。龙七找过马沙奥，"白大腿"去过了，"大口鱼"去了，张三李四男女老少一股脑儿全去过了。

一开始，马沙奥是不想出面的。他想平平静静安度晚年。他觉得回到那样的世界本身就是疲惫不堪的事情。正因为这，载天的秘密造访显得尤其重要。载天尽情地发挥了自己嘴唇的柔嫩度，说出以下内容的话：

这人活着不全是活着，死也不全是死。"峣峣者易折，皎皎者易污。"既是出来混的，迟早是要还的。就算他得道了，发誓再也不用拳头了，那他只能是被打死或从别的混混的裆下钻过去，别无他法。你马沙奥也不会是例外。再说了，我们来过的事儿要是传出去，让昌勇知道了这个寺庙还好得了吗？覆巢之下无完卵，寺庙被砸坏了，你马沙奥还好得了吗？

马沙奥曾经是地区之王。先不说马沙奥统治时代的好坏，只因为他曾经君临过这个事实，他就等于欠下了被支配者们一笔债。大凡债主们总是要在债务者败落之际找上门的。债务者一路顺风的时候，债主们乐得收利息，自是不会在附近踯躅。可是，一旦露出了败落的征兆，他们就会偕同全家、亲朋好友乌鸦般聚

---

① 韩语中"话"和"马"同音，作者在这里玩了同音游戏。

集而来，将那个有可能不败落的人、事情、世界，啃咬、抓挠，不到一败涂地决不罢休。连起死回生的希望都不给你留下。

其实，马沙奥不见得不知道等在那里的是失败和死亡吧。可是，他却是个债务者。于情于理，个人的性命、荣誉和平静之类，都是该舍弃的。即使它们所剩不多，压根没有多少也一样。

终于，马沙奥决定回去。好歹搜罗了由几十辆摩托车和十来个老掉牙的混混组成的势力。

传闻开始不胫而走。出租车司机、解酒汤店的老人们、被警察抓捕过的孩子们、修车铺老板等义不容辞地担负起传播者的角色。

——什么？膀子回来了？死人怎么能生还呢？

——其实，他是某某人在某某日某某时如此这般地弄死的。怀着深仇大恨，变成厉鬼回来了呗。

——咳，这世上哪来的鬼啊？

——鬼不鬼的，那个人杀死他真的是事实。

——那杀人者还不得偿命啊？

——不是没有证据吗，证据！

——还需要什么证据呀。你知我知，天知地知，世上的人都知道不是吗？

——其实是马沙奥还阳了。

——不是还阳是归还。为了干掉赵昌勇，他们全都聚集在一起了呢。

263

——全都？我可没去啊，在哪儿聚的？

——除了你我、赵昌勇和皇甫，全聚在一起了呢。在上山竹林里。

传闻以不可阻拦的速度越传越快。闹得昌勇也听说了这个传闻。他知道能够散布这种传闻的人，全地区只有一个。昌勇发誓要干掉他。压根就没有想到马沙奥。

昌勇最后到底怎么样，我不大清楚。大家知道的版本是这个样子的：

昌勇跟世姬一起坐车走，车子滚落桥下而死。世姬则获救，保住了一条命，并且证实了车祸的前后状况，使得车祸以事故得到处理。

地方报纸简单地提及了昌勇之死，以"三十来岁男性坠桥死亡"为题，粗粗描绘了乘车驶过新竣工的桥上坠落而死的一个混混。有些报纸在社论中甚至引用那个事件，引出如今酒后驾车成为大问题这样一个扯不上的结论。且不知昌勇生前是滴酒不沾的。

在老家这样一个传闻的故乡，传闻遇到合适的土壤，像上山竹林雨后的春笋，长得繁茂苗壮，应是理所当然的吧。传闻生下传闻，吃下传闻，嫁给传闻，跟传闻交配，再次生下传闻……以这种形式一天不知繁殖多少次，最后汇聚成一条。如今业已固定为历史事实的那传闻的梗概，大体上是这样的：

昌勇打算以世姬为诱饵，去抓载天……世姬这天是穿着牛仔裤过来的……因为昌勇曾经跟世姬说过"你以后在我面前就穿牛仔裤好了"……可是这天昌勇可能心情不好，看见她穿着牛仔裤就吼叫立马给脱掉……世姬没有准备别的裤子，只好脱掉牛仔裤就那么上车……昌勇就驶过竣工没多久的桥，打算去载天家……在载天家附近的原野上，昌勇看见一个身穿青色马甲的汉子缓缓踱着……昌勇从皮包里掏出匕首……让我把你凌迟处死吧……你这个肥蝙蝠……他喊了一声，那个青马甲大块头汉子应声回过头……没想到他不是朴载天，竟然是马沙奥……空荡荡的袖头迎风飘荡……那只表示虚无的袖子里竟然弹出了枪口……昌勇吓得掉头就跑……得回家去取冲锋枪啊……道路是弯的……还结着冰……出了车祸……旁边的女人连裤子都没穿而保住了一条命，而西装革履的昌勇却死了，所以城市的老大哥和组织都觉得他死得太掉价……所以，决定捂住一切……

天啊，这个传闻不能不说是存心玷污世姬美丽的腻虫般恶意的捏造。肯定是。跑不了。再怎么不负责的传闻也得讲理呀。这个传闻肯定是那帮无赖，生前别说是昌勇，连世姬跟前都不敢去，不敢仰视他们的不可救药不像人样的家伙们捏造出来的。这帮不像人样的家伙没说人话的还有一样，那就是说马沙奥掏出了枪，可独臂的人怎么能用一只手瞄准，还拉扳机呢？这才是地地道道的歪曲历史啊。

假如是有常识、有理性却无可抗拒地中毒于传闻的人，会觉得我听到昌勇之死后推理出来的下面的故事是正确的：

昌勇把世姬叫了出来……他想拿世姬当诱饵，把载天引出来……于是，就去了载天家附近……可载天不在家……自然也没有载天小时候曾经跟我炫耀过的那匹马……昌勇在载天家附近碰到了身穿青马甲背着粪桶的大汉……昌勇停下车，掏出了匕首……这时世姬突然尖叫起来……原来，那个青马甲居然是马沙奥……世姬再次尖叫起来……出现了同样穿青马甲的膀子……世姬又尖叫了……这次现身的是穿着青马甲的李炳灿将军……李炳灿将军何许人也……就是壬辰倭乱的时候，在当地揭竿而起的义兵将军啊……因为每当世姬尖叫，就出现了怪物，昌勇先动手捂住了世姬的嘴……接着昌勇就咒骂："这些该死的会使分身术啊，还以为能吓住我吗？"边嚷边掏出了匕首……三个青马甲围住了轿车……一模一样啊……什么玩意儿，你说什么……这三个人的脸啊，一模一样啊……世姬不管不顾地大叫着……三个青马甲挥舞起粪桶来……昌勇不得不败退……后来，轿车坠落冰封的大桥……不会游泳的昌勇淹死了，而世姬虽然摔折了腿还是保住了一条命……

不管怎么样，昌勇就这么走了。来时何其汹汹，去时何其惶惶。别提了，这不就是所有庸才的特点嘛。权力的庸才，开车的庸才，人生的庸才，无不如此。

马沙奥的时代是叫昌勇给终结的。而昌勇本人呢，则因车祸、因死亡空留下万人唾弃的恶名，消失了。谁来接他的班呢？人们的关心聚焦到这一点上。

马沙奥则跟昌勇的死亡一道，正式宣布退隐。他学着审判耶稣的彼拉多的样儿，当着众人在白铜脸盆上洗了手，接着宣布从今往后金盆洗手，回家养养狗，安安静静度余生。可是，跟他共同度过一个时代的同龄的混混们，却连什么叫退隐，什么叫宣布都不懂。因此，他们就那么浑浑噩噩地过着。

　　昌勇的组织就这么垮掉了，原先的组织成员们一时成了没头的苍蝇，东奔西窜。他们中的一部分进了都市，成为服务生或燕子，一部分分流到加油站、超市或中国餐馆，其余的叫父母揪住耳朵拉回了家。可是，昌勇经营的赌场和酒吧却留了下来。

　　那皇甫怎么样了呢？从载天的角度考虑，皇甫当然是首当其冲的肃清对象。可是，皇甫却有着载天所缺乏的德望以及载天没有的小喽啰。昌勇手下没有四散离去的孩子们也躲进了皇甫的庇荫下，譬如肃清对象三号、六号、八号和十八号等。

　　而且，皇甫竭力主张自己没有做任何一件坏事。所有的坏事都是昌勇干的，只有他知情，我什么都不知道。我的手下也一样。我和这帮孩子们很无知，什么都不知道。我不能抛弃他们，不能让他们饿着，今后也一样。他们这些孩子，肚子填不饱，是不知天高地厚的。他们也耐不得无聊。你说谁来管他们，谁能管得了他们？你想带回家养着吗？

　　大家无不摇头，连载天也是。载天有着一种恐惧，他怕自己背叛头目，当上新的头目，有可能招致新的背叛。做个二老板，载天就心满意足了，这次可是没有大老板的二老板啊。

于是，皇甫和他就商定，井水不犯河水，各过各的日子。就这样，皇甫得以继续搞他的赌场。载天则负责酒吧。他使用跟昌勇学来的做法，跟警察维持密切的关系，还热心地区的发展。于是，就成了企业家，成为管理专家，较好地保持了势力的平衡，就这样平平安安度过了几年。

世姬奇迹般死里逃生，摆脱掉有关她和她的美丽的充满恶意的传闻的羁绊。她荣升为舍身惩恶的圣女，也就循着当地美丽的圣女们传统的道路，清理了昌勇留下的酒吧，化身为更红火的酒吧老板娘。

可是，开始流传大庆将要盖大饭店的传闻。这个传闻千真万确不是载天散播的种子中冒出来的。

十五

有人啪啪踢我的屁股，害得我醒了过来。原来是光子。只见天蓝色的灵柩车远远开走，激起粉尘。

"你又在大道上睡了。你这孩子怎么随便在什么地方都睡呀？"

光子盯着我的眼睛在笑，真让人难为情。她身上的丧服染上了斑驳的红点，像是滴落的肉汤。

"顺利结束了吗？昨夜没睡好，你看都到地方了，还没赶上永诀式就睡着了。你说傻不傻……"

光子将手里拿着的手帕递给我。可能是让我掸衣服上的泥土吧。没想到黑西装上的泥土不大好掸掉。洗洗能不能掉呢？眺望墓地方向，黄土坡上空无一人，坡下的水田里有个农夫好像跟老婆干了架，闷头在晒死人的艳阳下铲地。

正巧想打个哈欠，我只好忍着，眼眶里聚起了泪水。光子可能觉得我因睡着没能参加葬礼，难过得掉泪了，抬起浸透着油盐味儿的手帮我抹去泪水。

"没事儿的。下棺之前看见你过来了。我弟弟肯定也知道你来了。"

可是,光子的手是不是沾着辣椒面啊,我的眼睛辣辣的,泪水一发而不可收。

"怎么能这么走啊? 这么走了,叫我怎么洗去那么多过错呀?"

一不做二不休,反正演开了,我索性吟诵了一句般配的台词。

"你有什么可自责的? 命还不是天定的? 你小子今后可得振作起来,好好过呀。那就是报答他了。"

光子淡淡地忠告道。她怎么这么平静,难道看出了我的眼泪是假的? 越是这样越要哽咽,扮出忘情的模样,这是我的专长啊。

"没留下遗嘱吗? 这也来得太突然了……"

蓦地,光子一把攥住了我的手,她的手微微发颤,是那样滚烫。

"对不起……听说说了谢谢了,让大家慢慢跟着来……跟弟妹说少吃点油腻的、肉啦什么的,尽量到健身房去练一练……不知是什么意思,什么意思……"

真是越听越不是滋味儿。

"还数落孩子们,勤快着点,尽快把烟戒掉……说是还给我留下话呢,让我别为了心疼钱,天天吃方便面,买点好吃的吃吃。"

因为平凡到极致，更显得非凡的遗嘱。可是……

"没留下其他的话吗？"

"说是见着人就说同样的话。少喝点酒吧。不要再玩花斗①了。开车一定要当心，一定要慢。要是你在跟前，会说不要在大道上睡觉吧。"

"会记得我吗？"

"当然了。人死之前，会想起一辈子见过的人的，哪怕只见过一面。他当然记得你了，记得太清楚了。你把那个叫载天的孩子送到寺庙的时候，他跟我打听过你是谁，我就讲了你的故事。从那时起他就叫你'糕迷'来着，提起你那个笑啊……"

眼前变得模糊了，原来不是说说而是真的。马沙奥记得我。他认识我呢。他还给我起了名字叫"糕迷"呢。他饶恕了我这个搅局者，打破他的安宁和平静的人。

"整个下午就这么谈着唠着，突然走了呢。像鸟儿，像风儿。"

光子一把夺走我拿着的手帕。俄顷，传来擤鼻涕的动静。我闭着眼睛，向走向不归之路的我的大王顶礼膜拜。

大王上路了。

---

① 花斗：起源于日本的一种牌，19 世纪来往于日本和釜山的船员带入韩国流行开来，现在韩国深受欢迎。一副牌共 48 张，由 12 种花组成，4 张一组，分别对应 12 个月。网络花斗游戏，也传入了我国。

大马沙奥走了，向西方走去。

他回过头来。

朝我挥挥手。

大王微笑了。

大王面带微笑渐渐远去。

怎么办啊，越走越小了。

化成了一个点，成了一个点。

点，终于消失了。

暮色笼罩下来。

顿时，只有蝉鸣充斥在世人的耳朵之中。

不知从什么地方飘来香油味儿。什么东西凑到嘴边，伴着轻轻的絮语，你吃吧。睁眼一看，光子从塑料袋掏出油乎乎的条糕，凑近我的嘴。我摇了摇头，可她硬塞进我嘴里。

"我惦记着你，一大早开始带着的。吃吧，就当它是马沙奥给的。"

无法拒绝的声音。无法拒绝的条糕。根本无法拒绝的我最后的断乳食。是马沙奥的肉。我吃下了条糕。硬要吞下去，却噎到嗓子眼里。光子急忙捶捶我的背。

不知从什么时候起，不远处有个农夫直起了腰，挂着铁锹望着我们。目光放肆而无礼，好像在质问那树阴是你们租下的么？

"您去哪儿？"

Quo vadis？（你往何处去？）在岔路口，我问光子道。光子停下脚步，重新系了系围巾，环顾四周。不管哪头都是茫茫的滚烫的小路。

"去你的相反方向。"

光子直起了腰，点点头，接受了我的目礼。说不定是今世最后一次的行礼吧。她的眼睛又亮又大，甚至发出隐隐的青光。我整个身子装进她的瞳仁里。

十六

　　原野静悄悄的。盛夏的大白天。可能没人愿意徜徉在蒸笼般的地方吧。人们都躲进了自己的家，就像躲进洞窟的兽类。可我却在信马由缰地走着。为什么？我正问自己这个问题呢。走在不容正眼仰望的耀眼的阳光下，有多爽多滋儿啊……教给我这个的……正是世姬。她就教了那么一次，你看我学得多像模像样啊。

　　满地的水稻，把原野染得黝黑，偶尔染成墨绿，正在茁壮成长。走在稻田之间的田埂上，膝盖下面很快染上绿绿的草汁。滚烫的热气升腾着，脸蛋儿几乎要烤熟了。头顶上，几乎散发着药味儿的阳光尽情倾泻着。下面滚烫，上面也滚热，我孑然一人受着夹板气。真要疯了！

　　"你不害怕？"

　　"不，心情好爽啊。"

　　"蛇，蛇，毒蛇！"

　　"在哪儿？"

"不是闹着玩的，大青蛙那么大呢！"

"在，在哪儿？"

我们就那样做了仅一次的约会兼散步。当脸庞烤得通红地坐到树阴下，她掏出散发着玫瑰香的手绢递给我。我擦汗的工夫，她连驾照都没领擅自开进我的瞳仁里，眼睛都不眨一眨停留了好长一段时间。就在那瞬间，我决定性地堕入爱河。那可不是闹着玩的，那是耀眼的闪光，足可以贯穿我一生。我疯狂地跑进爱的树林里。可惜，只维持到那天下午三点整。

下午两点五十八分，我枕着她的膝盖，提出要暂借自行车，她淡淡地说，昨夜有人已经借走了。我追问那是谁，她嘴里迸出做梦也没想到的名字。那时正是三点整。我竭尽全力想保持镇静。接着提出几点疑问：

——你怎么能跟刚刚见面的人上床呢？

——不是刚刚见面，是见面几个小时之后。

——这样的情况多吗？难道你是那么热血、那么随性的女人吗？

——说话请放尊重点。这属于我的隐私，是我自己完全能够决定的。

——你爱那个狗崽子？

——现在还不知道。

——天啊，难道现在的年轻人都是这个德性吗？不爱还能上床？

——你那是质问，是不是？

——假如是质问呢？

——我这个人可代表不了世上所有的年轻人啊。

——我爱你，你到底知不知道？

——我没法确认。

——仅在五分钟之前，我爱你甚过爱世上所有的人。可现在不是了。你不是爱我的吗？

——也许吧。

——说得肯定一点。

——我的回答还是那样。

——在你之前，很早很早之前，我曾经有过一个女人。她跟我岁数相差有些大，她为这件事感到对不起我。她没有跟我要过什么，却把自己的一切给了我。我的第一次纯情，就交给了她。我是说，是不是第一次不是问题。问题在于有多真实，多么诚实。都说堕入爱河的男人，可对心爱的女人倾诉自己全部的秘密。我想把包括那个女人的记忆在内的、我拥有的所有的世界统统都给你。可是，你踢开了这个机会。

——我能猜出那个可笑的女人是谁了。她不是光子吗？

——你是怎么知道的？

——女人有着直觉。我之前不敢肯定，可能就是因为感觉到你身上留着某种不洁的东西。三十岁的女人和十几岁的小子？变态！

——哪个是变态？你敢说谁是变态呀？你才是变态，十足的婊子！难道你没爱过我？

——爱不爱的现在有什么用？我拒绝回答。

——爱过吧？

——在听到你这个凄美的初恋故事之前，可以说是吧。

"既然这样，你怎么能跟我朋友干那个？干出这种事儿还能若无其事笑眯眯地出来见我？你以为我知道了还能不当回事吗？"

她连眼睛都不眨一眨，就演出了热泪盈眶的全过程。仅凭着这点，我这个善良的男人就乖乖地放走了她这个世上最坏的女人，连耳光都没扇一个。我硬着心肠转身而去，冲着我的背影，世姬像一朵葵花，把整个脸暴露在艳阳下，举着双拳大叫大嚷："你以为你多了不起啊？为什么不说想跟我睡觉？那天，为什么就那么放走了我？为什么只唱那些没味儿的歌？"

现在能想起来的情况就是这样的。我这个人害怕传闻。所以，我最终未能冲破缠绕在世姬身边的那无数的恶性传闻。每当决定性的瞬间，我总是踌躇着。可是，载天却不同，他最明白传闻的虚幻，所以用不着踌躇。归根结底，是我的胆怯葬送了我的爱。自作自受。胆怯的是我。各自都有着气质，只需顺其自然决定命运即可。我又不是手表，用得着跟世上的钟楼对时间吗？我的爱就这样结束了。

既然是这样，在十几年后的今天，我为什么又要踯躅在同一个场所，同样的大太阳底下呢？我坚信我得还给她点什么，觉得理应对她的怀柔作出答复，尽管不知道她为什么要怀柔，且我不是那么容易上当的人。

我相信，应该做出回答，回答她的询问。她问我："你那么喜欢女人啊？想尽情玩一把吗？"尽管不知道她为什么问我这么个问题，不知道她凭什么认定我对女色饥渴极了，可觉得还是应该回答她的问题。

任何人不得小看我，也不能代我付费，让我玩女人。不管那人是男是女是朋友还是仇敌，甚至是爸爸妈妈。因此，我打算对那个给我开了房间、塞进女人，还给那个女人预先付了嫖资的人提出严厉的抗议，并把那笔钱还给相信这样能办成什么的人。我的打算是这样的。可是，在办这件事之前，需要在燃烧的太阳底下疯狂到一定程度。我等待着脑部的温度上升到一定程度，然后打了个电话：

"我，现在回去了。昨天，谢谢你无微不至的关照。特别是还给找了小姐，真是太感谢了。可是，我对那个小姐什么都没表示，想送给她小小的礼物。请问，您能替我买礼物给她吗？我把款从银行打过去。"

"您在哪里啊？"

"汽车站前面。请告诉我存折账户，行吗？"

电话的对方沉默了一会儿。我享受着这种沉默。须知人生是有限的。我们已经没有剩下的时间了。也就是说在今世属于我们

278

的时间已经流逝殆尽。现在，只剩下盘点了。世姬，世姬，罗世姬太太，你无视了我。我们现在算是两清了。

"我去见您不行吗？有话跟您说。"

"您说吧。"

"用电话说不大方便。"

"那您过后写信吧。现在，请念一下账号好吗？"

她再次沉默了。不知地址就问载天吧。那小子就有能耐把几年换上几十次的电话号码都打听得清清楚楚呢。不想写信，那就等着写回忆录吧。我的时间富裕得很。悠闲地等待着。

"请稍等。"

她让我等上半天，终于给念了银行账号。不出所料，存折的主人就是朴载天。我不想跟她计较，顺口说了句给存折主人带个好，就撂了电话。今后他要经历的，是他的份儿。我无法干涉，也不能干涉。我虽然不是历史学家，但可以仿效历史学家。

我走了，你多保重。过后想起来就给个讯儿。即使你不告诉我，我也不会感到遗憾的。我把老家的大街、街树、阳光和嬉戏的孩子们统统绑在一起，像朋友似的跟他们拉话儿。想必，我是不会再回老家的了。不管谁死去，或谁出生。

顺便买了一张报纸，搭上了大巴。那司机好像是开车前的例行程序一般，张开大嘴，像小猫似的打了个大大的哈欠。比昨天过来时候的司机嘴巴大多了。忽然，想起了河马。也许，我这辈子是再也见不到那个平凡的灵魂了。接着我想起一个女人，又一个女人。自然，这辈子跟她们也是不会再见面的吧。

我粗粗地浏览报纸，意识到大巴正在驶过金门桥。流淌在金门桥下的金色漩涡，是发源于马沙奥居住的小溪上游的。因此，从金门桥溯着漩涡不停地往堤坝的上游走去，最终会找到金色的源泉——黄金洞窟吧。在那里，黄金巨人的黄金头颅，会衔着自己的耳朵在地上打滚吧。虽说失去了朋友，失去了爱情，失去了故乡，失去了回忆，我的心中还珍藏着那形状怪异的黄金头颅，那么我就是个富翁了。那个黄金头颅，不知什么地方酷肖马沙奥呢。

再跑上一程，就会离开地区的。据说这儿是皇甫的地盘？皇甫是谁来着？

别了，金门桥。

别了，桥下的沙堆儿。

保重，永不老去的鸭子，我会想你的。

岁岁年年换上灿烂的黄金甲的棉白杨。

我心目中永远倒流的河哟。

你们可知道我当着你们流过多少泪……

我灵魂的守门人，望你们安康。

守卫黄金的黄金巨人们，还有我那细碎而模糊的脚印，

别了，我再也不会回来了。

自打小学时候在朴朝龙门下得到教诲之后，第一次自发地构

思出这么带劲的诗，令我心满意足。小河不停地闪烁着，蜿蜒伸向远方。

"咳，真他妈要干什么？"

突然，司机发火了。难道我出声了吗？人家在心里构思首诗还不行吗？我也难免生气了。正当我要冲着司机后脑勺说点什么，传来急促的车笛声。原来，司机并不是因为我，而是有一辆车在后面不住地鸣笛，还用车前灯照来照去，妨碍了他的专长——打盹开车了呢。巴士一减速，后面跟着的车就拐到另一个车道，岌岌可危地躲开迎面开来的卡车，开到大巴前面，伸出手示意大巴停下来。是亮锃锃的进口轿车。

"穷显，妈的！"

尽管骂骂咧咧，司机还是把巴士停靠在路边，打开了尾灯。从前面车上猛地跳下两个汉子，跑过来就敲巴士的门。司机开了门，汉子们噔噔地跳上了车。乘客们的眼睛瞪圆了。

"车上诸位绅士淑女失礼了，请问张元斗社长在车上吗？"

这两个汉子，除了戴上的四方框的墨镜，一无相似之处。一个又棒又壮，活像摔跤运动员，一个又瘦又小，身着华丽的衬衫。其中，小个子跟我搭话："您是……张元斗？"

啊哈，原来是黑帮标本在模中原二人组。

"请下车，没有行李吧？"

我犹豫了片刻，想说我不是那人。可他们既然认出了我，断然没有放弃之理。真是纳闷，他们敏捷的身手和胆大包天的心性，到底源于何处。而且，预感到某种冒险在前头等着我。而我总是屈服于这种诱惑。我终于死心了，屁股随之抬了起来。

"什么呀，大叔？有你这么随便坐、随便下的吗？"

司机嘟嘟囔囔的。他是在说我吧。说得倒是在理，我想说句道歉的话。可你怎么只冲着我来呀，我想把这句话也附上。

"妈的，呸！"

突然，大块头举起了大锤般的拳头，他可能以为司机说他呢。司机慌忙缩回了头，锤子只以毫厘之差擦过司机的头，砸到了遮阳帘上。插在帘上的纸币、纸条和"皇帝夜总会"的广告传单等杂乱地飘落地上。这是怎么回事？竟敢大白天拦车，劫持乘客，还敢威胁负责乘客性命的司机……乘客们开始交头接耳。

"失礼了，诸位绅士淑女。祝大家一路顺风。"

四方的大汉中规中距地把手贴在墨镜边上，放了下来。大巴很快启动了，活像仓皇逃命的胖大汉。再也别打盹了，司机大叔。

"让我去哪儿？"

"大哥在等您呢。"

"我可不想回去啊。"

"不是回去。"

车子继续朝着前方开去。坐在助手席的小个子回头望着我，不无骄傲地说："今天，我们已经查了三辆大巴呢，亏得您在这儿。"

似乎在表白自己付出了多大的辛苦，希望我向他们大哥多多美言几句似的。

"这么做行吗？查车什么的不是警察的事儿吗？"

"在这里还不是我们说了算？今天，警察处在紧急警戒状态，没工夫管这些。"

我也没有工夫管这些呀。你们愿意过家家玩，还是动刀动枪玩，关我什么事，我眼不见心不烦啊。甩手离开就是了。吃山菜喝泉水，我心安就可以了。

"可你们，为什么带我走啊？"

"大哥的吩咐，我们也不知道。"

是了。不用看就知道，载天小子肯定说了句"去，把那个还算帅气的家伙给带来"。头头儿发话了，大胖和小麻秆总不至于反问"为什么呀"吧。驶过一辆摩托车。又是一辆摩托车。还有一辆摩托车。

"今天有摩托车大赛吗？因为这个警察紧急警戒吗？"

小个子回头瞅了瞅我。接着，颇为严肃地说："今天，我们将举行生死攸关的大血战呢。"

到地方一看，原来是一幢如画的别墅。白色的屋顶，白色的窗户，白色的墙壁，白色的窗框，白色的鞋柜，白色的餐桌。从里面走出身穿白西装、蹬着白皮鞋的载天。他露出大大的白牙，张开双臂。

"昨天，跟那丫头干得好吗？"

"嗯，五次。"

"别吹了，小子。"

"其实是六次呢。"

十七

昌勇死了之后，城市的组织也并没有放弃这地方。昌勇死去之后，他们依旧保持着看不见的势力。只要有食物，绝不放过，这是他们铁打的规矩。当地倒是有很多可吃的，可是地区特产大米、黄豆、芝麻、橡子、干菜、萝卜、蚂蚱、冬菜、红豆和苏子叶等，并不是他们想要的，因为这些市场上有的是。

他们需要的是金钱和能够搜罗金钱的人，特别是小喽啰。狠毒、有劲儿却脑子空空的小喽啰。可为一辆摩托车拼命的孩子们，看见黑社会电影就发誓要仿效的纯真的孩子们。只要地区有食物，他们自是不会放弃自己苦心培植的组织的。

尽管这样，他们并没能像昌勇活着的时候那样，公开地活动。他们正在寻找可以替代昌勇的人物。倒是有皇甫，他也在做昌勇做过的一部分事儿，但是仅靠一个皇甫，他们好像不大满足。

像非法开设赌场、非法停车、非法钓鱼、非法劫持等事儿，皇甫倒是能承当一些，但对合法经营却没有一点能力。时代不同了，再怎么无法无天的人也不能只靠着非法营生过活儿，有些合法的买卖甚至能赚更多的钱。

譬如说大饭店、合法赌场、大型餐馆、超大型城市型酒吧等。

载天吗？他们甚至没把载天包括在考虑之列。觉得他不过是拥有几个小酒吧的小把戏，不谙世事的小孩子。说不定，连判断都懒得做。因此，绝不会想到昌勇之死跟载天有什么瓜葛吧。

昌勇死于车祸。车祸看起来是偶然的，不过是运气不好。当时一起乘坐的女人证实道，两人去什么地方回来（没具体说出是什么地方），车在冰面上打滑，坠落到桥下的。

那世姬为什么跟昌勇最后的旅程相伴了呢？世姬担负的是邮差的角色。不，可以说是邮递马车，也可以说是信鸽。世姬拿着马沙奥交给她的信，乘着马车去找昌勇。那封信的内容是这样的：

> 我马沙奥愿同赵昌勇进行一对一的决斗。
>
> 赵昌勇若有勇气迎战，请站出来。
>
> 具体内容如下：
>
> 地点：金门桥桥上
>
> 时间：三天后日落之前
>
> 决斗方式：马沙奥用拳头，赵昌勇可随意
>
> 时间限制：斗到任何一方死去为止

下面盖有马沙奥左手指印和写明年月日的决斗书，不看内容的话跟平常的婚礼请帖毫无二致，有着同样的大小和同样的信封。世姬冒死把这封信送达昌勇之处。载天说，她为什么要这么做，还是跟本人打听吧。我只是点了点头。

　　世姬有个梦想，就是想当总统。正如我们过去认真探讨过，当总统的捷径就是将自己的丈夫打造成总统。要是把丈夫打造成总统的道路上有着需要冒生命危险做的事，也要在所不辞，因为这也是自己当总统的事儿啊。世姬在过去靠着比任何一个聪明男人都伟大的本能和直觉，慧眼认出了总统苗子，以不可理喻的速度跟他上了床，还不惜为了他到酒吧供职，为他送区区一封信算得了什么呢？即使知道这会招致杀身之祸，她也会义无反顾的。

　　据我看，载天不大像知道这些细枝末节的事情。因为载天最讨厌不分明、不透明和可怜人的故事。他认定的理由无非是马沙奥的这封信没有贴邮票，需要一个人直接去送。而且，因为马沙奥不知道酒吧的地址，就让知道地址的世姬填上地址，代为寄一下。可世姬琢磨着是通过邮局呢还是塞在酒吧门口，当她打算塞到门缝里时，不幸被昌勇撞见。

　　哦，明白了，载天的意思是让我问清楚，世姬是一开始就甘冒生命风险的呢，还是并没有这个觉悟，但事已至此不得不冒风险的。不管怎样，事情的结果是世姬冒着生命危险，将这封信送到的啊。

　　"这是哪只疯狗在拉稀，瞎哼哼啊？"

读完这封信，昌勇的感想就是这样的。然后就冲着跟冒死的角色相配、脸色发白地站在一旁的世姬问道："怎么你拿着这破玩意儿？"

"他是我姐夫呢。您好像不知道这个？"

昌勇白皙的脸庞，扭曲了一点点。

"你们到底是什么关系，我一点不感兴趣。马沙奥，那臭小子现在在哪儿？"

"不知道。"

"你不知道还拿着信？"

昌勇伸出狠辣的双手揪住了世姬长长的头发，无情地扯拽着。接着，就像捏着缰绳的马夫，下令道："你们这帮狗东西，小瞧了我。好哇，我用一只手对付你们一帮！走，去找马沙奥！"

就这样，世姬不得不跟随昌勇到马沙奥的藏身之处。昌勇把世姬拉上车，就让她脱下裤子，那是怕世姬跳车跑掉而采取的一种措施。昌勇一边开车，一边腾出手揪世姬的头发。道路是结冰的。抵达大桥之前，在一个弯道上世姬的头发当中有那么几缕怎么也揪不下来。昌勇就往手下加了把劲儿，另一只手一下子滑脱了方向盘。路面是冰封的。昌勇踩下刹车，方向盘就随意转了起来。这就完了，车子坠落桥下，世姬却保住了命。因为游泳，没穿裤子倒更省事儿。

那么，马沙奥原定的计划是什么呢？虽说放出去大话，可用独臂是没法跟人较量的，即使用刀也不是昌勇的对手。再说了，不管是刀枪还是大炮，马沙奥一次都未曾借助别人造的工具跟人决斗过。

身经百战的马沙奥明白，昌勇最大的武器就是恐怖。于是，他就打算利用恐怖最大的敌人——欢笑来制服昌勇。我们不妨设想一下，马沙奥和昌勇在桥上对峙：

昌勇：好哇，马沙奥，你竟然自己走到自己的死地。看来你也明白自己的小命该完蛋了。

马沙奥：我知道你小子是多么恶贯满盈，不可救药。哪怕我这把老骨头化成齑粉，也得亲手处置你小子，为民除害啊。

昌勇：老狗还能吠叫啊。孩子们！给我把那条老狗绑起来，用报纸包好。拿到桥下烤着吃吧。

马沙奥：且慢！我们不是说好一对一决斗的吗？让孩子们退下！

昌勇：好哇，好！（脱下皮夹克，帅气地丢到身后）决斗结束之前，谁也不许上前。（昌勇的手下依言，退到远处。俄顷，马沙奥打着手势。）

马沙奥：来，来呀，过来！

昌勇：你先来吧，你这个独臂废物！

马沙奥：我不是跟你讲话。快来，上啊，快！

昌勇：哪来的狗叫声？怎么回事？

（从桥下跑上来一群狗。昌勇才料到事情不大妙。）

昌勇：好卑鄙！不是说好一对一较量的吗！

马沙奥：狗又不是人，有什么打紧！要是冤枉，你也叫啊！

（昌勇被群狗追逐，退到了桥头。他的身后又拥上一群狗。既有猎狗、军犬、狮子狗等可识别的狗，也有着狮子狗和短腿狗的混血狗、土佐犬和黄狗的混血犬、丰山狗和珍岛犬的混血犬和黄狗和珍岛犬的混血犬生下的特异的混血种，甚至有分不清是狗还是鸡的品种。）

昌勇：饶了我！我可怕狗了。

马沙奥：我早知道你小子怕狗。死小子，以后你可会善良点吗？

昌勇：当然了，求求你，快把狗叫走吧。

马沙奥：今天日落之前，你会卷铺盖滚蛋吧？会永不再来吧？

昌勇：好好。求求你，快点处置这些狗吧。

马沙奥：我不会惩罚忏悔的人。今后，可要善良一点！

（马沙奥替昌勇赶狗。昌勇拖着被咬伤的腿，一瘸一拐地退下。顿时，四方响起欢呼声，狗的主人们一拥而上，各自寻找自己的狗，乱成一锅粥。）

换句话说，马沙奥的战略就是动员昌勇害怕的任何东西，不管是狗、牛，还是马，演出大闹剧乱中取胜。要是单纯靠力气，即使胜利了，昌勇的背后还有着城市的组织。组织上会接二连三地派来更有力气以及更毒辣的昌勇第二、昌勇第三。可是，要是被当成活宝驱逐出境，那么就可以一了百了了，换回来的只能是和平。没想到计划没实现，先出了车祸，且车祸比战略成功得多。昌勇不仅成了大活宝，而且被拉到离地区最远、永远无法回来的地狱里。

从水中打捞上来的昌勇的尸身意外地干净得很。原来，他直接的死因并不是溺死，而是心脏麻痹。问题是什么时候产生麻痹的，据推测坠落的瞬间心脏已经麻痹了，坠落到水中之后心脏就再也没有跳动过。城市的黑帮只是惋惜自己的手足没了，至于他是不是死于心脏麻痹，没有一点关心。

载天跟我讲这个故事的目的，就是为了让我明白昌勇实际上是怎样一个胆小鬼。平常心脏很弱的世姬都能承受的恐惧，自诩为强心脏的代名词的昌勇却没能承受。我们就坐在别墅庭园里的白桌子、白凳子和白色的遮阳伞下，做了这番我们之间从没有过的温情脉脉的谈话。那个胆小鬼在坠落的瞬间，就已经引起了心脏麻痹。拿什么破刀来吓唬大家，还说什么悬挂在千丈悬崖边，晃来荡去，敢于松手？用这种鬼才相信的话摆足派头，其实是个马尾拴豆腐——提不起来的胆小鬼，通过这次的非命横死，暴露在光天化日之下。

"可是，昌勇他真的怕狗吗？"

"是啊，有一次我送了他一只小狗，他竟然对着小狗双腿直发颤呢。"

据载天说，世上万物都有害怕的东西。青蛙害怕蛇，蛇害怕癞蛤蟆。山羊害怕水，大象害怕老鼠。

那么，大名鼎鼎的马沙奥害怕什么呢？他一辈子害怕注射针头，吓得直打哆嗦。马沙奥到医院从来不打针，不是因为他一次都没受过伤或浑身钢打铁铸，全然是因为害怕注射针头。

同样，昌勇见着狗，如同耗子见了猫。但是，这不正是载天自己的软肋吗？自打小时候被癞子家的小笨狗吓坏了之后，连狗窝跟前都不敢去的不就是载天吗？我提出这个疑问，载天说制订出动员狗的策略的就是自己，自己怎么会害怕狗呢？大千世界，自己害怕的只有金钱，只有那一样。

就是这种恐惧将平庸的人打造成英雄。不知道恐惧的人，既得不到爱情也得不到名誉。十个胆小鬼可比十个贼大胆得多。这就是我的结论。

载天似乎感慨万分地用遇到真正的知己死无遗憾的目光久久地凝视着我。

"可是，你为什么让人带我过来？就是为了告诉我这些？"

"其实，明年的今日有可能成为我们全体的联合忌日呢。"

载天脸上的笑容消失了。载天说以马沙奥的死亡为契机，城市决定正式接管当地，就在今晚他们就会打进地区。说大庆已经跟他们会合了，皇甫会做内应。到了明天，地区就会成为他们的天下。真他妈，该死！

"这真是天下无双的大恶人，不可承受的危机啊。你打算怎么办？我跟这件事毫不相干，得走了，突然想起一件急事呢。"

我半抬起屁股，打算离开，载天伸出毛茸茸的长长的胳膊，按住了我的肩膀。不知他给眼睛注入了多大力道，那眼珠子简直要迸出来，他扯破嗓子嗡嗡地大叫道："我可不能一个人死。我要是死了，你也得死啊。谁让我们是同年同月同日生的？要死也要同年同月同日死啊。"

"别逗了，再怎么样，他们还能杀死你不成？求求他们嘛，求爷爷告奶奶就成。我一不是黑帮二不是警察，更不是侠客、混混，只不过是一个普通老百姓，我在这里有什么用，不给你们添麻烦就不错了。真要打起来，最先死的肯定是我。可我死了，你不也得死吗？所以，你就放我走吧，求你了。"

"坐下，坐下，你给我坐下！你这个胆小鬼，我早知道你小子会是这个德性！"

胆小鬼就胆小鬼，我只盼着载天刚才的话不是真的。城里残暴无道的黑帮团伙竟要成群结队冲到我们这里？只听到这消息，胸口已经狂跳不已。

"你这小子就知道逃跑。光嘴叭叭，说是为什么人，敬重什么人，爱什么人，可你究竟为马沙奥做了点什么？"

载天小子现在竟然把马沙奥当成自己的平辈儿，连尊称都不加直呼其名呢。真想指出这一点，可怕他又骂我光嘴叭叭，就作罢了。管它呢，爱咋咋的吧。只要城里的坏蛋们不在今晚骑马打枪地闯进来就成。

"现在你要做的事情，也是只动嘴就成。你要证实马沙奥是怎么死的，大庆小子有着多么丑恶的野心！"

这哪是我能做的？即使黑帮们今夜把老家夷为平地，把漂亮小妞统统拉走，我也没法做这个。

"可我什么都不知道啊。"

"你就按我教的去做就可以了。"

载天小子像是把我当成了大庆一伙儿的，以为我是大庆这个靠金钱成龙、现在要用金钱登极为地区之王的野心家的小喽啰。

其实，这也不无道理。我曾经在大庆的公司上过班，有一阵还是向他们公司提供纤维布料的转包商嘛。可是，我跟他们断了联系已经好久了。载天借着马沙奥死亡的由子，把我哄到老家，翻过来覆过去地抖搂来抖搂去，最终断定我并不是他想象的那种，就迅速改变了计划。那就是把我当成证人，搜罗对抗大庆、城市的黑社会以及皇甫的力量。

可怎么办啊？我这人并没有可证实不存在的事实的小说家的素质啊。我的气质倒接近于历史学家，充其量是事情发生之后唠唠叨叨地记述来龙去脉。我急得几乎要哭出来，说明了这个事实，载天宽宏大量地说，你只在证人席上站着就行。更令人感激涕零的是他竟然保证说，给我派警卫人员，以免在激战当中我被黑暗中飞过来的匕首、链条或斧头什么的打死。为什么要这么做？我们不是同年同月同日生的朋友吗？

载天的话正一步步变成事实。从城市拥过来货真价实的黑社会接管地区，载天沦为刀下鬼，城门失火，殃及池鱼，连我这个什么都不是的旁观者都逃不掉。

"你就放我走吧，不行吗？"

我最后求了一把，明知不会有用。载天恢复了眯缝着眼、面带微笑的平常的表情，可口气却决绝得很："放你走？对皇甫和大庆而言，你已经是叛徒了。你寻思寻思皇甫回头怎么治你吧。"

"就算是皇甫，哪能就那么不讲理呢？再说了，他上哪儿找我呀？"

"那家伙胡搅蛮缠可是出了名的，你能不知道吗？我可一次都没见过他抓人害人还讲什么理。他就是个屠夫，你好好想想。"

反正要跳楼，就高高兴兴地跳吧。这是马沙奥惩罚某个恶毒的放高利贷者时创造出来的名言。马沙奥追那个家伙，那家伙吓得跑到屋顶，马沙奥当然要跟着上去。那家伙叫马沙奥扭住了领带，需要当场作出选择：要么被马沙奥的拳头打死，要么从楼上跳下去。被逼无奈，那个人最终选择了跳楼。据说，在最后的瞬间那个人曾转过身问道："我没有别的选择吧？"

马沙奥回答说，当然没有了，反正要跳楼，就高高兴兴地跳吧。幸亏，那年头少有两层以上的楼房，高利贷者的房子也是二层。于是，那家伙就高高兴兴地从自家的屋顶跳下来，给大家提供了断腿的闹剧。我突然能理解那个人的心思了。

大庆到底通过什么途径跟城市的黑社会联手，谁也没法知道。反过来说，谁也不知道城市的黑社会是怎样物色到新伙伴的。

大庆想要盖大饭店。按说，这无可厚非。不管从什么地方，拿来资金投放到地区总是好事吧。他的钱是哪来的？载天跟我打听。知道他的资金来源，想来不会对载天不挨刀、我平安离去有什么裨益，可我还是搜肠刮肚向载天说明了大庆的钱是怎么来的。

大庆在父亲受到朋友的背叛，一病不起终于去世之后，全家人一起逃离般地离开了地区。他用卖缫丝厂得来的钱，建立了一家贸易公司，是进口绸缎半成品，加工成成品服装之后重新出口的公司。一开始艰难度日，前几年他经一个客户介绍投资了温泉，没想到狠狠赚了一笔。大庆就用那笔款先盘活了行将倒闭的公司。

不是说有钱能使鬼推磨吗？不景气的公司有了雄厚的资金注入，竟然一顺百顺，现在正赚取可怕的利润呢。事情就是这样的。大庆就是想用这笔钱回老家盖饭店的。

为什么非要盖饭店呢？其实，大庆要报复将他们一家人（包括已故的父亲）赶出老家的当地人，几乎是没有什么办法的。因为，把他们赶出去的人们，也跟被赶走的他们差不多，正为了赶开往黄泉的大巴天天光顾站点呢。没办法，只能显示显示金钱的力量，把他们都给镇住，只能以此满足了。

就是要盖地球上最高的，可能的话盖上一百层给他们看看。让整天俯伏在地上的人们仰望摩天大楼，缅怀大庆和大庆的父亲是多么伟大的人物。可是，问题就在于在这么个小小的城镇，到底有多少人能利用这座大厦。

要不就营造大型娱乐设施。建游乐场、建动物园、挖游泳池……可是，这也得有人光顾才行啊。唉，种地太累了，我们领着孩子去游乐场坐坐青龙列车吧，会有人开着手扶拖拉机过来吗？这里满地都是清粼粼的大河和池塘，还有人特意到窄窄的游泳池游泳吗？

因为这样，才想到盖饭店。饭店可以展示威容，也可以供人观瞻。利用当地饭店的可不是当地人，也用不着担心需求。光顾当地旅店的都是毗邻乡镇的人，当地人要是有了需要利用旅店的私密的事情，也会到毗邻乡镇去。要不，抬头不见低头见，事没办成倒要满城风雨了。

同时，营建饭店的各种附属设施，将那些想去游园地的人们统统吸引过来。建泳池、建练歌厅、建夜总会、建高级餐厅，让这帮屯老二目瞪口呆。真是太棒了。还有，当地不是盛行赌场吗？干脆建个合法的赌场，也就是扑克机、老虎机之类的，将当地人的口袋抖搂干净。这是多么可怕的复仇，多么荣耀的衣锦还乡啊！

"哇，你小子是个天才！强似作家一百倍！你怎么不往那个方向发展啊？"

我就回答说：要知道闪光的不都是金子。是骡子是马得拉出来遛遛才知道。我的信条是细水长流地活着。你看看，你拉我这个平平安安过日子的人蹚这个浑水，你才是伟大的作家呢！

"是啊，小子。跟我相比，你小子总是差了一点点。闲话少说，怎么啦，现在也该来了。"

我是得承认载天小子高我一筹。载天用他那三寸不烂之舌，将游荡在钓鱼台上的闲人、顶着烈焰割草的农夫、隐忍自重在辣椒地的高手、在古木下摆着棋盘的神仙，还有聚集在马沙奥墓地上的老牌混混等往年的拳头聚拢到一起。一连几天日以继夜地奔驰，闹得吉普车的车灯和车轮都磨破，他纠集的乌合之众终于骑着摩托车接踵而来。

看见了风尘仆仆依然闪亮的龙七的大脑袋。马沙奥既然走了，现在该轮到龙七当当这帮老兵或老混混或老公鸡们的头了。

接着，开过来装运家畜的大卡车。从头到脚一抹黑的十来个二三十岁的年轻人跳下卡车。接着，是一辆白色的轿车，浑身雪白，白衣、白鞋、白框太阳镜的世姬露出了耀眼的娇容。

载天则用我从来没见识过的肃穆表情，从座位上站起来望着人们的到来。以轿车殿后，所有人到齐，载天相握着两只大手，走进下午四时的八月骄阳里。从摩托车上下来的老人们，用手遮阳望着载天，活像在向载天致敬。缓缓移动着的宽厚的后背，使我联想到小时候看过的电影，尚没有一幅画面的银幕。

除了龙七，我认不出谁是谁，并不完全是因为尘土蔽日的关系，冷眼一看这些人像是一个模子刻出来的。他们是分享着老混混这样集体特色的划一的人群。载天和他们之间的距离渐渐缩小了，太阳依旧像爆炸的火球。老混混们纹丝不动，默默地凝视着载天一步步走来。

载天走到他们跟前，蓦地扑通跪了下来。

"诸位大哥!"

龙七向前迈了一步。

"你,这是怎么啦?"

原来这人的嗓音高如鸟鸣,还像起开锈蚀的钉子沙沙地发涩。先别说嗓门好不好,反正难说威严庄重。说不定,这是使他成为永远的第二人的原因之一呢。跟他相比,载天的嗓音底气十足、富有韵味、洪亮悦耳。除了天赋的嗓音,上天好像额外给了载天几样礼物,那就是只要需要随时可以变换的表情与极其自然的身体语言。

"请受小弟一拜!"

不是鞠躬,是跪拜,那就受着吧,说不定大家取得了这样的共识。反正,老混混们没有动,默默地站在那里。俄顷,载天推金山倒玉柱,缓缓下跪,活像在地上铺毯子。是祭祀祖先般恭敬的姿势。恬然坐着的只有我一个。呆在树阴里的也只有我一个。不知我该站起来呢,还是就这么呆着,我怀着无所适从的难堪聆听着载天动人的演讲。

"诸位大哥不辞路远,更是冒着无数艰险,鼓起天大的勇气来到这里,小弟谨表示由衷的敬意。不管有什么事,也要守护我们的家园,面对诸位大哥的勇气与热情,小弟就是下跪一百次,也是理所应当的。今天,我们送这块土地生下的正统混混的巨擘,我们永恒的老大哥马沙奥上了路。老大哥在生命的最后瞬间还在担忧着我们的老家会不会遭到可恶的城市黑帮和背叛故乡的垃圾们的蹂躏。现在，我们将继承誓死捍卫我们故乡的老大哥的遗嘱，将在今晚展开你死我活的最后决战。这场决战不是单纯的我们自己生死攸关的问题，而是我们这个地区生死攸关的大问题。我们要同心同德，精诚团结，将我们每个人的最后一滴血洒在这块土地上……"

从卡车上跳下来的年轻后生们，也在拱手聆听着载天的演讲。世姬也下了车，站到了载天的身后。我突然感到哽咽。为什么呢？我也不知道。载天突然回过头，瞥了我一眼。

"那里有一位确凿的证人呢。是一时在觊觎我们这儿的黑帮小子们手下干活儿、以马沙奥大哥之死为契机幡然悔悟、站到我们这一边的归顺者。你，过来。"

载天就像叫小狗，跟我打着手势。我被无形的缰绳拉着走。

"天啊，这是谁呀？这不是昨天像只小狗在太平间转悠的小子吗？原来这小子就是间谍？"

老公鸡们和嫩小子们的目光齐刷刷投到我身上。我无奈地垂下了头。载天高高地举起双手。人们的目光离开我，聚到他的指尖上。

"证人将城市黑帮组织和皇甫，还有暴发户赵大庆如何狼狈为奸、策划阴谋，毫无保留地提供给了我们。他原来是奉着侦察我们的指示潜入这儿的，但是得知昨天马沙奥大哥去世，就在他老人家的灵前跪下，以眼泪忏悔了自己的过错。仅看这一点，就能知道我们的老大哥是多么伟大的人……"

俄顷，龙七点点头，仿佛能理解似的，接着其他人也开始点头，那目光渐渐充满同情，仿佛够得着的话就要抚摸我的头发一般。在年老和年幼的男人们目光的包围当中，我一时不知所措。我到底提供了什么证词？我什么时候当过黑帮的走狗？我是怎么归顺的？受到马沙奥死亡的感化？马沙奥曾指示誓死捍卫老家？仿佛无数星星闪烁在眼前，生出无数的问号，可我的嘴居然像焊上似的张不开。

"诸位大哥，同志们，后辈们，我弄清了事情的真相之后，终于下定了决心……"

不知什么时候我的双手攥在一起，无法攥在一起的双膝渐渐地泄着力气。要是再拖下去，说不定我会自动下跪的。我想避免这个难堪，竭力往双膝注入力气。载天正口若悬河地讲述着据说是我提供的情报。

以城市组织为首的全国规模的黑帮们，今晚要通过这个金门桥打进我们老家。预想人员大概是两辆大巴，共一百人。他们想要的是将在这里建立的大饭店的经营权，特别是夜总会和赌场的全部权益。而在什么地方建起饭店，就由当地混混经营夜总会和赌场，这是从来没人违背过的天经地义的原则。

可是，一心想毁坏我们的家园饭店经营者和城市的黑帮们，压根就不想理睬这种原则。非常可恶又可恨，以皇甫为首的部分愚蠢的、幼稚的人渣也在为虎作伥。今天，我们首先要拿下内部的敌人——皇甫的根据地仓库赌场。然后就在金门桥展开最后、最大的决战，处置敌人。有件事值得庆幸，那就是敌人还不知道我们这样相聚在一起，决心跟他们血战到底。

让我们记住马沙奥老大哥的死吧。不要忘了那可耻的城市黑帮们曾经是怎样指使赵昌勇戕害马沙奥老大哥的。想想要是由他们支配地区，我们大家会落到怎样一个下场。让我们成为捍卫我们自己、我们的家人和地区的敢死队吧！前进吧！战斗吧！胜利吧！

不承认不行，载天这家伙就是比我高明得多的讲故事的大才。是狮子般的雄辩家、大丈夫，是师长的料子。我不是只比他差了一点点，而是有着天壤之别。

"呜哇哇！"

敢死队员们挥舞拳头在天地之间，用鲜活而激情澎湃的声音山呼海啸般呼喊着，仿佛个个都是新鲜出炉的新收获的花生。俄顷，他们分别乘上了卡车和轿车。载天上了世姬的轿车。轿车气势迅猛地冲上前去，激起一片粉尘。卡车学着轿车的样，迅猛地往前跑，激起漫天灰尘。剩下的车辆中猛地伸出一只巴掌，向我打着手势，意思是让我跟上。

早知这样，平常该多练练，哪怕是徒手体操呢。我唯一能做得来的运动就是国军徒手操和呼吸，仅用这个该怎样打退黑帮，得好好琢磨琢磨。车子启动的瞬间，我回头看了看别墅。别了，你那个白不呲咧的模样，还算挺受看，不知道还能不能活着见到你。

十八

车里的冰盒子里堆放着冰镇的啤酒，还备有肉脯和下酒的干菜。我啜着啤酒，想象着今晚即将拉开帷幕的大激战。载天这小子在策划着寡不敌众的、必输无疑的战役。怎么能跟全国规模的黑帮组织较量呢？就算今天侥幸打赢，他们还不得络绎不绝地过来呀。要是我，绝不会这么做。

该给的给，该要的要不就得了。照常经营自己的酒吧又怎么样？那个该死的赌场就让皇甫或肉脯干去呗，赚足了钱总有离开的时候吧。照常经营酒吧，有空去钓钓鱼不行吗，非得争个头破血流啊？打架有什么好？又不能补身子，更不能长寿。还能多长出胳膊腿和眼睛吗？要是我，绝不会这么做。

就说打架吧。领着这帮老不死的鸡头，还能干什么呀？乌合之众、老弱病残，就是跟我干，也该有好多输的吧。年轻的怎么就这几个？用这区区几个小兵，又怎能跟当地出身的一个大队的摩托族和从外部打进来的国家代表级的百名混混相抗衡？要是我，绝不会这么做。

还不如报警呢。警察里头有熟人，怕什么呀。酒吧是合法的，而赌场是非法的，打输了不是还能干酒吧吗？要是我，就选择报警。

人生苦短，干吗要斗个你死我活？这打架嘛，年轻时偶尔为之还差不多。这要是打残了或进监狱就完了。你们没看见今天太阳落山吗？可你以为所有的人都能看到明天的太阳升起，你们这帮人？要是我，绝不会这么做。

金门桥下河滩上矗立着一座黑乎乎的仓库。周边哩哩啦啦停放着摩托车和轿车，尽管是白天却给人阴森森、诡秘的感觉。周边是些果园和屠宰场，袒露着白白的肚皮的堤坝上看不见一个人影。

在模倒车后将车子停下，露出红红的牙龈笑了笑，也不知有什么高兴事儿。接着，他拔下车钥匙递给我。

"这你拿着吧。"

"我拿着？"

"到时候请交给大哥。"

他用轻蔑的目光扫了我一眼，扔过来钥匙。这种时候的敬语，其实比粗话更可恶。

"那，我，我干吗……"

在模边跑边喊道："你小子就好好呆着吧。要是再跑了，抓住就要你的命！"

那两人飞快地消失到仓库方向，已快三十分了。前哨战肯定早已打响。那载天会干什么呢？难道他已闯进仓库里了吗？忽然感到这绝不可能。那会不会带着世姬远走高飞了呢？这种事儿，那家伙完全做得出。挑唆别人拼命，自己退避三舍，最后伸手摘桃子，载天就是这种人。

我就这样一边诅咒一边等着。在熬着。

我们停车的地方，是见不到仓库的。知道看不见现场，突然想逃跑了。他们干吗要交给我钥匙？肯定知道我这人不会开车的吧。可也没绑着我，脚长在我身上，抬脚跑掉就是了。他要是在仓库里，又怎能拦我呢，现在可是天赐的机会啊。

我把车钥匙端端正正放在驾驶座上显眼的地方。恰好，一辆出租车跑过来停在桥上。用金门桥连接起来的堤坝上面的道路，平常可不是出租车愿意光顾的地方啊。好像上天有意赐给我机会，好让我坐车逃命。

正待我推开车门下车，想要叫出租车时，出租车的门也打开了，下来了身穿黄制服的司机。怎么那么面熟啊？咳，原来是我回到老家打车时每每碰见的那个上下各缺了一颗牙的碎嘴司机呀。

怎么又是那家伙，忽然觉得有些晦气。还没抖搂掉这个想法，居然有轿车、摩托车和自行车接二连三地开过来，约好般地停在那里，人们一个接一个下了车。有赵峰信、李熙周，还有韩相秀。他们好像有什么大热闹可看，居然一字儿排开站到了桥上。人们的目光聚焦的地方不是别处，恰恰就是那座沉默的城砦般的仓库。这时，有人朝着桥下的荫凉处走去，人们不约而同地跟在后面。原来，正是想就近观赏这历史时刻的热心观众。

天底下，好像没有直播黑帮团伙争斗的电视台吧。不是不想做，而是没法做，这是中央的、城市的体制使然啊。也许，透过他们的镜头看，这种争斗太渺小、太可笑了吧。可是，要是这整个世界就是渺小、可笑而腻烦、不像话的话又该如何呢？话又说回来了，要是用世俗的目光看，连这种事件都直播不了的那种电视台，不正是太渺小、太可笑了吗？你看，不是这么多人拼着老命过来看不要钱的好戏吗？

要是拿棒球场打比方，我坐着的轿车停着的地方大约相当于左外野的场外吧。那桥上呢则相当于电光板前面，再强的击球手也难以把历史血淋淋的弹片打到那里去吧。先不管这些，他们这些人到底是闻什么腥味儿过来的呢？是不是有人卖票了？我老家这地方啊，传闻就是比光速还要快。

此时此刻，无论是桥上还是堤坝上面，加上仓库外，统统连个人影都没有。要是想逃命，一个人在这儿长跑，该有些难为情吧。且不说特意来看热闹的许多人，还有多少眼睛偷偷地盯着金门桥附近啊。连一只手指头都不会轻易放过的吧。可也没有跑不了的理由。就我这个样，还管什么体面不体面，有没有人看着呀。

刹那间，晚霞长长的尾巴垂到河里，沉浸在水面上的物体渐渐抬起了头。河边，拴着一辆小小的舢板。刚才，在灿烂得耀眼

306

的阳光下，可是谁也没看出它的存在。

　　十分钟过去了，又过去了十分钟，我依然没能逃跑。不知什么东西拴住我，让我迈不动步。那东西是什么呢？那是一种预感，就是载天再有上天入地的本领，这次恐怕也逃不掉的预感。要是真发生这种情况，怎么也得替载天收尸，再洒上一杯酒，也算是一种义务感吧。然后是责任感，要拉住世姬的手，跑到天涯海角，远远地离开人群吗？抑或是义气？爱情？胜利？失败？历史？疯狂？世姬？向往冒险的抑制不住的冲动？要不就是这一切的总和？要不这些统统都不是？我不知道，就是不知道。

　　一想到不知道，头发却根根倒竖起来。我害怕。记得多年前侦察世界总统柳新潮的时候曾经有过这种体验。阒无一人的宁静，朝鲜半岛八月的骄阳，癞子的家，小笨狗，气味儿的袭击，陷入恐怖当中，仿佛有人说上什么就要吓晕过去。

　　"干吗呢，臭小子们？"

　　柳新潮，好像那个曾经拥有地上最大权力的人会突然蹦出来。哪怕是轻轻絮语，我这次准能晕过去，我敢保证。

　　突然，响起了电话铃声。手机！原来还有手机。我想就势晕过去，可还是本能地循声找去，原来手机竟然压在冰盒子底下，仿佛存心藏起来一般。啊，是散发着玫瑰香的手机！

　　"喂，你好？"

　　是尾音下滑的载天特有的语调。我想攥住手机狠狠摔在地上，因为没有那个闲工夫只是吼起来："喂，你这个坏蛋，有你这么扔下人走的吗？啊？"

"给我住嘴！快到了。"

远远地出现了两个人的身影。以晚霞为背景走过来的两个人，活像堂吉诃德和桑丘·潘沙。可惜，缺了那匹瘦马。又一看，那个长发飘飘的女人像是辛德瑞拉，身旁那个稳重的汉子是她丈夫。还像是雍女和卞钢铁①。一句话，真般配，真像是金童玉女。这反而让我冒火。

"都到了打什么电话？疯啦，臭小子？"

"试一试嘛，看手机有没有信号。"

电话突然断了，载天上了车。世姬随后上了车。

"哇，冰啤酒叫你小子给喝光了呀。"

世姬打开后备厢，拿出一个纸袋，里面装着十几只电烤鸡。后备厢里还装着三四箱罐啤。

"记得小时候你小子想吃烤鸡想疯了，是不是？那炸鸡凉了没法吃，可这个电烤鸡一点都不变味儿呢。来，干杯！"

"要干你自己干吧。"

"哎呀，你又怎么啦？什么事伤你心了？我这伙计今天脾气好大呀。是不是啊，世姬？"

世姬轻轻启开玫瑰香袅袅的嘴，替丈夫劝我："元斗君，你可别生气呀，今天是多好的日子啊。"

---

① 雍女和卞钢铁都是韩国民间传说里的人物，是一对夫妻，以精力旺盛著称。

"不是我心情不好才这样的。罗世姬太太，到底怎么样了？"

"你这是什么话？"

"好像是慷慨赴死似的，怎么好好地回来了？"

仔细一看，载天小子的白衣服上沾着少许泥土和血迹呢。那颜色太浓了，仿佛倒上红墨水似的。我这才揣摩到载天小子今天偏偏穿一身白的用意。这一切都有着编好的剧本。故事情节、地点、摄影棚、照明、道具、时间、证人、出场人物，甚至连衣服的颜色、电烤鸡和啤酒等，一切都是精心设计的，且成功地排演好了的。身为这场流血闹剧的主人公、制片人兼导演，载天小子好像浮躁得不行。

"皇甫逮住了。现在我们等着就是了。"

"那，你刚才说的话都是真的？"

载天和他义愤填膺的一伙儿奇袭皇甫的老巢——金门桥仓房赌场时，皇甫只领着七八个手下在那里。龙七打了前锋，在模和中原紧随其后。

"臭小子们，你们要干什么？"

据说拎着大棒的小喽啰们挡住了三个人，龙七就用显露出鼎盛期的威严嗓门，把小子们给镇住了。其实，小子们倒不是被半大老头子鸟叫般的嗓门给唬住了，而是认出了在模和中原才犹豫的。这些孩子是十几二十岁的真正的孩子，根本不认识龙七的。

"给我统统滚一边去！喂，皇甫！"

此刻，皇甫正在赌场里侧的一个房间里给心爱的狗喂狗粮呢。这条狗是皇甫花上几百万元买的，他自己不知道上了当，宝贝得什么似的呢。

"谁呀？干吗？"

那条"纯种猎狗"听见动静吓得直哼哼，钻进了皇甫膝盖下面，载天冷静地评论道，就看这个表现它不也跟笨狗差不多吗？载天坚持说，当主人身处危机时，好狗会用人话给人报警的。

"小子，你不认识我？"

"啊，这不是龙七大哥吗？您怎么来了？"

"让小子们下去吧，我跟你有话说。"

"啊，他们，什么都不是。您快上来吧，真是好久了。"

龙七就跨过孩子们，走近皇甫身边。中原和在模紧紧跟着。孩子们好像看出了不对，想要拦住他们，据说中原和在模也用目光镇住了他们。闹不清楚仅用眼珠子，到底能不能使那帮青涩毛愣不知天高地厚的小子们一动不敢动，但不管怎样三个人还是成功地接近到皇甫身旁五米处。

"你小子，好像抖起来了，都不知跟人打招呼了？"

皇甫这时候也认出了在模和中原，但还没工夫琢磨龙七怎么领着这两人找上门的。他就是有工夫，他也没有那个脑袋呀，这是载天的评价。

"啊啊，我这阵有点忙。您想喝点什么吗？"

"小子，今天是马沙奥老大哥的葬礼，你为什么没来？"

"哦，原来是因为这个呀？啊，本想送只花圈，可一想上远路都是累赘啊，也就……"

皇甫一边喂狗粮，一边研究中原和在模跟来的理由，最大限度地转着脑筋，心不在焉地应道。

"死小子，你就是这么对待前辈的？给我打！"

名分就是这个。教训不知道恭敬前辈的后生。既然这样，就该前辈打小腿，为什么让年轻人打他呢？这样的问题姑且不论，反正以那个声音为讯号，在模的铁拳狠狠揍了皇甫的脸庞。同时，中原的撅脖恰到好处地跟上。

"哎哟，干吗，你们要干吗？"

他的嘴挨了在模的上勾拳，不大情愿地闭上了，接着一个回旋踢敲打了脑袋，任是天老爷第一他第二的皇甫也只好瘫倒在地上。

"喂，小把戏们，你们可别瞎出头。今天，当地的老一辈都聚齐了。今天，我们最大最大的老前辈上了天堂，可你们这个狗大哥竟然连面都不照，太不懂规矩了，我们当前辈的只好过来教训教训……不想脑袋开花，就在那儿安静点。喂，你那个狗眼乱转的小子！不怕死就过来，老子就是撞头大王龙七！"

不知道这一顿咋呼到底有没有功效，且孩子们不见得买龙七这个大号的账，但自己的老大喊里喀喳就被制服，孩子们还真是蔫了不少。就在这一瞬间，载天走了进来。身后老的老、小的小的一帮混混，叉起胳膊围成了一堵墙，正像孩子们喜欢的黑帮片中的一个场景。

孩子们明白大势已去，就把棒子丢在地上。载天慢腾腾拈起一根棒子，凑到皇甫跟前。

"大哥，您辛苦了。歇歇吧。"

"嗯，天啊，真要命啊。"

龙七揩了揩汗，拽过椅子坐下来。载天用棒子尖挑起了皇甫的下巴。

"你曾经是我的朋友。作为朋友，我跟你并没有个人恩怨。可是……"

皇甫想叫起来，譬如臭小子你他妈瞎嘚嘚什么之类的，可惜被中原撅折了脖子，挨了在模儿下重拳，鼻青眼肿的，也就没法挤出声音。载天却用振聋发聩的洪亮嗓门大声喊道，仿佛要让天下的混混都来听听。

"你背叛了血肉相连的同志，想要出卖故乡。我再也不能饶恕你了！"

说罢，载天举起棒子使出吃奶的劲儿狠狠砸在皇甫宝贝如心肝的猎狗的脑袋上。可怜那条"纯种"狗哀叫一声，当场毙命。

"这就是你的样儿。"

载天把吓得直翻白眼的皇甫丢在那儿，不慌不忙地走出了赌场。身后啪啪声不绝，那是他的手下在扁皇甫和他的小喽啰们。

"那，衣服上沾的是那小死狗的血了？"

"也许吧。谁知道呢，或许是人血。"

让我佩服的就是载天这种天赋的才能，这小子就是有能耐将悲剧加以中和，使人感到这世界不那么可怕。要是这么发展下去，载天肯定能如愿以偿，闹个总统当当的。退一步说，至少在这个地区他已经达到总统的高度了。我顿时陷入绝望之中，世姬那荒唐的野心说不定真能实现呢。现在，她算是完全彻底地离开了我。

世姬笑靥如花，满脸甜笑，这表情可是从没见识过的。在我离开这几年，没想到她也学着载天的样儿，将自己的言谈举止不断加以磨砺，加以改良和发展。

当不成器的丈夫办了烂事儿，自己还洋洋得意时，做妻子的往往会学丈夫的样儿，竭力为丈夫辩解、为他打气，这样的事儿我过去并不是没见过。当然了，这种情景电影、小说和电视剧中是看不见的，只是在现实中偶尔会碰见、会感觉到。

因此，对于了解过去的世姬的人来说，现在的表情未免有些做作，但也没什么。你要是当不知道，倒是非常自然，甚至像纯洁的处女呢。说来真神了，世姬有着无论经历多少男的，转瞬就会复原的处女性。就这一点，我想夸她两句，今天她值得夸的地方好像特别多。

可是，现在还剩下一件事，有着一件需要处理的事儿。说起来很简单，就是怎样跟城市里挑选出来的国家级黑帮抗衡，并能活下来。

十九

　　星星出来了，青蛙们开始鼓噪。行动队潜伏在桥下。虽然准备了纸杯、啤酒和干菜肴，但只是摆在那儿，没有一个人真的吃喝。现在可是箭在弦上不得不发了。虽说他们大都身经百战，可今天的对手在任何方面都强似他们。

　　这种时候，要是有个号称一夫当关、万夫莫开的勇士站在自己一头就好了。当然了，倒是用不着敌一万，只要有个匹马单骑、纵横敌阵的以一当千的勇士就可以了。要是说如今没有马，很难找到这种勇士，那么以一当百也差不多。不，只要有能跟国家级的黑帮一对一抗衡的一百个勇士就知足了。转着这种念头，打量着在黑暗中喘着粗气的乌合之众，心里止不住地怀念起离世的马沙奥来。他可是地区唯一打倒过比国家拳击代表还高一级的世界冠军的人物啊。载天看了看手表。

　　"来了！"

　　在模连滚带爬地跑过来，低低地喊了一声，乌合之众、乡下混混们起了身。他们活像被卖掉的山羊，排成一队簇拥着载天，

314

走到桥上。只见桥上停着一辆面包车，几个汉子站在附近抽着烟。

"不是大巴吗？"

龙七压低嗓门，跟我搭讪道。虽然我这个间谍已经自首了，可他好像还在怀疑我。闹不好黑暗中会挨上一记撞头，我装着挠头用手遮住额头说："啊，有可能是前哨部队。"

正好站在旁边的"大口鱼"开了口："说清楚点，臭小子！当心我把你活剐着吃了。"

我装着挠痒痒，遮住耳朵，带着哭腔回答说："肯定是侦察兵。大部队还在后头呢。"

看那帮人的块头，倒是城市过来的黑帮无疑。待到缩短了距离，能够辨别形体时，载天挥了挥手。以此为信号众人停了下来，中原慢腾腾走上前去。虽然是夜晚，天还不那么黑，离近了能辨出长相，离远了也能看出载天衣服的颜色。现在，黑帮们扔掉了烟，开始注视这头。不知道大庆是不是在这伙人里头。倘若他在里面，说不定我还能保住一条命。因为大庆认得我。不，说不定他在我反而要死，因为我是个叛徒呀。所以说，有他在我有一半死的几率，不在也有一半活的几率。就是说都是半斤八两。

看见中原走上前，那帮人当中也有个人慢慢走了过来。他俩站在中间说了好长时间话，中原就走了回来。那个汉子也转身走了过去。

"说什么呢？"

"问你是不是皇甫老板，我说了不是。"

"还有？"

中原张开嘴想说话，却像个结巴只是出气，半天才说出囫囵话。载天有些恼怒地等着。

"他们问皇甫怎么不来，我说今天有病来不了。还有……"

中原再次眼睛滴溜溜地转，吭哧着说不出话来。半晌才说出一句："他们问那谁出来了，我就说载天大哥过来了。还有……"

说到这儿又卡壳了。

"快讲！"

"说今天要一对一，啊，要统统都上，好好干一把……"

"还有！"

中原竟然出声吭哧了半天，埋下了头。

"我忘了……"

"你这个饭桶！"

周围一片斥责声。其实这中原担当的就是传达宣战布告使者的角色，可这个使者口才不行，记性更完蛋。

面包车方向似乎有动静了。汉子们上了车，打开了车灯。以灯光为背景，一个魁梧的汉子朝这边走来。根据载天的手势，大家退到了灯光照不到的地方。

"你去看看！"

这次，在模充当了使者。他跟那个汉子在中间碰了面，不一会儿就转身走了回来。

"他们问你们为什么要跟我们干。我就说就因为你们，我们统统都要饿死了，还不如跟你们打到死呢。他问你是谁，我就回答说我是马沙奥老大哥的小弟。他们问马沙奥是谁来着，说这个名字不大熟悉，是不是姓马呀？于是我就回答说，马沙奥就是马沙奥。不是这个马沙奥，也不是那个马沙奥，就是马沙奥老大哥。听了这话，那个人说自己不认识这个人，但也要表示礼仪，能不能见见。我说就因为你们，老大哥给气死了，今天刚刚举行了葬礼，你有能耐就见去。还有，你还敢说不认识？现在我们当地的居民统统起来了。是杀尽我们十万人呢，还是你们死，我们今天干一把吧。你们想想越共跟美国打仗的事儿吧。美国拿着那么精良的武器，也没能杀尽越南人，最终不是越共赢了吗……"

那么短短的工夫，竟然说了这么多话，真让人难以相信，可我忽然有了新感觉，说不定在模会成为载天的接班人呢。虽然还存在着故事缺少内核，自己先陶醉在故事里的倾向，不，还有个问题，那就是得在这场激战中活下来。载天要活下来，还有在模，加上我一个。只有这样，不管在模成为接班人还是中原成为接班人，抑或是没有什么接班人，载天一直当头儿，才能站得住脚。在大伙儿张口结舌地听在模的话的当儿，面包车突然开始倒退了。

"逃走了！"

不知从谁的口中迸出充满期盼的、不无喜悦的欢叫。可是，载天却毫不留情地掐掉那希望的嫩芽。

"是圈套。"

仿佛要给载天的话做注脚，面包车在桥头停下了。

"我们也撤！"

众人以跟面包车倒车速度差不多的小跑，退到桥的这头。面包车关了车灯，但没有熄火，在那儿停着。

"怎么办啊？"

"等着吧。"

载天也回到自己的车里。随着时间的流逝，桥上的暮色跟众人的疑惑交流着目光，沉淀为浓密的紧张。假如，双方对峙的空间是饭碗，仿佛插上羹匙都不会倒下似的。哎，这个比喻不怎么样，莫如说是酒缸吧。突然，想死了酒王郑云天了。青蛙们不知疲倦地叫着，星星在一眨一眨地闪烁着。没完没了地等待的当儿，断断续续有人说起话来。

"那帮家伙就是他们吗？他们为什么说不认识马沙奥呢？"

龙七犹在怀疑着，显得很疲惫。怀疑什么的其实跟他不配，那是像我这样不怎么样的人的专利啊。

"那也是花招啊，故意藐视我们。"

"说不定他们真的不认识呢。会不会是过来钓鱼的？"

"那也不会不认识马沙奥吧？"

"要是外地的钓客，也有可能不认识啊。其实，像如今这么个世道，总统的名字也不大好记啊。"

"别想这些乱七八糟的，好好拿着你的镰刀吧。真的，这阵你的棒球棍还趁手吗?"

"在模,你好好看着有没有大巴过来。我这几天眼神不好,大巴和卡车都分不出来呢。"

说曹操曹操到,还真有一辆大巴开过来。众人顿时紧张万分,各自抄起手中的家伙,摩拳擦掌的,可那辆大巴驶过面包车,驶过大桥,毫不理会目不转睛地盯着大巴的数十只眼睛,一路呼呼开了过去。原来是公交车,里面坐着神色疲惫的学生们。

"后面又来了!"

有人叫道,可那是有着殡仪馆标识的空车。说不定早晨搬运寿衣裹着的马沙奥的就是那辆大巴。

"那帮人也没个白天黑夜。"

有人嘟囔着。喷出哈欠,袭来睡意。在这种千钧一发的瞬间还能睡觉,正是我让人害怕的特长。时间在一点点流逝着。桥下的河水也在流淌着。沉重的沉默也流动着。能够流动的无不流淌着。

忽然,从对面走过来三个汉子。好像在表示没有攻击的意思,其中一个人高高举着手。他们在大桥中央停住了,他们等着的当儿载天叫来中原和在模咬了好一阵耳朵,绑上龙七,把三个使者派到桥上。将他们三个人像面团揉在一起,再压成面条,也许就是载天了吧。

趁这工夫,我得以接近坐在车上的载天了。回头瞅着我,载天的脸上不知什么时候已然糊满了那特有的笑容。

"大巴怎么还不来?"

"也许开到别的地方了,旅游或度假。"

我们的三个使者和对面的汉子相隔大约三四步站住了。是啊,就是把他们三个都加在一起压面条,也不会压出这金子般的微笑吧。我一边欣赏这微笑,一边琢磨眼前这状况,指示头脑中所有的电路全部投入工作。

"那,今天来的黑帮就那几个?"

"好像是。"

俄顷,六个汉子像黑色的线团聚成一团,一起往桥下走去。

"人家本来就不来?"

"是啊。"

桥下闪亮着点点烟头。

"不打架了?"

"当然了。"

环顾四周,普天之下哪儿也没有刀光火影,也不见拳打脚踢。只有萤火虫款款飞舞。不知什么时候,镰刀状的月亮挂在西天上。

"你知道人们出来看热闹吧?他们该无聊了,这不太平静了吗。"

"总想看不花钱的戏,该着他们无聊。"

河水在无声地流淌着,它将永远流下去吧。

"往后会怎么样呢?"

"什么怎么样？"

"赵大庆和黑帮们啊。"

"总不能以这种状态大眼瞪小眼，混到老死吧，谁先熬不住，谁就会输的。你看到了吧，不是他们先举手过来的吗？我们不一样，在这儿叫个外卖，几天都耗得起。"

受到欺骗的背叛感远远大于活下来的喜悦。载天这小子一开始就知道过来的大概是几个人，他们要来干什么。载天得到的情报是：大概傍晚的时候，大庆和城市的四五个混混坐一辆面包车过来。他就像爆米花，将其放大好几倍，抻成两辆大巴的规模，成功地纠合了一班人马。将皇甫和跟随他的小后生打得半死，他的目标已经实现了。要是按计划，今天夜里皇甫要和来人一道去钓鱼。当地不愧是邻近最大的鱼米之乡，有着许多适合钓鱼的水库。

"那你到底为什么把我拉进来，让我不拿钱看这场好戏？"

"假如你小子昨天不提龙七大哥，我还想让你干点别的呢。派你个愿意做的差事。"

连短短一两句话蕴含的小小的意味、迹象都不放过，载天小子就是非同凡响。我不由得对他聪明绝顶的脑袋和感觉肃然起敬，可我就是不可救药，竟然开口问道："什么差事？"

"搬运烤鸡呀。"

曾几何时，冷笑是我拥有的最大的武器。冷笑是上天赐给毫无力气又穷苦不堪的人们的工具，它是人们能在这又腥又膻的世界活下去的胡椒面，间或还可刺激刺激这趾高气扬的世界的鼻孔，让其打喷嚏。因此，我颇为这个感到骄傲，可现在甚至生出将这冷笑的王位传给载天，悄悄隐退的想法。

"什么玩意儿这么容易？这么说你小子成了大王了？"

"世上的事还不都是这样？没成的时候显得复杂而艰难，但一旦成了什么都不是。"

原来是这样。这么说柳新潮、马沙奥、赵昌勇和朴载天在抓住了通往权力巅峰大门的黄金把手这一点上，可谓分享了同样的经验。而且，朴载天还活着，跟我这个沉重地背负着冷笑的副产品——回忆的铅块儿，站在门那头，等他推开门就会滚落的不幸的游子一道。

"成了大王后干什么？"

"不知道啊。"

"不知道？"

"不知道！"

"为什么？"

"没听说过天有不测风云吗？"

二十

回城的路上，在岭上的瞭望台俯瞰下面，我老家仍然因伴随着旋风升腾的雨雾溟蒙迷离看不真切。而对过却晴空万里，灿烂耀眼。晴朗的天气好像淳朴的大汉，似乎在反问大好的天气会有什么事，而云雾则像城府颇深的人故意在那儿装成没事人似的。

要是有机会，我得跟休息站老板说说，干吗把望远镜只设在瞭望台一头呢？世界明明暗暗原本不公平，至少安装望远镜之类的事儿得做到一碗水端平吧？

作者寄语

　　这部小说的空间和人物全系虚构。但是，有可能存在过。要是用算式表现存在的几率，应是"1/不可思议"吧。创造在这稀奇古怪的空间生活着、呼吸着、最终死去的人物，多亏朋友们的一臂之力。假如，我未能把朋友们洒落给我的生命的金色鳞片连缀得天衣无缝，那应该怪我太低能了。在生命的问题上，朋友们显示出的才能比我娴熟得多、优美得多。

　　在这里，谨向我的朋友，在某处山野凝望着冰封的冬日的天空的闲云野鹤般的友人，致以诚挚的谢意。倘若没有行动先于语言的他的刺激，这部小说压根就不会问世。期盼他的收获总是那么丰硕。

　　我还有一个朋友，他总给人这个世界是充满勃勃生机的、活像蜜蜂的巢的信赖感。从他的嘴里淌出来的回忆的蜜酒，总是让我迷醉其中。祝他生意兴旺。

　　我想要喋喋不休地说点什么的时候，有个朋友总爱静静地听着我的话。他站在纷纭人世和我的中间，使两者保持平衡的同时还展示着这种保持平衡的形式有多么美好。衷心期盼他的见闻和事业日益开阔、发达。

有朝一日，但愿我能牵着条黄狗，和你们一起奔驰在荒野上。

衷心感谢，我的朋友们。

1996 年 1 月

成硕济

修订版作者后记

　　翻着小说，眼前浮现出十五年前为了写这本书走过的一条路的风景。那条路的色彩可比现在鲜明得多。世上还有多少路能保持原貌呢？

　　世界的外貌可谓有了沧桑之变，变得几乎认不出了。风俗和语言也一样。只有人没有变。只有这点算是流逝的光阴留给我们的唯一的安慰，也是把这部小说重新付梓的最大理由了吧。

2010 年淫雨之月，于慕洛山下

成硕济

图书在版编目(CIP)数据

寻觅王者／(韩)成硕济著;金莲兰译.—上海:
上海译文出版社,2015.7
ISBN 978-7-5327-6964-3

Ⅰ.①寻…　Ⅱ.①成…②金…　Ⅲ.①长篇小说—韩
国—现代　Ⅳ.①I312.645

中国版本图书馆 CIP 数据核字(2015)第 072379 号

Finding the King
by Song Sokze
Copyright © Song Sokze,2012
Simplified Chinese translation copyright © Shanghai Translation Publishing House,2015
All rights reserved.
This Chinese edition is Published by arrangment with
Munhakdongne Publishing Corp.

本书由韩国文学翻译院资助翻译及出版

韩国文学翻译院
Literature Translation Institute of Korea

图字:09-2014-819 号

寻觅王者
[韩]成硕济　著　金莲兰　译
策划/陈一新　责任编辑/王洁琼　装帧设计/胡　枫

上海世纪出版股份有限公司
译文出版社出版
网址:www.yiwen.com.cn
上海世纪出版股份有限公司发行中心发行
200001　上海福建中路 193 号　www.ewen.co
上海颛辉印刷厂印刷

开本 890×1240　1/32　印张 10.5　插页 2　字数 154,000
2015 年 7 月第 1 版　2015 年 7 月第 1 次印刷
印数:0,001—3,000 册

ISBN 978-7-5327-6964-3/I·4216
定价:38.00 元